白桦林文丛

白桦林

主　编◎张晋宝

副主编◎韩　桐　张兴华

黑龙江人民出版社

图书在版编目(CIP)数据

白桦林 / 张晋宝主编. — 哈尔滨:黑龙江人民出
版社,2018.7
(白桦林文丛)
ISBN 978 – 7 – 207 – 11456 – 3

Ⅰ.①白… Ⅱ.①张… Ⅲ.①中国文学—当代文学—
作品综合集 Ⅳ.①I217.1

中国版本图书馆 CIP 数据核字(2018)第 184482 号

责任编辑:魏杰恒　崔　冉
封面设计:鲲　鹏

白桦林文丛

白桦林

主　编　张晋宝

副主编　韩　桐　张兴华

出版发行　黑龙江人民出版社
地　　址　哈尔滨市南岗区宣庆小区 1 号楼
邮　　编　150008
网　　址　www. longpress. com
电子邮箱　hljrmcbs@ yeah. net
印　　刷　北京万博诚印刷有限公司
开　　本　880×1230　1/32
印　　张　12.625
字　　数　300 千字
版　　次　2018 年 8 月第 1 版　2021 年 1 月第 2 次印刷
书　　号　ISBN 978 – 7 – 207 – 11456 – 3
定　　价　45.00 元

编 委 会

主　编：张晋宝

副主编：韩　桐　张兴华

编　辑：邵艳萍　高万红　张宏宇

为龙江电网放歌

许传辉

今天,《白桦林文丛》第一辑正式出版发行了！这是公司认真贯彻习近平总书记在文艺工作座谈会上的重要讲话精神和《中共中央关于繁荣发展社会主义文艺的意见》,坚持"为电网放歌、为职工抒写"的创作导向,更好推进电力文学创作活动开展,为繁荣电力文学创作再鼓一把劲、再加一把力而收获的丰硕成果！

一

2016年,黑龙江省电力作家协会成立,为广大文学创作爱好者建立起学习交流的平台。黑龙江电力作家们对生活工作的这片热土,有发自肺腑的感情;对每一根导线、每一基铁塔的歌颂都源于真诚。大家的作品涉及电网建设、发展、管理、服务等各个领域,对生产经营一线的平凡职工进行了热情讴歌。

我们欣喜地看到,《白桦林文丛》第一辑包含以下著作:黑龙江电力作家文学作品综合集《白桦林》、作家散文集《一蓑烟雨》和诗人诗集《忘忧居琐事》。《白桦林》:在黑龙江省电力作家协会会刊《龙电文苑》中优选部分电力作家作品辑录成书,包括散文、诗歌、小说、剧本、报告文学和文艺评论等;《一蓑烟雨》:作家张兴华同志散文精选集；《忘忧居琐事》：诗人高万红同志诗歌精选集。

文学属于精神能源，改造的是人的思想，塑造的是人的灵魂。一部好的文学作品总是能通向人的内心深处，传达着美好的希望和梦想，默默地改变着人的精神，引领着时代的风气。从这个角度出发，我们对黑龙江电力作家们的执着探索、辛勤笔耕表示由衷的敬意！

多年来，黑龙江电力文学创作，散文和诗歌园地生机盎然，但相对于全国电力系统来说，小说创作是公认的弱项。而现在，我们的微型小说和短篇小说出现了较好的创作势头，中篇小说也斩获颇丰。特别值得一提的是，长篇小说创作喜获丰收！截至目前，已经正式出版了7部长篇小说，按出版成书时间排列，分别是：张兴华的《五虎定乾坤》和《海问》，王玉玺的《幼稚》，马瑞仁的《雪岭情缘》和《风起云涌》，高万红的《雪落忽汗河》，赵延昌的《远山的梦》。

成绩可喜，硕果累累！

二

我们需要什么样的电网文学，我想可以用三个词来概括，就是"价值引领、心灵共鸣、思想融入。"

价值引领，要让文学作品成为社会认同公司核心价值观的窗口。我们要思考社会各界是通过什么样的途径来了解我们，用什么样的眼光来看待我们所奋斗的事业。毋庸置疑，最直接的感觉是来自对待供电服务的亲身感受，供电质量的高低、服务承诺的兑现程度、窗口人员的工作态度，这些工作都影响着公司在每一名电力客户心目中的位置。各级媒体对公司的新闻宣传，各种网络媒体的公众舆论也起着举足轻重的作用。那么，我们的文学艺术作品主要不是传播事实和信息,而是展示公司核心价值观,增强社会对公司的认同度,这就是说文学艺术作品是其他传播手段所无法比拟的。

一部能够深入人心的优秀文学作品、一部感同身受的热播电视剧、一首脍炙人口的流行歌曲都在潜移默化中悄然影响着社会的情感。我们通过电影《铁人王进喜》了解了中国石油工人的拼搏精神,通过电视剧《任长霞》知道了基层干警的苦辣与艰辛。所以,我们在构思作品的时候一定要换位思考,既要站在公司的角度传递价值理念,又要站在读者的角度思考接受的可能。通过我们的努力,社会对公司核心价值观的认同度就会不断地提升。

心灵共鸣,要让文学作品成为职工开启激情的能量。目前,公司取得现在的成绩是真真切切的不容易,为我们文学创作提供了很好的土壤和题材。我们面对的是取之不竭的创作源泉,电网题材已经成为当代文学创作的富矿,等待我们的职工作家去发现、去挖掘、去提炼。这是对每一个心怀壮志的作家最慷慨、最丰盛的馈赠,我们每一个职工作家都有条件创造出好的作品,成为这时代的参与者、推进者。

思想融入,要让文学作品成为讲好国网故事的载体。电力文学创作既是一个长期积淀的过程,又是一个不断创新的过程。一部好的作品,不仅要有优美的文笔、深刻的内涵、充实的内容和厚重的底蕴,更要有鲜明的时代特征、能够引人入胜的故事情节和强烈的身心带入感,这样作品才会有可读性。要加强作品的吸引力,增强作品与读者思想的互动性,这样职工文学作品才会有更加顽强的生命力,会让更多的人去主动研读、仔细品味。

三

根据《国家电网公司关于深入推进职工文化建设的指导意

见》要求，我们提出大力繁荣职工文艺创作和职工文化生活的倡议。

加强组织领导和长效机制建设，强化"繁荣之本"。黑龙江省电力工会是联系广大职工作家和文学爱好者的桥梁和纽带，各级工会要充分认识到深入推进职工文学创作的重要性，切实做到思想上重视、组织上到位、经费上保障，发挥好工会的组织协调作用。

我们要逐步建立电力优秀文学作品扶持机制，为凝聚文学力量，深入推进职工文化建设创造必要条件。要尊重文学创作规律，要用符合文学创作规律的思路去研究文学工作，才能更好地释放文学艺术的生产力。要在文学创作主题引导、计划实施、采风实践、作品研讨、成果推广各个环节多点发力，形成闭环管理。要发挥黑龙江省电力作家协会等文学团体的作用，切实加强对基层作协的帮助指导，坚持重心下移，面向基层，广泛吸纳基层作家参与文学活动。

加强文学阵地建设，营造"繁荣之境"。要加强职工文学阵地建设，搭建更多样的文学平台让职工作家去展示，创立更广阔的文学创作空间让职工作家去尽情发挥，打造更人性化的创作环境解决职工作家的后顾之忧。

一方面要组织电力作家创作出好作品，另一方面还要引导广大职工养成"爱读书、读好书"的良好习惯。"十三五"期间，我们还要实现职工文化阵地省、市、县公司全覆盖，实现实体书屋班组全覆盖，各单位要充分利用好这些平台，为电力职工提供立体化阅读体验和全方位文化服务，不断提升电力文学的传播力；通过打造"国网"品牌，不断提升电力文学的影响力，不断提升电力文学的吸引力。这样就会形成作者创作好作品、各种平台广泛传播、广大职工踊跃阅读、优秀作家和作品受到关注、作家团队不断扩大、好作品不断涌现的良性循环。

加强职工文学人才队伍建设，活跃"繁荣之源"。要把文学人才队伍建设摆在更加突出的重要位置，要努力打造一批具有影响力的电网题材领军作家，建设一支能够发出声音、掌握话语权的文艺人才队伍。要强调"德艺双馨"，引导广大作家和文学工作者成为党的文艺方针政策的践行者，成为时代风尚的先行者，使我们的职工作家能够坚定地站在公司的角度为电网和职工抒写和放歌，能够用强有力的理论指导创作实践，能够将思想和行动统一到公司的整体战略部署上来。

要加强人才梯队建设，对已经得到社会认可的电力作家要积极扶持，提供好的创作条件，激发创作热情；对广大文学爱好者要制定人才培养计划，开展主题丰富的创作活动提高创作能力和水平。畅通培训交流渠道，推荐优秀人才参加各类培训和交流活动。多措并举，营造出文学创作人才辈出的生动局面。

我们期待，在公司上下的重视下，在电力作家和文学爱好者的积极努力下，一批有思想、有生活、有温度的作品将陆续出炉，这些作品将成为公司宝贵的精神财富，在公司职工文化建设中焕发生机和活力。

有公司党委的亲切关怀、各单位的有力组织，广大电力作家和文学爱好者的辛勤耕耘，黑龙江电力文学创作一定能够营造出"百家争鸣、百花齐放"的良好局面，助力"两个繁荣"不断推进，为全面建成"一强三优"现代公司、创建"两个一流"提供强大的精神动力和文化支撑！

2018 年 7 月 6 日

（作者为国网黑龙江省电力有限公司副总经理、

党委委员、工会主席）

目　　录

第一编　散　文

第二编　诗　歌

第三编　小　说

第六编　报告文学及其他

散文

"走"过沱江

张兴华

离开张家界,驱车沿盘山公路向西南迤逦行进,没走多久,就到达了一个异常静谧的所在——著名的湘西古城凤凰。

好一幅水墨丹青!远远望去,苍翠的群山环抱着一大簇古朴典雅的建筑,宛若神话里的仙山琼阁。雾霭蒸腾中,山脚下,似乎静止不动的沱江如玉带一般绕城而来。逼仄的江面平滑如镜,点点扁舟款款徐行,仿佛在巨大的玻璃上滑动。一座雕梁画栋的廊桥飞越沱江,气象万千地要展示给我们东方的《廊桥遗梦》。我默默地将它同著名的麦迪逊桥做着比较,异想天开地思忖,如果克林特·伊斯特伍德和梅丽尔·斯特里普在这里相会,那该是怎样的情形呢?环顾沱江两岸,五彩缤纷、飞檐翘角的吊脚楼星罗棋布,那是世代在这里繁衍生息的苗族、土家族同胞的憩园。

凤凰于我并不陌生,大学时代,通过两部书早已知晓了这座湘西古城。一部是著名作家沈从文的中篇小说《边城》,一部是描述人民解放军湘西剿匪的长篇小说《武陵山下》。当年,惊诧于沈从文那钟灵毓秀的文笔,怎么也揣摩不出他是从哪里得来裹挟着淡淡哀愁的袅袅书香,又是从哪里熏陶得来如此的仙风道骨?如今,仅仅在凤凰城外,就这么惊鸿一瞥,一切似乎都迎刃而解了。

从物质决定意识的角度考量,眼前的幽山翠林静水竹楼,当然会孕育出妙笔生花的大师沈从文啊!长篇小说《武陵山下》,则以解放大军剿灭顽匪为主线,出神入化地描摹了神秘湘西的风土人情,堪称发生在南国红土地上的《暴风骤雨》。我以为,后来拍摄的并大获成功的电影《湘西剿匪记》,电视连续剧《乌龙山剿匪记》和《大西南剿匪记》,其灵感无不脱胎于长篇小说《武陵山下》。"中国最美的小城",是人们授予凤凰最好的"奖章"。

想进城吗?且慢,请走"跳岩"。

据导游小姐讲,根植于凤凰古城北门外沱江中的"跳岩",已经有300多年的历史了。"跳岩"有100余米长,15个岩墩依次排列在窄窄的沱江河床上。那粗犷的岩墩是用巨型红砂块石构筑的,墩与墩恰好在5米的间距,上面搭铺着厚硬结实的木板,再用碗口粗的铁链牢牢捆扎,铁链两端固定在两岸敦实的铁桩上。我们真应该感谢上苍,数百年来,沱江"跳岩"依然坚固牢实,完整无缺地伫立在水中。现在,它不仅牢扼进入凤凰之要冲,而且成为一道蜚声中外的独特的风景线。

兴致勃勃地"走"在沱江上,人与水面是如此亲近,湿润的水气立即氤氲了你的周身。刚刚"走"到江心,迎面扑来一大群盛装的土家族青年男女。原来,为迎接尊贵的客人进城,他们特意来表演土家人的"哭嫁"婚俗。摆好秀榻,美丽的"新娘"蒙上红盖头,纤巧的"伴娘"依偎在她身边。"喏,就缺一位'新郎官'了!"嘿,不由分说,大家把我簇拥向前,七手八脚装扮停当。

盛情难却,既来之,则安之!我立即进入角色,在"新娘"和"伴娘"的凄厉"哭"声中,学着当地语音,假作"真诚"地调侃起来:"亲爱的,莫哭喽。娶你来家后,一定爱你一万年!我向丈母娘保证做到:工资全交,剩饭全吃,衣服全洗,重活全包……"在大家的哄笑中,我们才得以脱身,"走"过沱江,顺利进入凤凰古城。

"蝉噪林愈静,鸟鸣山更幽。"吊脚楼、万寿宫、大成殿、天王庙、遐昌阁、万名塔,重重叠叠,曲径通幽,构成了美丽而独特的画卷,凤凰不愧"画乡"美誉。

凤凰古属武陵郡,现在隶属于湘西土家族苗族自治州。我想,东晋陶渊明的《桃花源记》,说的应该就是这一带:"缘溪行……忽逢桃花林,夹岸数百步,中无杂树,芳草鲜美,落英缤纷。"现在,张家界不就开辟有武陵源风景区嘛。秀美山川,地灵人杰!在小小的凤凰,仅仅现、当代,就走出了中华民国第一任民选内阁总理熊希龄、传奇作家沈从文、著名画家黄永玉……瞻仰名人故居,浸润着香斋宝眷的灵气;漫步在凤凰古城泛着明清青苔的石板小街,如同在和睿智的先人默默对话。

沈从文是土生土长的凤凰苗族人。对于苗族,我始终怀有一种美好的情结。相传在远古时代,苗人也是生活在黄河流域的。部落首领蚩尤曾率部与炎帝、黄帝的强大联合部落激战,失败后苗裔退居江汉、洞庭湖一带,建立了"三苗国"。商周时期,"三苗"国破,苗人又迁徙到湘西和黔东,以后遍布大西南。大学时代,老师曾深情地讲述:中华文学艺术,有浪漫主义和现实主义两大流派。浪漫主义以长江流域为发轫,譬如楚辞,尤其以屈原、宋玉和景差为代表,历代大家以曹植、陶渊明、李白、苏轼、汤显祖、纳兰容若、郭沫若等人成就最高;现实主义以黄河流域为起源,以《诗经》为鼻祖,历代大家以杜甫、关汉卿、曹雪芹、老舍、浩然、陈忠实等人声誉最盛。据考证,春秋战国时期南方楚国国君以及屈、景、昭三姓贵族,都是苗人。因此,我认为,沈从文遗传了乃祖的浪漫主义基因。于是,才有了旖旎多情的千古绝唱《边城》。

如今,苗人的挑花、刺绣、织锦、蜡染、剪纸、首饰制作等工艺美术瑰丽多姿,闻名遐迩;苗人还是山歌高手,这不,伴随着夜幕降临,沱江上的赛歌会也徐徐拉开了序幕。

白桦林
Baihualin

　　沱江两岸的吊脚楼纷纷点亮了串串红灯,江中兰舟往来穿梭,廊桥侧畔丝竹琤琤,"跳岩"之上铜鼓声声,古城墙下舞影翩翩。这边,苗族小伙子吹起了芦笙,高亢嘹亮地奏出《苗岭的早晨》;那边,土家姑娘展开了歌喉,清丽婉转地歌唱《山路十八弯》。凤凰城外,沱江两岸,汇成了一片欢乐的海洋。看,幸福就是如此纯洁而简单!受了欢乐的人们的感染,我赶紧来到江边,兴奋地点燃一盏河灯,双手捧至水面,把美好的心愿尽情释放!

　　同行的湖南友人自豪地告诉我,凤凰、丽江、乌镇、婺源、九寨沟、平遥、敦煌和新疆的布尔津白哈巴,最近被评为蜜月旅行必去的中国最美的八个小镇。那就让我来邀约您吧,一旦有暇,就请暂时抛开功名利禄滚滚红尘,择其一处而作一次返璞归真的逍遥游吧……

(作者单位:黑龙江省电力公司)

柳丝轻剪春天来

李　靖

"碧玉妆成一树高,万条垂下绿丝绦,不知细叶谁裁出,二月春风似剪刀。"唐代诗人贺知章笔下的《咏柳》诗,把柳树的细叶说成是二月春风裁剪出来的,其想象力的丰富实在令人钦佩,反复诵读眼前必会出现诗人笔下的美景,感受到春的信息。

笔者对诗人的妙笔不敢妄加评议,但是在北方柳丝的绿色比春风更能代表春天。因为北方的春天总是姗姗来迟,春风并不像人们想象的那样温暖和煦,仍有初暖还寒的感觉,倒是春柳的细叶让人们看到了春天的信号。"侵陵雪色还萱草,泄漏春光有柳条",杜甫在诗中写的就是这个意思。

绿柳报春,有诗为证。从大诗人李白的"春风知别苦,不遣柳条青"到杨巨源的"诗家清景在新春,绿柳才黄半未匀";从白居易《杨柳枝词》中的"一树春风千万枝,嫩如金色软于丝",到辛弃疾《感皇恩·滁州为范倅寿》中的"春事到清明,十分花柳"……写柳颂柳的诗词数以百计,或借物咏志,或借物抒情,或工笔般的细腻,或写意般的挥洒。柳成为文人墨客笔下的常用词,歌抒情,诗言志。

绿柳报春,有画为证。南宋刘松年的《四景山水图》中的第一幅《春景》,堤边庄院,桃柳争妍。全幅构图简洁,意境深远。几枝桃柳把生机盎然的春天的意境巧妙地烘托出来。清代费以耕的《扑蝶图》,画面春柳新绿,双蝶翩跹,石桥回折,浮萍点点,一位女子正执团扇去扑捕双蝶。画中的柳树不仅报告了春天的信息,而且和扑蝶女相互衬托,起到了动中有静,静中有动,动静结合使整个画面活泼,令人赏心悦目……

柳之所以被人喜爱,被人赞颂,最可贵的还是它顽强的生命力。俗话说:"无心插柳柳成荫。"这就是说柳不局限土质的好坏,不畏旱涝严寒酷暑。无论南方北方,不管是在清乡僻壤还是沙洲荒滩,不需育种催芽,只要随手插下一枝,经过几日春风,几滴春雨,便会生出嫩绿的新芽,一天绿过一天,蓬蓬勃勃地长起来。我喜欢柳,是因为柳的用途很多。除美化环境,净化空气外,柳芽含有丰富的蛋白质,晒干后,可以炒着吃,也可以泡茶,清香可口,长期饮用有防病治病作用;柳絮可做枕芯,帮助失眠的人渐渐入睡;柳叶、柳皮、柳根都可以入药,能除痰、明目、消热、防风。夏天柳树可以遮阴观赏,枝条能制作柳编制品,树干可以做成家具,而且不易翘裂变形……

神州大地,到处都有柳的身影,历史长河中也有名家与柳的故事。不受"五斗米折腰"的东晋田园诗人陶渊明,在自家门口栽了五棵柳树,不仅自号"五柳先生",并著有《五柳先生传》写出田园生活的恬静,自然中的个性精神。文成公主远嫁西藏松赞干布时,特地从长安带去了柳树苗,栽种在拉萨大昭寺前,寄托自己对家乡的思念,后人将这株"唐柳"称为"思乡柳"。宋代著名文豪苏东坡在杭州为官时,亲自带领民众在西湖筑堤,蓄水灌田,并在堤上栽植杨柳,人们把堤称为"苏堤",堤上的柳为"苏堤柳"。清代名将左宗棠受命驻守西北时,命令部下在河西走廊沿途栽柳。绵延数千里的河西走廊因此绿柳成荫,成了一道风景。后人为纪念这位名将,把河西走廊的柳树取名为"左公柳"……

不论是柳丝轻剪春天来,还是春风吹得柳丝绿,毕竟柳绿报告了春的消息。当你漫步在柳荫下,嫩绿的枝叶迎风摇曳,定会感觉若置仙境,心旷神怡了。

（作者单位：鸡西东方红林区电业局）

群力岩画:古先民的"日记"

陈 达

牡丹江市北约 40 余公里处,是海林市柴河镇群力村。位于这座小村的牡丹江右岸,有一幅距今千年以上的岩画——群力岩画。

岩画绘制在面向西南的一处悬崖峭壁上,上方有一块突出的石板为其遮风挡雨。峭壁上的画面高约1.2米、宽约1.8米,在浅褐色的石壁上,画面呈暗红色。远望岩画,仿若巨笔题字,所以当地人称它为"字碰子"。

"字碰子"是什么"字"

关于群力岩画的记载,最早见载于清代康熙年间松石斋刻本《域外集》一书,为清初著名文人张缙彦所著。据书中《苍头街移镇记》一文载:"由宁古河路而来,途中有山曰笔贴山,即汉语曰字儿山也。石坎方平,约七八尺,字系汉书,以朱涂之,年远模糊,其字难辨,似'上顺国不'字,'归佃'等字,不知为何代何人所刻也。"

二百多年过后,在两本民国县志上又看到了有关"字碰子"的记叙。1921年(民国十年)修纂的《依兰县志》古迹条记:"牡丹江上游有名'字砬子'地方,峭壁之上有石纹,似字非字也。附近山下有一石,似碣,上永和甲申字样,并非镌刻,有似墨书,余文多不能辨。"稍后,于1924年(民国十三年)编纂的《宁安县志》古迹金石条目,记录如下:"距城(宁安县)二百里,呼尔哈河东岸,系赴三姓水道也。山壁石砬上隐约有朱红字迹,天气晴朗,人多见之,惜不知为何代人遗迹"。

据了解,在三姓水道上实际上存有两处"字砬子",一处是海林市柴河镇群力村的"群力岩画",另一处则是林口县莲花乡字砬子村隔江相望的对岸"字砬子"山,此字砬子于2017年秋季因修建公路被毁。

群力岩画的传说

海林文物工作者王清民收集整理的《林海雪原民间传说》一书,记载了有关于群力岩画(字砬子)缘由的一段的传说:

相传很多年前,牡丹江边住有靠打鱼为生的父子俩,一天老渔翁病了,儿子便外出寻医问药。儿子出门后,老渔翁凭借他打鱼看天的经验,认定肯定要下大雨发洪水。老渔翁想:大水来了,我因有病逃不了,可给儿子积攒的一坛银子绝不能丢掉。于是,老渔翁强忍病痛将那一坛银子藏到了安全的地方,为了能够指引儿子找到藏银子的地点,又划着船来到石砬子下画了六幅小画儿。当他刚画完还没来得及歇口气,洪水来了,老渔翁就被洪水给卷走。

水退后,买药归来的儿子已经找不到自家的房子,更找不见生病的父亲。儿子顺江寻父,发现了石壁上的红色岩画。儿子明白,这是父亲要通过这些画告诉自己银子的下落。但儿子看不懂画中之意,最后只好请教乡亲。一位老者悟出了其中奥秘:这鹿就是路,上面的公鹿角有分叉,每只鹿头都向东,这是说你家东面有三条路，你要走上面那条，找到岔路口……按照乡亲们的指点，儿子果然找到了那坛银子。因为靠大家的集体智慧找到了那坛银子，从那以后，这个小屯便叫"群力村"。

古人的"日记"

传说毕竟是传说，1958年，黑龙江省博物馆考古工作者到牡丹江边实地考察后，才将"字砬子"定义为"岩画"。

专家确认："群力岩画"共有颇具生产生活情趣的六幅小画构成。其中，左上图为一只带角的鹿科动物，做跳跃状。左中图画的是一人牵一只无角的幼鹿。图左下似为一只直立的熊。右面的三幅画主要反映旧时的渔猎生活：上绘一男一女坐于浓阴之下，恰似正在卿卿我我。中绘一只无角鹿，腹部圆鼓，疑似怀胎的母鹿。下绘一叶扁舟，一只雄健的鱼鹰（鸬鹚）引颈昂首伫立船头，时刻准备为主人捕捉猎物；船中有一人双手高高举起一张扣网，伺机扣捕江中的游鱼；船尾蹲坐一人，屈身在划船或扶舵。岩画再现了当年的狩猎、渔猎生活，以及人们的物资生活和精神世界。专家相信这一带应该有很多岩画，只有这一幅因石板遮盖而保存至今。

这组摩崖石画构思天真纯朴、线条简洁本真，画面上人和动物形象古朴、厚重、生动、自然，和谐又充满了灵性与神韵。即是古代先民精神生活的反射，又为研究他们的生活、生产提供佐证。也可以说，这是当地先民们留给后人的"日记"。

何人运笔绘"红"图

群力岩画是什么时代、什么人的作品？学术界一直存在着争议。尤其对岩画创作年代的问题，众多学者得出的结论相差时间跨度之大，几乎让人瞠目。

　　著名岩画家盖山林通过对群力岩画内容的解读和比对黑龙江流域中、俄罗斯境内大批岩画的实例，认为群力岩画产生的时代应在距今 2 000 ~ 4 000 年。而更多的学者认为这幅岩画是十世纪以前靺鞨人的遗迹。靺鞨人生活的时期相当于中国历史的南北朝末期和隋唐时代，距今已是 1 100 ~ 1 400 年。

　　近年来，又有学者认为群力岩画当是西汉末年至东汉初年挹娄人所留下，极具宗教意味的图案。研究者分析，无论从岩画的涂抹阴影法的技术，还是具有汉朝席地而坐、宽袍大袖、尚左的习俗、帷幔衬托的背景、岩画所处的石龛形状，以及岩画中的鹿纹图案、挹娄人"鹿"的含义、红色颜料涂抹的植物和水波纹图案等等，都充分说明了牡丹江群力岩画是距今 2000 多年西汉末年挹娄人的神秘图案。而牡丹江流域群力岩画的寓意，是一幅祭祖贡献牺牲祭品时隆重场面的图画。群力岩画所处的这块山崖峭壁的整体，应被当作挹娄人的灵石崇拜。

　　目前，东北地区发现的古代摩崖石刻仅有三处。一处是大兴安岭嘎仙洞鲜卑人遗存；一处是吉林市郊阿什哈达村松花江边明代将领刘清镌刻的造船铭文；第三处就是这个群力岩画了。如今，岩画的痕迹早已不是《宁安县志》上所说的朱红色，已经被岁月风烛成类似铁锈的黄褐色，痕迹也越来越模糊，或者某一天，再无可见。

（作者单位：牡丹江供电公司）

北魏大鲜卑——帝国崛起

王　锐

　　在中国历史上,有一个鲜为人知的民族,长期居于北方,自后南迁、跃马草原、历尽艰辛,在中原大乱之际大吼一声:"拓跋鲜卑来也!"之后饮马黄河,统一北方,建立了北魏王朝,与南朝刘宋王朝相对峙,前后共148年。史书上有关这个民族的记述很少,令一代代史学家黯然神伤。1980年,鲜卑旧墟石室和祭祖碑文的发现使这段历史大白天下,从此揭开了沉睡已久的千古之谜。

　　鲜卑民族发祥地嘎仙洞就坐落在大兴安岭林海深处。大兴安岭山脉呈东北西南走向,东北起自黑龙江南岸和额尔古纳河流域,西南至内蒙古赤峰和西拉木伦河上游谷地(内蒙古克什克腾旗附近),全长达1400公里,宽200—300公里,最高海拔为1600米。大兴安岭动植物资源丰富,主要树种有:兴安落叶松、樟子松、红皮云杉、蒙古栎、白桦和山杨等;棕熊、麋鹿、狍子、雪兔等动物种类繁多。鄂伦春自治旗(阿里河镇)位于内蒙古自治区呼伦贝尔市东北部,处于大兴安岭北段。在黑龙江大兴安岭地区首府加格达奇西北34公里的位置。这里有茂密的原始森林、湍急的河流、苍松翠柏、奇岩怪石。正如著名的历史学家翦伯赞先生所说:"假如呼伦贝尔草原是中国历史上的一个闹市,那么大兴安岭则是中国历史上一个幽静的后院。"辽阔壮美的兴安林海是孕育中国古代北方民族的摇篮。一代代北方游猎民族从这里走向草原，由游猎民族转变为游牧民族，进而问鼎中原，创造了灿烂辉煌的历史业绩。这也是北方民族在中国历史上的进步，世居大兴安岭北段的鲜卑拓跋部便是其中最著名的一支。

据《魏书·序记》载："昔黄帝有子二十五人，或内列诸华，或外分荒服，昌意少子，受封北土，国有大鲜卑山，因以为号（以鲜卑山为本民族的名号：鲜卑）。其后世为君长，统幽都之北（去代都5000余里），广漠之野，畜牧迁徙，射猎为业，淳朴为俗，简易为化，不为文字，刻木纪契而已。黄帝以土德王，北俗谓土为拓，谓后为跋。故以为氏。积六十七氏，至成皇帝讳毛立，聪明武略，远近所推，统国三十六，大姓九十九，威震北方，莫不率服。"这段文字记述了鲜卑民族早在2000多千年前就生活在北方。公元前1世纪（前202——前8年，西汉时期），拓跋鲜卑走出森林，一路南行，逐水草而居，跃马草原。《魏书》中有鲜卑南迁的记述：至宣皇帝拓跋推寅立，南迁大泽，方千余里，厥土昏冥沮洳，谋更南迁，未行而崩。到了东汉，第九世拓跋诘汾，在献皇帝拓跋邻的命令下，继续南移。

这个民族，正是基于对中原文化的渴望和对文明社会的向往，再加之他们能征惯战、兼收并蓄，逐步发展壮大，才铸就了他们一路南迁，至死不移的意志。史书描述南迁的艰辛为："山高谷深、九难八阻。"公元386年，在盛乐（今呼和浩特市附近，即内蒙古和林格尔土城子遗址）开创北魏基业，建立政权。公元398年拓跋珪定都平城（今山西大同），登基开国，统一北部中国，建立北魏。公元494年，北魏第八代皇帝拓跋宏进一步南下迁都洛阳，形成了与南方宋、齐封建王朝相对峙的强大北魏王朝（因区别于三国时期的曹魏，故史称：北魏、后魏、拓跋魏、元魏）。拓跋鲜卑是中国历史上第一个入主中原并建立封建王朝的北方游牧民族，她以宽广博大的胸怀和兼容并蓄的气度，广泛汲取各民族先进文化，为中华民族的形成、发展和民族大融合做出了重要贡献。

鲜卑民族的发祥地嘎仙洞，就坐落在阿里河镇西北9公里的一座花岗岩石崖上。"嘎仙"是鄂伦春语"猎民之仙"的意思。洞口略呈三角形，距地面25米，洞前为50度左右的斜坡，主洞南北长92米，东西宽20米，高12米。洞内最宽处27米，洞顶最高处20米。距洞口35米处，有一块平行四边形板石，长3.5米，宽3米，宛如一张石桌。板石高于下部近50厘米。主洞末端右侧上方有一斜洞，距地面11米，宽5米，高6米，洞深10米。

《魏书序志》记载："魏之先居于北方，凿石为祖宗之庙，自后南迁，其地隔远。真君中，有乌洛侯国使者朝献。云石庙如故，民多祈请，有神验焉。太武帝遣中书侍郎李敞告祭焉。刊祝文于室之壁而还。"对北魏寥寥数笔的记载，使人们无法知道更多的历史。嘎仙洞在哪里，祭祖碑文在何处，始终是个谜。

1980年7月30日下午3时，内蒙古考古学家米文平先生经过长期的考古探索和不断地推论和假说，终在这一天发现了嘎仙洞石壁上的石刻祝文（北魏祭祖碑文），嘎仙洞和北魏祭祖碑文的发现填补了历史空白。据史学家称：北魏祭祖碑文的发现，丝毫不亚于像发现秦兵马俑那样的贡献。因为在70年代中国与苏联正处于冷战阶段，战事一触即发，苏联称其边境线周围500平方公里范围都是苏联的土地。事实胜于雄辩，这一发现充分证明了大兴安岭自古以来就是中国的土地，彻底消除了苏联窥伺中国东北土地的想法。

无论是石室还是碑文，最初的发现过程是很复杂的：主要是史书记载上所带来的局限和误识，史书称嘎仙洞为：鲜卑旧墟石室。"石室南北九十步、东西四十步，高七十尺。太武帝拓跋焘遣中书侍郎李敞告祭焉,刊祝文于室之壁而还。"米文平先生按照史书提供的数据资料始终在寻找巨大的石屋,他在内蒙古草原的扎来诺尔发现很多石板墓和墓葬群,但都不足以构成石室的规模,也没发现类似祭文的字样。后期听朋友介绍阿里河的嘎仙洞有几十米长、二十多米高,能容纳数千人。他初步推断,这就是北魏的发祥地旧墟石室,接下来就是寻找碑文的下落了。他先后 4 次来到嘎仙洞,最后一次才发现碑文。在 1980 年 7 月 30 的夏季的一个午后,他和几位朋友来到洞中,在洞口 15 米处停下休息,在夕阳余晖的照射下,一处平整的石壁上苔藓密布,他将手扶在上面准备小憩,无意间碰掉了一块苔藓,露出"四"字。他兴奋地大呼:"这是字,是个'四'字,下面还应该有'年'字呢!"至此,北魏沉睡了千余年的历史终于大白于天下。1989 年,嘎仙洞被国务院列为国家重点文物保护单位。

嘎仙洞是一座天然石洞。洞体为花岗岩结构,这种岩石坚硬异常,不适于雕刻。这座花岗岩巨石山据地质专家推测,为两亿多年前第四季冰川时期的产物,为冰融后留下的坚硬的石芯。北方的很多石林就是这样形成的。嘎仙洞整体呈三角形结构,正符合物理学的三角力学原理,坚实异常,经亿年而不崩塌。

洞内的碑文为摩崖刻石,雕凿在距洞口 15 米处的扇形平面上,扇形平面大约宽 400 厘米、高 200 厘米,文字内容面积为宽120 厘米、高 70 厘米。共 19 行、201 字,字体为汉魏书体。在秦代,李斯将大篆化方为圆演变成字体妍美、清新秀丽的小篆;到了汉代,又将小篆化圆为方,出现古意浓重、粗犷朴茂的隶书。"汉字"的真正释义是汉代最鼎盛时期的文字,而隶书为汉字的代表,是将汉字完全方块化的第一种书体,在中国书法史上有继往开来的地位。正是由于隶书的发端才逐渐衍生出秀美端庄的楷书。这篇碑文既有隶书的深沉旷达,又兼魏书的刚劲雄浑。也是北方文化与中原文化通过文字的一种演绎,这种碑文在中原地区绝对是不多见的。文字的内容大意是描述先祖创造的丰功伟业,感谢上苍和祖先施加的恩泽,同时祈福祖先保佑北魏江山永固、基业永存、子孙万代、生生不息。总起来说,是对祖先歌功颂德的祝文。

这篇文章的主干部分是以骈文为主。骈体又称骈丽体、四六体,是以四字或六字相对,或两句多字的字数相对,体现的是句句对偶,华丽奔放、内涵丰富,读来朗朗上口。唐代王勃最著名的《滕王阁序》就是骈文的精华。这是块典型的摩崖刻石,北魏的摩崖文化和石窟文化在中原的影响力非常重大,正因为南朝宋和北朝北魏都崇尚佛学和玄学,道教和佛教文化得以在中原广为流传,唐杜牧的《江南春》中提到:"南朝四百八十寺,多少楼台烟雨中。"说的就是南朝宋在寺庙建设的一段辉煌。其实据不完全统计,南朝的寺庙何止四百八十,而是五百多座。相对于北朝,更侧重于石窟文化,从山西大同的云冈石窟、河南洛阳的龙门石窟到嵩山少林寺,都是北魏时期的杰作。这种石窟艺术体现了高大恢宏的气势,让人自然而然地感受到威严感和压迫力。是北魏帝王统治的象征。有一部电影《少林寺》,说的是"十三棍僧救秦王"的故事,反映了少林寺和鲜卑族以及初唐奠基人之间的关系,也反映了少林寺曾对唐朝开国时有过一定的历史贡献。更有一个"雀屏中选"的故事,充分证明了李世民具有鲜卑血统。《旧唐书·高祖窦皇后转》"乃于门屏画二孔雀,诸公子有求婚者,辄与两箭射之,潜约中目者许之。前后数十辈莫能中。高祖后至,两发各中一目。毅大悦,遂归于我帝。"这段记载说的是窦皇后的父亲窦毅为女儿择婿的故事。李渊的夫人窦皇后是西魏和北周王朝的奠基人宇文泰的外孙女,是北周武帝宇文邕的外甥女,雀屏中选的故事就发生在李渊身上,而窦皇后生李建成、李世民、李玄霸、李元吉和平阳昭公主。所以当初的"玄武门事变"也充分证明了李世民身上具有鲜卑民族尚武好斗的血气方刚，同时作为唐初的开创者，也体现了征伐掠地的开拓精神，这就铸就了他定然能够开创大唐基业。

拓跋焘时期，进一步统一北方并开始崇尚佛教和道教，先后建了很多寺庙。在他之后的公元460年，第五代皇帝拓跋睿开凿大同云冈石窟。公元494年，第七代皇帝魏孝文帝拓跋宏南迁洛阳，继续推行汉化改革，易民俗、换服饰、改婚制、说汉语、习汉文、任用汉人为官，汉化改革进一步推进了北朝与中原文化的融合。同年，开凿龙门石窟，龙门石窟汲取了云冈石窟的丰富内涵并推陈出新，造像更加宏伟壮观、华丽多姿，洛阳龙门石窟的开凿直至唐代还在进行。

拓跋鲜卑民族建立了北魏王朝，在接连不断的农民起义和激烈的斗争中，北魏王朝战火不断。公元534年，北魏分裂成由高欢控制的东魏和宇文泰掌握的西魏，很快又被北齐和北周所取代。随着汉化运动，北魏民族广泛汲取中原文化，《敕勒歌·北朝民歌》和《木兰词》就是北朝文化的一个缩影。这个民族充分融入了中华民族的大家庭，南迁和移风易俗也促进了耕种业的发展，先进的农业种植技术也深刻影响了南方各民族。鲜卑民族为中华民族注入了新鲜血液，为民族融合做出巨大贡献。也为隋唐盛世的到来奠定基础，推动了隋唐时期经济、政治、社会、文化的大发展。

（作者单位：大兴安岭供电公司）

竹

常相辉

因工作变动，友转到新岗位，送她一盆郁郁葱葱的翠竹盆栽，也送上了心中节节登高的美好祝愿。

自古以来，君子以"梅、兰、竹、菊"自喻，虽品格相近，但各有不同情怀。梅是傲雪斗寒而知名，暗喻君子在严酷的逆境之下，不同流合污，不奴颜婢膝，留暗香一段与雪共洁。兰，如空谷佳人，遗世独立，远离纷扰是非，寂静中绽放无限美丽，留于识香之人凭吊。菊，田园之隐者，谋生活之大道，不拘泥高低贵贱，追求心的自由与灵魂快乐，是返璞归真智慧的君子。三者皆为花，而竹为草，三者皆有隐意，是出世之君子，唯独竹站在高处，还拼命生长，唯恐不被世人所见，是不折不扣的入世之君子。喧嚣尘世中，无法逃避的纷扰与责任，因此酷爱竹的品格。

"未出土时先有节，到凌云处尚虚心"，竹的生命能给浮于世事的人们何种启迪呢？

我想，竹的品格可贵之处首推坚韧。自古刚烈之士不乏，而坚韧者有几？宁为玉碎不为瓦全者，有"我自横刀向天笑、去留肝胆两昆仑"的勇气，有"粉身碎骨浑不怕，要留清白在人世"的胆色，让人们肃然起敬的同时，更让人扼腕叹息。在追求真理的道路上，我们需要生命作为基础，而坚韧如竹，能够在疾风劲雨中，安然生存下去就愈发显得可贵。

你或许未曾意识到，竹是一株草的最高梦想，无论它多高，它中空的骨骼决定了他的生命有不可承受之重。或许每一株草都有触摸天空的愿望，但竹做到了，它实现了由卑微到崇高、由弱小到坚韧、由沉寂到爆发的华丽"转身"，它成长的全过程是一部翻开的"励志文章"。

对于生活在北方的我，原本竹是从书本上走出的文化臆像。"宁可食无肉，不可居无竹""门对千杆竹、腹藏万卷书"，竹与书的渊源不可谓不深。在纸发明之前，帛曾充当过文化的载体，但因价格昂贵，帛书似乎成为贵族专有的"奢侈品"，文化的传播也因此被局限。竹简诞生标志着有教无类的"文化大时代"来临了，无论是百家争鸣，或是独尊儒术，文化在碰撞、冲击、融合之中，绵延发展，浸淫千年。于是出现了"汗牛充栋"的藏书家、"学富五车"的大儒，平日"手不释卷"、最终"韦编三绝"的学子。可以说，如学海无涯，我们苦坐之舟是件"竹制品"。

在获得奥斯卡最佳外语片的《卧虎藏龙》之中，竹更代表着中国传统文化在世界的大银幕上大放异彩。玉娇龙与李慕白一段在竹海上翻腾打斗的场面，美得令人窒息，二人踏竹而行，借力打力，人静而竹动，人动而竹行，飘逸之美、悠游之态，演绎了充满儒家风范的一场"武戏"，不战而屈人之兵，李慕白与竹共同诠释了"止戈"为武的真谛。

偶尔会想，于茂林修竹之内，结一草庐，邀两三好友，品四季香茗。可听竹林之风谈经论道、可击竹之节纵情放歌、可酿竹叶之青豪饮同醉、可观斑竹之泪低吟徐行。如此，也不失为快意人生。

（作者单位：双鸭山供电公司）

油菜花开

任海霞

"夜来春雨润垂杨，春水新生不满塘。日暮平原风过处，菜花香杂豆花香。"到江南去欣赏油菜花是我久盼的心愿，我喜欢那黄绿相间的热烈。恰巧油菜花盛开的季节，我置身别于北方春色的南方欣赏到那一田一田的油菜花。

油菜花，姿容自然、朴素，虽然比不上桃红与柳绿，那么娇嫩，却有自己独特的风格——柔中可亲，美中可近，暖中可赏，她从不拒人于千里之外，处处透出谦虚和浑厚。山边、田野到处花动随影，阳光下，油菜花是奔放的。南风吹过，涌起一股又一股金色的波浪，在阳光的照耀下闪过来一波又一波亮光。油菜花田里，清新、自由、沁人心脾的香味与热烈、灿烂、无言以表的色彩调和成了一道彩虹，向着远方无限延伸。在灿烂的油菜花田中，我成了一个逐梦的少年，狂热地向前无尽地奔去，奔去……

油菜花的外貌极是平凡。她没有月季、玫瑰、牡丹那样层层叠叠的花瓣与多变的姿态，奇异的色彩。只有自始至终的黄色，那样充满朝气的色彩，仿佛那是阳光所沉淀在薄薄花瓣尖上的金色。

油菜花四片花瓣，整齐地围绕着花蕊，十分精致，有细细的纹路,那是技艺多么高超的雕刻家也无法雕琢出来的。中间的花蕊弯曲着凑在一块,仿佛在说着悄悄话。它有粗壮的根茎,茂密的叶,有着像栽种它们的农民们一样的淳朴与粗犷。油菜花的美是一种群体的美。站在田埂上,放眼望去,盛开的油菜花像一片金色的海洋一眼望不到边,阵阵淡淡的清香扑鼻而来,一朵朵油菜花,从绿色的叶子中探出头来,像一颗颗黄色的金子在阳光的照耀下闪闪发光。有的油菜花全开了,露出四片黄色的小花瓣,好像在欢迎着从四面八方来欣赏它们的游客。有的还是花骨朵儿,看起来饱满得马上要破裂似的,好像迫不及待地想要告诉我春天的故事。

"黄萼裳裳绿叶稠,千村欣卜榨新油。爱他生计资民用,不是闲花野草流。"乾隆的一首《菜花》早已道出了油菜花别于其他花卉的更可贵之处,虽是百花中的草根阶级,却是名副其实的群香谱里的农民,永远都是简简单单,大大方方,从容淡定,朴实无华和顽强自信。这也许就是我喜欢油菜花的原因,油菜花总是向人们展示着与自然、古典、朴素的魅力相融,营造着绵绵不断的生命色彩。

油菜花,她的怒放不仅仅是为了美丽,她的盛开也不仅仅是为了辉煌,她还有更深刻的意义,更伟大的理想,她的使命就是努力再努力直到结出丰硕饱满的籽;把她的枯枝燃成灰烬奉献给养育她的土地,这就是我喜欢她,赞美她的根源。

（作者单位:牡丹江供电公司）

徜徉"金色布拉格"

张兴华

对我来说，波希米亚、摩拉维亚、捷克，都是充满亲切感的称谓。从扬·胡斯到伏契克，从斯美塔那到德沃夏克，从聂鲁达到哈谢克，从捷克机枪到"波希米亚风"，从塞弗尔特到昆德拉，从杜布切克到哈维尔，从内德维德到科维托娃……在我周身洋溢着无尽的神圣与美好。更是由于心爱的女儿来到布拉格留学的缘故，让我与这个"浪漫之都"展开了一场亲密接触。

伏尔塔瓦河

绚烂的秋阳映照在柔曼的伏尔塔瓦河上，金波粼粼的河水律动着悠扬醇美的音符，这是斯美塔那动人心弦的童声合唱《伏尔塔瓦河》。一群洁白的天鹅快速游到河边，仿佛在欢迎来自遥远东方的我，快乐地簇拥着我走向巍峨的查理大桥。

"欧洲的露天巴洛克塑像美术馆"，是人们对查理大桥的美妙赞誉。大桥由神圣罗马帝国（德意志第一帝国）皇帝兼波希米亚国王查理四世敕令建造。查理四世来自德意志卢森堡家族，因母亲是波希米亚国王瓦茨拉夫三世之妹，故此，又兼具了斯拉夫血统。从查理四世执意为神圣罗马帝国定都布拉格的举动来看，他对波希米亚的喜爱超过了德意志诸城，譬如维也纳、卢森堡、汉诺威、法兰克福。查理四世酷爱学习，创建著名的布拉格查理大学就是明证。他还与意大利文艺复兴的先驱、大诗人彼特拉克情深意笃。查理大桥从 1357 年起就横跨在伏尔塔瓦河上，是君主加冕的必经之路，沟通着布拉格城堡和老城区，堪称艺术氛围浓郁的古老石桥。但见，遍布桥上的 30 座神态各异、栩栩如生的圣像，皆来自 17～18 世纪捷克的巴洛克艺术大师们的"妙手偶得"。由此，我联想到中国的赵州桥、卢沟桥。

正赞叹间，猛然觉得眼前这座泛绿的雕像有些眼熟。蓦然想起，2010 年参观上海世博会时在捷克国家馆看到的就是这尊雕像——扬·聂波姆斯基（西方依据英文习惯译为圣·约翰）！相传，1393 年，红衣主教扬·聂波姆斯基因拒绝向国王瓦茨拉夫四世透露王后忏悔的内容，被狂怒的国王从查理大桥上投进伏尔塔瓦河！就在他被河水吞没的瞬间，五颗璀璨的明星骤现空中。后来，扬·聂波姆斯基被追封为捷克圣人，并成为"波希米亚保护神"。善良的人们坚信，抚摸扬·聂波姆斯基雕像下的青铜浮雕，幸运之神就会与你相伴。立即伸手摩挲青铜浮雕，虔诚地祈祷圣者扬·聂波姆斯基庇佑我心爱的女儿！

寻访卡夫卡

眺望大桥两端，雄伟的塔楼如同威严的哨兵，忠诚而肃穆地守卫着查理大桥。信步来到河畔塔楼下，在一爿古色古香的咖啡馆前，这尊雕像吸引了我的目光——英年早逝的作家卡夫卡静静地"痴望"着伏尔塔瓦河。

大学时代，我读的是中文系，拜读过卡夫卡的代表作《审判》《变形记》《城堡》。卡夫卡的文学之路独特而寂寥，表现在 4 部短篇小说集和 3 部长篇小说（未完成），即使在生前都没有发表，却依然在身后攀登了世界缪斯之巅,也让他的出生地布拉格成为环球文学的耶路撒冷。卡夫卡与普鲁斯特、乔伊斯并称为西方现代主义文学的先驱。当代日本作家村上春树酷爱卡夫卡,将他的一部小说就命名为《海边的卡夫卡》。

卡夫卡的身份极其特别,人们为他的国籍争论不休。说他是捷克人吧,他的母语却是德语;说他是奥地利人吧,他却出生在布拉格,而且几乎终生在布拉格生活。其实,弗兰茨·卡夫卡是犹太人,以德语写作,国籍是奥匈帝国。从打上深深德意志烙印的"弗兰茨"这个名字来看,他的心理认同应该是奥地利人。由此,可以这样认为,鉴于当时犹太人特殊的"无祖国"属性,正如犹太人卡尔·马克思是德国哲学家、犹太人毕加索是西班牙画家、犹太人洛克菲勒是美国企业家一样,卡夫卡则应是奥匈帝国小说家。

特殊的身份,使得卡夫卡与捷克人形同陌路。他既非纯粹的奥地利人,更不是捷克人,加上奥匈帝国末期复杂的矛盾冲突,导致卡夫卡笔下描绘的都是底层小人物。他们充满痛苦、扭曲变形、惶恐、孤独、迷惘、无助,时刻对未来忧心忡忡。

布拉格旧城拉德尼斯街 5 号是卡夫卡的故居。古旧的老宅被音乐书店和餐馆左右夹击,只留下中间可怜的小门可以出入。这幢破旧低矮的小房子,形象地述说着卡夫卡作品中的不幸、抑郁和绝望。

著名作家刘心武作过一段精辟的论述:"北京有两座著名的金刚宝塔。打个比方,碧云寺好比著名作家,而五塔寺好比尚未引人注意的作家。"此时此刻,我由衷地感叹,卡夫卡就相当于"五塔寺",生前,寂寞无名;死后,他却成了"碧云寺",热闹非凡。

为缅怀这位卓尔不群的文学巨匠,1983 年发现的"小行星3412"以"卡夫卡"命名。

壮烈扬·胡斯

告别卡夫卡,来到有着900多年历史的老城广场,就进入了布拉格的心脏。抬头仰望,在老城广场的中央高高耸立着捷克又一位圣者扬·胡斯的雕像。广场四周,拱卫着圣·尼古拉教堂、巨大的天文钟、泰恩教堂等布拉格最具标致性的人文景观。天高云淡,老城广场既古朴壮观又静谧宜人。

老城广场上恢宏的老市政厅建于1338年,是布拉格最典型的哥特式建筑之一。老城广场南面的卡罗利努姆宫,为布拉格查理大学古老建筑之最。卡罗利努姆宫近旁的伯利恒教堂,默默哼唱着古代希伯来的圣歌。著名的火药塔,是当年为保卫老城而建造的13座城门中的唯一幸存者,现在则是一座精致的博物馆。值得一提的是,广场上建于1410年的钟楼,以别具一格、巧夺天工的天文钟而闻名遐迩。巨钟分为上下两个大圆盘,上盘以地球为中心,外面有月亮、太阳环绕,运行一周即代表一年,故此,也叫"日历仪";下盘则是自鸣钟。大凡畅游布拉格者,一定要到老城广场观赏这座钟楼,而途径钟楼的布拉格人也会停下脚步,认真校对自己的手表。每到整点,两大圆盘上面的窗门会自动打开,清脆的钟声悦耳鸣响,12个圣像走马灯一般来到窗口向人们鞠躬。这座神奇的自鸣钟至今仍如格林尼治天文台一样走时准确!

视线收回,又落到广场中心扬·胡斯雕像的身上。处于神圣罗马帝国统治下的捷克,人民必须说德语;信仰罗马天主教的捷克人,到教堂必须听拉丁语布道。捷克人自己的语言斯拉夫语,则被迫只能在民间悄悄流传。扬·胡斯是捷克伟大的爱国者、布拉格查理大学首任校长、著名的宗教改革家。他改革和简化了捷克语法,坚决主张高校用捷语而非德语教学,坚决反对捷克德意志化、教权专制、销售"赎罪券",领衔掀起了历史上著名的"胡斯运动"。由于扬·胡斯的主张与罗马天主教会针尖对麦芒,他被罗马宗教法庭以"触犯教规、散布异端邪说罪"判处火刑,成为捷克的布鲁诺、圣女贞德。扬·胡斯的牺牲,引发了著名的"胡斯战争"!

我以为,扬·胡斯的历史地位应高于同是宗教改革家的马丁·路德或约翰·加尔文。祈愿无私无畏的圣者扬·胡斯在烈火中得以永生!

布拉格城堡

哲学大师尼采曾经说过:"当我想以一个词来表达音乐时,我找到了维也纳;当我想以一个词来表达神秘时,我只想到了布拉格。"而此刻,我就来到了伏尔塔瓦河西岸神秘莫测的布拉格城堡。

布拉格城堡位于伏尔塔瓦河西岸的丘陵上,由圣·维特大教堂和诸多大小宫殿组成,已有上千年的历史。这里最早是神圣罗马帝国皇室及波希米亚王族的宫廷,历代皇帝、国王又依据自己的不同需求屡屡扩建,规模宏大、辉煌壮美。一路远瞻,只见那淡黄色的楼房、浅绿色的钟楼、银灰色的教堂与五彩斑斓的无数尖顶争奇斗艳、蔚为大观!

圣·维特大教堂是布拉格城堡的标志性建筑,由酷爱学习、尊重知识的查理四世下令建成,为哥特式建筑的典范,被誉为布拉格城堡的"建筑之宝"。圣·维特大教堂的功能与伦敦的威斯敏斯特大教堂大体相当,布拉格王室的加冕仪式在这里举行,以往王室成员的遗体也安葬于此,国王的王冠和加冕用的权杖得以完好保存。

现在,布拉格城堡也是捷克总统府驻地。在这里,捷克共和国总统米洛斯·泽曼,于出席中国人民抗日战争暨世界反法西斯战争胜利70周年纪念活动前夕,专门听取了中、捷、美联合开展国际教育合作、共同举办本硕连读班的汇报,欣然题词表示支持和祝愿。又是在这里,米洛斯·泽曼总统隆重接待了应邀来访的中国国家主席习近平,共同谱写了中捷友好合作的新篇章。

登临城堡高处俯瞰布拉格,但见,数不胜数的红色穹隆或金色尖顶扑面而来!布拉格不愧为世界建筑艺术博物馆,在这里,可以观赏到从11世纪到21世纪的所有建筑样式。从罗马式、哥特式、文艺复兴、巴洛克、洛可可、新古典主义、新艺术运动风格到立体派和超现代主义,尤以哥特和巴洛克建筑最为突出。陶醉于"千塔之城"和"金色城市",著名作家歌德赋予布拉格"欧洲最美丽城市"的桂冠。更为奇特的是,布拉格整座城市都被联合国教科文组织列为世界文化遗产!

瓦茨拉夫赞

伴随着清新的空气,欢快优美的歌声扑面而来:"我就站在布拉格黄昏的广场/在许愿池投下了希望/那群白鸽背对着夕阳/那画面太美我不敢看/布拉格的广场无人的走廊/我一个人跳着舞旋转……"有趣得很,蔡依林演唱的《布拉格广场》,也成了当今捷克的流行音乐。

所谓"布拉格广场",它确切的名字是瓦茨拉夫广场。广场位于伏尔塔瓦河东岸的布拉格新城,600年的历史让它足以傲世。如果说老城广场是布拉格古代建筑的典范的话,那么,瓦茨拉夫广场则是捷克现代生活的窗口。

你看,长750米、宽60米的瓦茨拉夫大街与瓦茨拉夫广场组成了布拉格新城的中心。瓦茨拉夫大街被誉为布拉格的"香榭丽舍大道"，街道两旁排列着诸多20世纪初的古典式建筑，林立着五光十色的商铺，作为布拉格最繁华商业区当仁不让。走在这条深具历史意义的现代街道上，也不时可以看到年轻的街头艺人表演，伴随着播放的1930年代的歌曲跳踢踏舞。广场上合理分布着适合供休憩的绿地和长椅，以及各式各样售票亭一样的摊子贩卖着诱人的小吃。

沿着瓦茨拉夫大街一路走到头便是气势磅礴的国家博物馆，门前矗立着"波希米亚保护神"、捷克公爵瓦茨拉夫的雕像。塑像位于广场中央，瓦茨拉夫公爵骑着骏马、高举战旗，在高大的大理石台基衬托下，显得威风凛凛、气势不凡。鉴于瓦茨拉夫公爵为争取捷克国家独立和民族自由而做出的丰功伟绩，他的遇难日、每年的9月28日被定为捷克的"圣·瓦茨拉夫节"。

从此以后，在捷克，瓦茨拉夫成为一个神圣而伟大的名字。很多捷克家庭都喜欢以"瓦茨拉夫"来命名自己的儿子，在波希米亚历史上，就涌现出瓦茨拉夫一世、瓦茨拉夫二世和瓦茨拉夫三世等国王。更为有趣的是，为表达对捷克人民的亲近感，抹杀自己德意志卢森堡家族的出身，查理四世的儿子文策尔一世继任神圣罗马帝国皇帝兼波希米亚国王之后，干脆自称"瓦茨拉夫四世"。捷克"天鹅绒革命"后的两任总统哈维尔和克劳斯，其全名分别为瓦茨拉夫·哈维尔和瓦茨拉夫·克劳斯。也许是双重的纪念意义吧，布拉格鲁济涅国际机场于2012年10月5日起正式更名为"瓦茨拉夫·哈维尔机场"。而足球明星瓦茨拉夫·内梅切克、瓦茨拉夫·皮拉日，更是在青少年中大名鼎鼎。

几度寒暑，几度春秋，瓦茨拉夫广场见证了捷克共和国的成立、第二次世界大战的结束以及"布拉格之春"和"天鹅绒革命"等重大历史事件，如今，它更以欣喜的目光见证着当代捷克的飞速发展。

此刻,我的耳畔仿佛响起了伟大的捷克作曲家德沃夏克雄浑壮美的《自新大陆交响曲》。"新",代表着明天;"新",孕育着希望。衷心祝福崭新的捷克愈加丰赡富饶,冀望留学布拉格的孩子们学业精进、快乐健康!

（作者单位:黑龙江省电力公司）

桦树皮的记忆

陈　达

闲来无事偶读《山海经》，见海外西经一节提及到了"肃慎国"，曰"肃慎之国在白民北。有树名曰雄常，圣人代立，于此取之。"这段话用现代白话文翻译的意思是：肃慎国位于白民国之北，那里生长着一种树，名叫雄常。中国有圣人代立时，都到这里来取其树皮作为衣服。今之牡丹江乃古肃慎国的领地，这个有关"雄常树"的记载，是神话传说还是确有其树？这令我十分好奇。于是，打电话咨询从事历史研究的好友。好友告诉我：雄常是古代传说中的一种神树。根据文中的描述，肃慎国的雄常树有可能是大家时常可见的白桦树，因为桦树可取其皮而不死，桦树皮在过去年代就其用途来说是十分的广泛。

桦树皮，这个深藏在我记忆里似乎已经被遗忘的物品，经好友无意中的点拨，马上就在我面前生动立体而鲜活起来。

小时候，我在松花江边一个叫达连河的小镇长大。小镇西边有个煤矿，我的父亲就是煤矿的工程师。这个矿区采用的是斜井方式进行煤炭开采，每天都要消耗许多的原木用以井下巷道的支撑，由此，专门派汽车到近邻方正县的高楞林区去"拉大木"，也成了煤炭开采中一个必不可少的环节。邻居马小子的父亲就是"拉大木"司机,人送绰号"马特务""马大哈"。盖因其在那个物资匮乏的年代,路人形神皆瘦而他独自脑满肠肥的缘故吧!高楞林区距我所居住的小镇,只有30千米的路程。初夏时节,胖胖的司机马特务叔叔在心情好的时候,喜欢挑选三两个他喜欢的孩子乘坐他驾驶的运材"大解放"车去林区玩,领大家去装车场扒桦树皮。

高楞林场山脚下的装车场,方圆数里都耸立着一个个高高的木堆,粗大原木的树身一个小孩子是抱不过来的,这让我们这些初次来到装车场而又少见乏识的孩子,从内心感受到了什么是"堆积如山"的震撼。

原木堆积如山的装车场时刻隐藏着危险,马叔对待我们的人身安全一点没有"马大哈"。心细的他总是把我们带到装车场旁边地势开阔、少有人来车往的地方去扒桦树皮。他教我们这样去扒树皮:先使劲用刀子在桦树干上划下2个小圆,然后,用刀尖把这两块小圆树皮撬下,再用刀在两个圆之间用力划下一条直线,沿缝隙把树皮从头到尾一点一点撬起来,慢慢顺势把树皮扒下来。得到马叔的精心指点后,扒桦树皮的活变得简单而轻松,小孩子也马上成了扒树皮的高手。

驾车穿行在北方的白桦林当中,棵棵白桦宛如美丽的少女,洁白无瑕、亭亭玉立。美丽动人的景色,令马叔眼神变得温柔而生动,嘴里的话亦渐渐多了起来。记得他曾说过:桦树是一种喜寒的植物,苏联盛产白桦林的原因,就是那地方特别的冷。他告诫我们:桦树皮在夏至前后非常容易扒,冬天扒树皮树会冻死……

无论干的还是鲜的桦树皮有个见火就着的特点,而且火焰燃烧得非常猛烈,温度很高,劈劈啪啪地放出很白的强光。我们从林区带回的桦树皮,几乎都成了父母生火做饭的最佳"引火"材料,一小片桦树皮就能够很快点燃木柴和煤炭,让炉火变得越来越旺。

除马司机的儿子马小子外，我还有一个非常要好的伙伴名叫启哲。至于，启哲的父亲为什么不姓启而是姓肇的原因，启哲曾经跟我解释过多次，反正我就是没弄明白，只知道他们家是满族旗人。启哲的奶奶老肇太太，很不喜欢我们这些不懂规矩的小嘎豆子，不让我们到她家里去玩。每当我们把一大张桦树皮送给老肇太太的时候，她会非常地高兴，格外开恩地允许我们玩一会她从来不让我们碰的稀罕物，蝇甩子、铜剪子、铜锁……我特别喜欢蝇甩子，它是用一缕二尺来长的马尾捆扎在木棍上做成的，像小人书《西游记》里太上老君手持的拂尘，把蝇甩子拿在手里甩来甩去，让自己顿时具有了仙风道骨。

启哲暗自告诉过我们：奶奶手巧，他家好多的东西都是用桦树皮做的。再来到启哲家，我们惊奇地发现：原来漂亮的烟笸箩、针线筐、笔筒、台灯罩、杯子、盒子、盐罐等物件，都是用桦树皮做的啊！连启哲脚下的鞋垫，居然也是用桦树皮做的。这些简单的树皮制品，一经添加花纹和色彩，就具有了质感和生命力。每件生活用具，都变成了精美绝伦的工艺品，真是让人爱不释手啊。

我没有亲眼看到老肇太太手工制作桦树皮工艺品的机缘。出于老肇太太的原因，启哲全家被下放到农村去了。或许是启哲奶奶招人嫉妒了，她那双点石成金善于化腐朽为神奇的巧手，不可以光做工艺品赚钱，还能左手抓萨满神鼓右手持神鞭去跳大神。

我一直珍藏着一封信笺不是纸张而是桦树皮的特殊来信。这是一位住在加格达奇的笔友写给我的，比一般信件要多贴了三倍邮票。笔友是一位十六岁就到东北插队落户的上海的知青，在信中他讲述了自己亲身经历的有趣故事：夏天到深山密林里专门选择三四十厘米粗的笔直桦树，拿斧头往树杆上下砍出一道两米长的直缝,由缝环树身将两米长一米多宽的桦树皮一揭而下,将扒下的桦树皮当为铺席,就是用于布置自己安乐窝最好的防潮垫了。桦树皮是分层的,把树皮一层层地揭下来,薄薄的桦树皮可以当纸张来使用的。他有一本厚厚的日记,完全就是用桦树皮写的。桦树的汁液也是可以当成饮料喝的,嫩嫩的桦树皮是可以做成衣服穿的……

十几年前玩过一个电脑游戏《帝国时代》,据说是微软公司制作的第一款游戏产品。游戏里的人类活动是从砍伐树木开始的,逐渐一步步进化到石器、铁器、火器等一个个新的时代。在社会不断的发展过程中,科技变得越来越发达,战争越来越频繁,而树木却越来越少了,风沙越来越大了,污染却越来越严重了,人类生存遇到了一个个无法抵御的危机……到而今,我也不明白微软制作这款游戏的真正目的是什么?又一次停下车,欣赏牡丹江至绥芬河 301 国道边的"十里桦廊",如果你领略过原始白桦林少女般挺拔的健壮后,你才会体味到人工培育如同造假般的渺小。眼前棵棵细弱的白桦树,释放不出真实的野性,只是人类盼望大自然重新焕发活力的一种心有杂念的回归。森林啊,北方的大森林,你真脆弱啊,曾经把地球染成了绿色的你们,却抵抗不了人类的最难缠的无知和斧刃上的贪念!

珍宝岛:抒不尽的乡恋

李 靖

"你的身影,你的歌声,永远印在我的心中。昨天虽已消逝,分别难相逢,怎能忘记? 你的一片深情……"一首《乡恋》,让尘封的记忆大开,看过的、听到的、感悟的、联想的,化作笔端断断续续的文字,那是一种特殊的情结,珍宝岛——抒不尽的乡恋。

珍宝岛,是家乡虎林市东部乌苏里江上的,一个因江水和山水相互作用,冲刷山体淤积而成的一个小岛,常年因岛上有几位打鱼的老人居住,起初称为"翁岛",后因岛形像中国古代的金元宝,又称珍宝岛。

光阴荏苒,面积不到一平方公里的小岛,伴着儿时的记忆和自己的爱好,逐渐地高大起来,从默默无闻,到走进心里;从乌苏里船歌的荡漾,变为民族精神的重要组成部分;从数以百万资料中的解读,到走进珍宝岛自卫反击战纪念馆去接受精神上的洗礼;从毛主席的教导记胸怀、一生交给党安排的铮铮誓言,到手握一杆钢枪,为伟大祖国站岗的光荣与豪迈;从耄耋老人的动情讲述,到9时17分升旗仪式的特殊来历;从百年首捷一岛独胜的自豪,到八一勋章的殊荣的感慨。都说伟大的时代产生伟大的精神,伟大的精神却蕴藏在不同的载体中,只有亲自去探寻、感知,才能从平凡的常态中,感受到伟大精神的魅力。

"为什么眼中常含着泪水,因为我对这土地爱得深沉。"我在艾青的《我爱这土地》中的感悟,不知不觉地转移到珍宝岛上。儿时听到珍宝岛,那只不过是个渔猎的胜地,渔舟唱晚的故事,如同是在江南的梦里水乡。伴着迎面而来的江风,江水炖江鱼,三花五罗十八子,尽情地品尝,那美味飘过的地方,足以让所有闻到味的人,垂涎三尺,过口不忘。但是说到后来,都是轻描淡写的一句话,打仗了,就啥也没了。为啥呢?我百思不得其解。

后来集邮作为我的爱好,走进我的学习和工作生活,特别是当通过对邮票内容的解读,我知道了编号邮票7《严惩入侵之敌》就是以珍宝岛为历史背景而发行,在简短的文字里,突然感悟到,珍宝岛真的不是一个普通的小岛,和台湾岛一样,都是祖国的宝岛。一枚小小的邮票,但是却是为弘扬珍宝岛精神而发行,邮票是国家的名片,它昭示着国家民族精神的力量。

因为特殊的地理优势,我先后在《虎林县志》《东方红林业局局志》中查阅到有关珍宝岛的资料,更让我感到惊讶的是,东方红的民兵和儿童团代表还曾参加过国庆观礼,受到周恩来总理的接见,何等的荣耀,伟大的幸福。更让我感动的是通过对老兵回忆录的收集、阅读、感悟,我对珍宝岛精神的理解变得更加清晰,"生命不息、冲锋不止""一生交给党安排""雪地邱少云"……英雄先烈的事迹让我感动,特别是当与老兵电话联系的时候,不论是哪里的方言,当我说到珍宝岛、东方红,他们都听得懂,都有说不完的话。当年亲自到战场采访的著名词曲作家邬大为、魏宝贵、铁源等老师亲自写来书信,回忆那段刻骨铭心的采访和创作经历,为什么好歌五十年经典依旧,关键就是素材的真实、感人,零下三十几度的严寒和家乡的桃花联系在一起,站在珍宝岛就像站在天安门广场,珍宝岛祖国母亲的心头肉,这样的词语,谁读了热血不会沸腾,谁看了不会感慨万千,谁唱了不会激情满怀,而这些歌的原型都来自珍宝岛,我的家乡。

年过半百的老兵,几回回梦里回宝岛,笔端写不尽的往事情深似海,纷纷相约,再走一次巡逻路,再看一眼老营房,再回一次珍宝岛。虽然步履蹒跚,209高地一定要登上去,再看看珍宝岛的全貌,我为曾在珍宝岛站岗放哨而骄傲;虽然今日珍宝岛已今非昔比,但英雄树下的杨林雕像,红领巾依然鲜红;老营房上的"身居珍宝岛,胸怀五大洲"的对联依旧。怎能不牵情,怎能不感怀,怎能不让喜极而泣的泪水尽情地流。

斗转星移,硝烟散去四十九年,当年的最可爱的人已不年轻,甚至有的因为伤病过早地离开了我们,但是珍宝岛的精神永不会被历史湮灭。中国近代史上一共与列强签订了数以百计的不平等条约,只有珍宝岛一寸土地没有丢失,百年首捷何等的光荣,历史不会忘记、共和国不会忘记、边疆的人民更不会忘记。都说乡音难改,乡情难收,珍宝岛我抒不尽的乡恋,那才是我的追求。

(作者单位:鸡西东方红林区电业局)

你是那天边的一抹红

——雨中访萧红故居

段晓蕾

时过立夏,气温却一直低得如入春,伴着连日那仿佛总也下不完的雨,我来到了萧红故居。除了在文字、影视作品和各种评论中,第一次如此近距离感受萧红、了解萧红。

我是土生土长的哈尔滨人,距离萧红故居所在的呼兰小城也仅仅40分钟车程,而自己却从未来过。站在写着"萧红故居"的牌匾下,对于这个从黑土地呼兰河畔走出的知名女作家,对于这个为自由挣脱束缚、用生命和鲜血谱写跋涉之路的战士,对于这个从北方到北方从南方到南方、一生在路上的行者,对于这个一生追求爱与温暖却总是在漂泊中承受孤独的女子,我想,我可能从未真正了解她。

萧红故居位于现已划入哈尔滨市行政区域——呼兰区的一条以萧红名字命名的"萧红大街"上,整体建筑风格是带有浓厚北方特色的四合院式,萧红诞生于此并在这里度过了她终生难忘却一去再无复返的少年时光。

此时,雨中故居,素瓦青砖,安静肃穆,深深吸了一口凉丝丝的空气,心仿佛一下子安静下来。

步入东院的门槛，视线顿时暗了下来，和着本就乌云密布的天气，屋内更显阴暗。发黄的窗纸、灰黑的石砖、老式的梳妆台、铺着黄色席子的土炕和炕上立着的刻着棕色花纹的炕琴，无声地诉说着曾经的岁月，一切都显得那么压抑、沉闷，一如萧红的童年。

印象深刻也是感受最为温暖的是两处地方。一处是主屋边上无人问津的储藏室。黄色的小门上挂着一把生锈的小锁，令人产生无限的遐想。萧红儿时总是会在这里找到一些新奇又不明所以的小玩意儿，印帖子的帖板、红色玻璃灯笼、好看的戒指耳环……我想，这一处隐蔽的、落满灰尘的小屋子，当时一定不时地散落着童年萧红的小手印、小脚印。想象着小小的萧红头发上缠着几处蜘蛛网，小脸上蹭着几抹灰，但眼神明亮、满脸兴奋的样子，不自觉地笑了，觉得好像也温暖了许多。

再一处就是曾带给萧红童年全部快乐的后院小园子。此时的园子被整理得井井有条，种了许多蔬菜花卉，两边的小径用低矮整齐的树丛分隔开，几株丁香散发着淡淡的香。当年这里的一花一草、一树一木、一果一花，甚至是一条小虫、一只小鸟都是萧红童年全部的乐趣所在，也是萧红和她挚爱的祖父爷孙之情最为浓厚的地方。当年，祖父在这里莳弄花草，萧红便在一旁学着翻土、播种、洒水。这小小的一片土地和天空，和祖父在一起的时光永远地住在了萧红心里，也成为她无论身在何处最惦念也是最温情的回忆。

"从前后花园的主人，而今不见了。老主人死了，小主人去逃荒了。"今生今世，这"小主人"一去再没回来，土地依旧是这片土地，可"园里的蝴蝶、蚂蚱、蜻蜓……小黄瓜、大倭瓜、向日葵"呢？还会出现"那黄昏时候的红霞是不是还会一会儿工夫变出来一匹马来，一会工夫变出来一匹狗来，那么变着"的景象吗？即使一切依旧一切再现,还会有那慈祥的老人佝偻着的背影、扎着羊角小辫小女孩清脆的笑声吗? 只剩此刻满眼的绿、满耳的雨……

这两处地方大概是萧红人生之初面对古板的父亲、待自己如"生人一般"的继母和阴暗冷漠大宅中唯一留下温暖的所在。而与祖父共处的几年带给了她亲切与温情、信任与惦念,也带给了她人生之路最初的勇气和一直伴随坚定的信念,让她一生都活在这位老人善良慈爱的庇护和指引之下。

"从祖父那里,知道了人生除掉了冰冷和憎恶而外,还有温暖和爱。所以我就向着这'温暖'和'爱'的方面,怀着永久的憧憬和追求。"有人说"每个人的童年都有一盏灯",我想每个人的人生之路都应该有一盏灯,为自己驱散黑暗、寒冷和邪恶,温暖内心,照亮前路,指引方向。

再次来到故居正门前汉白玉萧红塑像前,这惊世的女子,这一身桀骜仿佛永远在路上的女子,这追求自由仿佛却永远被困在原地的女子,这心中不乏爱却又永远孤独的女子,此刻静静地坐在庭前花红柳绿中,目光深邃向着远方的呼兰河,手中那本《呼兰河传》被雨水打湿,祖父、团圆媳妇、二伯、冯歪嘴子……如此鲜活,永远活在这呼兰河畔。

走出萧红故居,雨已停,门外广场上硕大音箱里广场神曲已唱起,大爷大妈欢快地舞了起来,萧红大街上车来车往,故居后一栋高层已粗具规模,我再一次回头望向雨中的小院,恍如隔世……

"一切都是命运,一切都是烟云,一切都是没有结局的开始,一切都是稍纵即逝的追寻,一切欢乐都没有微笑,一切苦难都没有泪痕,一切语言都是重复,一切交往都是初逢,一切爱情都在心里,一切往事都在梦中,一切希望都带着注释,一切信仰都带着呻吟,一切爆发都有片刻的宁静,一切死亡都有冗长的回音。"北岛的这首《一切》仿佛是对萧红一生最好的注解。

电影《萧红》有一个片段我记忆深刻,在东兴顺旅馆,萧红与萧军第一次相见,一见如故,萧军看到了萧红写在墙上的诗:"晚来偏无事,坐看天边红。红照伊人处,我思伊人心,有如天边红。"他说:"你是我见过的女人当中最有才华的。"她说:"如果这次我不死,我会永远记着你今天这句话。"

天似放晴,一道晚霞穿透云层,你可是那天边的一抹红!

(作者单位:黑龙江省电力公司)

梦回老宅

何　佳

岩石路,砖瓦房,黑大门。门前钩出两小垄地种着大葱,长势郁郁葱葱。打开大门,走进第一栋砖房的门洞,便看见了住在老宅的母亲戴着遮阳帽坐在小凳上摘着小菜或洗着衣服。前后院过堂风吹过,母亲头上的帽子就会随之晃动,母亲习惯地抬起手按一下,然后,继续忙碌着。这是我定格的记忆,也是我梦中的场景。

多少次梦回老宅,多少次泪洒脸庞。老宅对我记忆深刻,我对老宅魂牵梦绕。

我出生在煤矿。那里有高高的岩石山、大堆大堆的煤,还有母亲家两栋四间砖瓦房。母亲住的老宅是当地第一栋民建砖房。因为是第一栋,没有参考样板,没有借鉴经验,一切只能靠自己。白天,母亲做完饭,忙着备料;晚上,收拾完家什,琢磨框架。那时,矿山的收入颇丰,但母亲要顾及和照顾的家人、亲人太多,再加上建房,母亲是精打细算每一分钱。而节省的唯一方式,就是无限地透支自己的体力。三伏天,母亲在四轮车上车下装卸砖,踩着跳板从货车厢上扛水泥,套着绳子去木厂拉木头。一次,在拉木头中遇上了大雨。母亲拉的木头又长又多,任凭肩膀和双手怎样用力,但两轮车辐辘还是深深地陷入泥坑里。路上没有一个行人。母亲就把木头一根根地卸下来。当车子从泥坑中推出来,车胎又瘪了。母亲并不恼,就五米、十米地一根一根地把木头向前搬移。我家离木厂有6里地。满满一车的木头就这样被母亲运回了家。满身泥水的母亲到家后,并没有停歇,顶着雨水,又一根根地码好摆齐,直到用塑料布盖上,才抬起手擦掉顺着脸成流往下淌的雨水和汗水的混合物。

备足原材料。然后找瓦匠和木工建设。那时雇工,是按天数付费,而且还要供饭。记得,给我家打门窗的是一位姓白的老师傅。他提出的要求是,两顿饭必须有酒,菜可以是咸菜也可以葱蘸酱。母亲嘴上答应着。可每顿饭都变着样端上一盘煎鸡蛋,或是小炸鱼,或是肉类炒菜。偶尔有时也会有剩余,但母亲不允许我们吃,而是盛好留给老师傅第二天吃。母亲说,技术人员费脑力,有下酒的菜好睡觉休息。虽说母亲提供的不是什么好菜,但白老师傅知道,那在我们家已实属不易。他回报的是加班加点地赶活儿,讲好的一个月结束,他用半个月就干完了。母亲有些过意不去,于是,又买了两瓶好酒送给白师傅。

房子建成后,母亲开始刷墙,铺路,进土。母亲与房子的一砖一瓦都有过亲密的接触,老宅凝结着母亲心血。

母亲极少离家。在我的记忆中只有三次。一次是去父亲返城的徒弟家。来回离开7天,4天的车程。到家的母亲满嘴起泡,瘦的惊人。之后,母亲又不得不离家两次。一次是眼睛做手术,一次是把看大的外孙子送回家上学。

母亲不愿离开老宅,那是她精心打造的家,那是她飞出儿女归来的"巢"。母亲始终守候着、等待着。不管我们姐弟什么时候回来,母亲都在。如果不在东屋擦碗柜,就是在西屋归拢衣物,再不就在仓房晒粮食。如果都不在,母亲一定去前面的树林遛弯了,如果大喊一声"妈",母亲就会一路小跑赶回来。母亲的大半生都在老宅度过。她不想离开一刻。

虽是百般留恋,可母亲还是离它而去。那是春寒料峭的三月,母亲的腿突然看着粗起来。当送到医院的时候,已是无力回天。作为医生的弟弟不相信母亲在他的眼前就这样离去。他推出了抢救室的所有人,一个人跪地哭得死去活来……

那一刻,老宅在我记忆中戛然而止。

我没了母亲,老宅没了主人。

（作者单位:佳木斯供电公司）

蓝色多瑙河

——惬意的布达佩斯之旅

张兴华

"华尔兹之王"小约翰·施特劳斯以一曲蜚声世界的《蓝色多瑙河》,令世人对维也纳心驰神往、趋之若鹜。然而,当我亲身游历了维也纳之后,却觉得那里多瑙河的"蓝"有些盛名之下、其实难副。倒是布达佩斯宛若蓝色缎带一般的多瑙河让我拍案称奇、赞不绝口,这里才拥有真正的"蓝色多瑙河"!

不信?请随我来——

"多瑙河玫瑰"

匈牙利首都布达佩斯坐落于多瑙河中游两岸,从前是隔河相望的两个城市,布达雄踞地势高峻的南岸,佩斯铺排北岸的冲积平原。1873 年,奥匈帝国皇帝弗兰茨·约瑟夫和伊丽莎白皇后(茜茜公主),以匈牙利国王和女王的身份宣布两城合一,"布达佩斯"由此诞生,"多瑙河玫瑰"是世人授予布达佩斯的桂冠。

走上高高的布达城堡,举目四望:灿烂的阳光洒下浓浓暖意,为多瑙河沿岸披上了秀丽的金色。碧空如洗,展开博大的胸怀,充满爱怜地拥抱着湛蓝纯净的多瑙河。九座气势磅礴、五光十色的大桥仿佛七彩霓虹连接着布达和佩斯。离我最近的融合了古罗马帝国与奥斯曼土耳其帝国建筑风格的链子桥古老弥新、活泼动人，散发出离合的神光。

顺着这离合的神光，我的视线被多瑙河北岸一处庞大恢宏的建筑群吸引了过去。大簇大簇的金色尖塔、五彩缤纷的浑圆穹顶，将和煦的阳光反射成万道彩霞瑞霭；数不胜数的垂直细长的金色廊柱，在清澈的河水衬托下如同直插水底，整座建筑群俨然从蓝色多瑙河中徐徐升起的仙山琼阁。这就是布达佩斯的地标建筑、拥有数十个大小尖顶的以新哥特风格独领风骚的匈牙利国会大厦！

对于华丽壮美的国会大厦，匈牙利人总会"谦虚"地说，他们拥有与其狭小国土极不相称的"世界第一"的立法机构。让我们来看下面这组数字吧：国会大厦于 1896 年开工，到 1904 年完工启用，历时 8 年。楼高 96 米（相当于 32 层楼高），除使用 40 万块砖和 100 万块珍贵石材外，还奢侈地用了重达 40 公斤的黄金！大厦在当时已全面采用了电灯、电梯、机械通风、冷暖空调等先进设备，"世界第一"绝非匈牙利人老王卖瓜！

这 96 米的高度是很有讲究的。原来,匈牙利于 896 年(相当于我国唐朝末期)立国,况且又在建国 1000 周年(1896 年)为国会大厦奠基,如此这般,"96"就成为匈牙利人的吉祥数字了。难怪,观看世界足球赛事时,总是看到大批的匈牙利球迷身着印有大大的"96"字样的 T 恤。我以为,匈牙利国会大厦与英国伦敦的议会大厦堪称伯仲,而这里多瑙河沿岸优越的地理位置又同上海黄浦江畔的陆家嘴有异曲同工之妙。

视线收回,聚焦于身旁马加什大教堂金光闪闪的尖顶,它与布达佩斯著名建筑渔人堡一起,如同卫兵一般拱卫着巍峨的布达城堡。这座新哥特式的壮美大教堂,也是布达佩斯的地标之一。历代匈牙利国王都在马加什教堂举行加冕仪式。1867 年 6 月 7 日,奥地利帝国皇帝弗兰茨·约瑟夫和伊丽莎白皇后(茜茜公主)在布达城堡上的马加什教堂加冕,分别担任匈牙利国王和女王。然后,夫妇二人来到多瑙河畔链子桥头,向匈牙利人民庄严宣誓:"有圣母玛利亚保证,我们要向对待自己的孩子一样对待匈牙利人民!"庞大而富强的奥匈帝国由此建立起来。

在奥地利不受婆婆待见的茜茜公主(见我的另一篇游记《约会"多瑙河女神"》),对匈牙利可谓一往情深。四处旅行的她喜欢这里的蓝色多瑙河,热爱勤劳质朴的匈牙利人民,最爱听欢快的《匈牙利舞曲》,迷恋匈牙利传统美食"古拉什",认真而执着地学习匈牙利语。茜茜公主在匈牙利受到广泛欢迎,匈牙利人民甚至以"感激与怀念"来向这位来自巴伐利亚的美丽女人致敬,他们认为是茜茜公主让匈牙利取得了和奥地利同等的王国地位。在布达佩斯,很多地方都留下了茜茜公主的影子,多瑙河上的九座大桥,以"茜茜公主"大桥、"弗兰茨·约瑟夫皇帝"大桥和链子桥最为著名。

马加什教堂侧畔的渔人堡,是一座结合了新罗马与新哥特风格的漂亮观景台。冷眼看来,渔人堡古色古香,其实,它是 20 世纪初完成的建筑。渔人堡是恋人们的天堂,它与上海外滩的功能极其相似。从这里饱览蓝色多瑙河和对岸佩斯的秀丽景色,是一个绝佳的视角。马加什教堂和渔人堡之间的高大铜像,是匈牙利第一个天主教国王圣·伊斯特万(西方称为圣·斯蒂芬)。伊斯特万国王于 1000 年加冕,率领匈牙利人民皈依耶和华,成为匈牙利开国元勋,获封"圣人"称号。渔人堡北面山上是布达老皇宫,如今是匈牙利国家图书馆、国家画廊和布达佩斯博物馆。老皇宫旁边的桑多尔宫是当今匈牙利总统的办公地。

"江山如此多娇"! 布达佩斯蓝色多瑙河两岸被联合国教科文组织命名为世界文化遗产。

"古拉什"之惑

正午,在布达佩斯安德拉什林荫大道漫步,宛若置身于巴黎的"香榭丽舍大街"。这条大街以奥匈帝国匈牙利王国首相安德拉什伯爵的名字命名,连接著名的城市花园和伊丽莎白广场,周边多是琳琅满目的巴洛克建筑。清风徐来,凉爽惬意,在大街尽头的伊丽莎白广场,怡然自得的我享用了一顿匈牙利国菜、茜茜公主酷爱的美餐"古拉什"。

大名鼎鼎的"古拉什",就是地道的匈牙利炖牛肉! 选用上好的鲜嫩牛肉,配以土豆、胡萝卜、洋葱,加上清洌微甜的多瑙河水,文火慢炖大约两小时,出锅以后点洒匈牙利红甜椒粉和白胡椒粉,一道醇香四溢的"古拉什"即大功告成。连汤带肉舀一勺赭红色的"古拉什"送入口中,那种浑厚浓郁的肉香立刻让你陶醉! 这时,斟上一杯世界驰名的匈牙利托卡伊奥苏贵腐葡萄酒,轻品慢啜,"葡萄美酒夜光杯",咱也享受一回被法国国王路易十四誉为"酒中之王、王室之酒"的欧洲王室贡酒! 欣欣然!

说起"古拉什",这里还有一个动人的故事。冷战时期,苏联是社会主义大家庭的首脑,带领中东欧的"华沙条约组织"同以美国为首的"北大西洋公约组织"相抗衡。1964年4月,苏共领导人赫鲁晓夫访问匈牙利,在布达佩斯品尝了"古拉什"后赞不绝口,"共产主义就是人人都有土豆牛肉汤喝"。随后,"古拉什"被迅速引入食品严重匮乏的苏联,成为苏联人民的"共产主义"生活典范。开国领袖毛泽东嗤笑赫鲁晓夫志向太低,挥毫创作一首《念奴娇·鸟儿问答》,诙谐潇洒地唱道:"鲲鹏展翅,九万里,翻动扶摇羊角。背负青天朝下看,都是人间城郭。炮火连天,弹痕遍地,吓倒蓬间雀。怎么得了,哎呀我要飞跃。借问君去何方,雀儿答道:有仙山琼阁。不见前年秋月朗,订了三家条约。还有吃的,土豆烧熟了,再加牛肉。不须放屁!试看天地翻覆。"是啊,回首强大苏联一夜之间作鸟兽散的惨剧,正视其直接继承者俄罗斯的国民经济依然堪忧的现实,不由不钦佩当年伟大领袖毛泽东同志的远见卓识!

蜚声世界的"古拉什",如今不仅是匈牙利的国菜,而且早已成为其周边国家诸如奥地利、捷克、斯洛伐克等国脍炙人口的经典菜肴,并推陈出新、花样颇多。在奥地利首都维也纳,我品尝到的是牛肉加上蘑菇的清炖式样的"古拉什";在捷克首都布拉格,罗曼·门特里克博士邀请我到他自家开办的酒庄,品尝了馒头片蘸牛肉酱式样的"古拉什";特别是在斯洛伐克首都布拉迪斯拉发,我吃到的"古拉什"竟然是中国式疙瘩汤拌上匈牙利式炖牛肉!"古拉什"继续"发酵",为方便喜欢"古拉什"口味的各国拥趸,在德国、法国、英国、荷兰等国的超市里,都有出售袋装"古拉什"的半成品,像牛肉加上白扁豆炖煮的素淡"古拉什"、青椒镶嵌牛肉的翡翠"古拉什"等等。值得一提的是,我国人民也借鉴了"古拉什"的做法,用牛肉加上土豆、西红柿、甘蓝炖煮,形成了中国东北风味的"古拉什"！

一阵悦耳的音乐传来，是明快活泼的《匈牙利舞曲》。但见，一群身着五色斑斓的匈牙利民族服装的少女，裙袂飘飞、翩翩舞蹈而至。美景、美食、美酒、美乐、美人……在我身旁，霎时汇成了欢乐的海洋。此刻，置身于蓝色多瑙河畔愉悦氤氲中的无比惬意的我，脑海里自然而然地闪现出《与朱元思书》中的句子："鸢飞戾天者，望峰息心；经纶世务者，窥谷忘返！"

"西迁的匈奴"

"生命诚可贵，爱情价更高。若为自由故，两者皆可抛。"多么熟悉的诗句！是的，著名的《自由与爱情》。作者就是伟大的匈牙利爱国者、诗人、独立革命斗士裴多菲。

伫立在蓝色多瑙河上连接布达和佩斯的乳白色的"茜茜公主"大桥边，我静静地瞻仰着高大的裴多菲塑像。裴多菲可能是中国人最熟悉的匈牙利人了，他有过这样一段经典陈述："我们那遥远的祖先，你们是怎么从亚洲走过漫长的道路，来到多瑙河边建立起国家的？"

是的，相对于日耳曼、拉丁、斯拉夫三大族群，匈牙利人是欧洲独树一帜的异类。在他们身上镌刻着深深的东方烙印，单单从匈牙利人的姓名结构就可见一斑。请看：诗人裴多菲·山陀尔、音乐家李斯特·弗兰茨、大独裁者霍尔蒂·米克洛什、匈牙利民主共和国首任总统卡罗伊·胡萨尔、改革家纳吉·伊姆雷、共产党领袖卡达尔·亚诺什……姓在前，名随后，与欧洲人大相径庭。这是典型的东方命名方式！

匈牙利人来自遥远的亚细亚已成定论。关于匈牙利的东方起源，历史学家则莫衷一是。多数历史学家压倒一切的声音：匈牙利人是中国蒙古高原的匈奴后裔，很多匈牙利人也这么看待自己的身份。而匈牙利国史则认为，自己是来自西伯利亚的马扎尔人。在匈牙利的纸币"福林"上面，我果然看到印有"马扎尔"的字样。

事实到底是怎样的呢？原来，现今的匈牙利在古代是罗马帝国的帕诺尼亚省。被中国汉朝大将卫青、霍去病击败的匈奴一分为二，南匈奴内附天朝，不甘失败的北匈奴则被迫西迁。游牧民族逐水草而居，北匈奴在大单于阿提拉当政时达到极盛，横扫中东欧日耳曼、斯拉夫"蛮族"。匈奴骑兵来时排山倒海，去时十室九空，一举占领帕诺尼亚。逼得日耳曼东哥特人、西哥特人纷纷涌入罗马帝国境内，日耳曼盎格鲁人、萨克森人渡海流亡到不列颠岛，森林民族斯拉夫人逃向巴尔干半岛，芬兰人去斯堪的纳维亚半岛躲避……罗马帝国由分裂走向溃败。无奈，以君士坦丁堡为首都的东罗马帝国和以罗马为首都的西罗马帝国都得向阿提拉进贡。匈奴在东方失去的面子终于在西方讨了回来。欧洲人惊恐地以为匈奴是上帝派来"惩罚"他们的虎贲，无比畏惧地称阿提拉为"上帝之鞭"。第一次"东方浪潮"！

一波未平，一波又起。公元5世纪，随着阿提拉的暴亡，匈奴汗国迅速瓦解。6 世纪,阿瓦尔人(就是被中国军队击败的柔然)从亚洲蜂拥而至。又是一番血腥杀戮,又是一轮凶残征服! 帕诺尼亚尽归阿瓦尔汗国。第二次"东方浪潮"!

再后,第三支东方游牧民族马扎尔人在公元 9 世纪重演了"匈奴—阿瓦尔式"的西征,于 896 年在多瑙河谷地定居。欧洲人对当年匈奴暴风骤雨般占领多瑙河流域心有余悸,胆战心惊地称这片谷地为匈牙利——"匈奴的土地"。第三次"东方浪潮"!

在漫长的历史进程中,大量的匈奴人、阿瓦尔人留在了匈牙利,他们与马扎尔人长期通婚形成了近现代匈牙利人的基本架构。

马扎尔阿尔帕德王朝大公伊斯特万,于公元 1000 年圣诞节由罗马教皇加冕为匈牙利国王,匈牙利升格为王国。1241 年,匈牙利与西征的蒙古大军激战,虽然城毁兵败,但保护了欧洲免于战火蹂躏,被誉为"基督教的捍卫者"。自 1526 年起,匈牙利又遭到奥斯曼土耳其帝国的屠戮和残酷统治。18 世纪,神圣罗马帝国(德意志第一帝国)哈布斯堡王朝重新领有匈牙利。匈牙利在奥匈帝国弗兰茨·约瑟夫皇帝和伊丽莎白皇后(茜茜公主)时代达到空前繁盛。

长篇小说《最后一个匈奴》的作者高建群阐释:"匈牙利人吹唢呐和剪纸的情形和中国陕北的一样,他们说话的尾音也与陕北口音很相似。"很多匈牙利学者都认为匈牙利与匈奴后裔有着密切的关系。我们可以这样说,匈奴人、阿瓦尔人(柔然)、马扎尔人都是当代匈牙利人的祖先,而马扎尔人则是匈牙利人比较直接的前辈。

与蒙古帝国、奥斯曼土耳其帝国的长期混战,加上神圣罗马帝国、奥地利帝国、奥匈帝国的强有力统治,蒙古、突厥、日耳曼、斯拉夫血统相继混入匈牙利。直到第一次世界大战奥匈帝国败亡,匈牙利独立,亚欧混血的匈牙利民族最后形成。

天高云淡,蔚蓝宁静的多瑙河水,仿佛在痴情地演奏《匈牙利狂想曲》,又似乎在向我揭示着生活的真谛……

(作者单位:黑龙江省电力公司)

醉美燕塞湖

刘镜珍

久违于闹市的喧闹，便有了意欲寻一方宁静的心境。听说燕塞湖的景色不错，于是，便乘车来到了这个环绕于深山峡谷，生态环境优美典雅，风光旖旎，自然景观星罗棋布，素有"北方小桂林""小三峡"之称的燕塞湖。

燕塞湖自然风景区，地处燕山脚下旅游名城山海关境内，原名石河水库，是山海关军事要塞的一道天堑，隋、唐、辽、金时期的民族军事冲突曾发生在此。新中国成立后，这里劈山筑坝、蓄水为湖，天堑变通途，成为长寿山国家森林公园和国家地质公园的重要组成部分。

进入景区，道路两侧山高林立，郁郁葱葱。徒步千余米盘山路，行至半山腰索道处，坐缆车来到湖边的山上，就可俯瞰湖面和周围群山。移位换景，视野非常的开阔，观奇山俊水，沿岸峭壁千姿百态，景色壮观。湖水如镜，苍松翠柏映入水中如翠如碧。清风亭、燕春亭、喷泉式园林，与秀美山色相融。下了索道，沿湖堤近距离观赏燕塞湖，不仅富有佳山丽水，更有奇石异景，像一颗瑰丽的明珠镶嵌在古老的长城边。两支涧水融汇于湖心小岛形成深潭,湖内有一半岛,如一弯新月,山影倒悬、形影合一,恰好构成一个圆形。乘环保游船沿河道逆流而上,湖水萦回,峰林山岩、洞山剑峰、神女浴日、金瞻戏水等十八处胜景映入眼帘,一个个美丽的传说韵味十足,令人陶醉!

"山上平湖水上山,北国风光胜江南。"此景令我联想起美丽的家乡镜泊湖。北国明珠镜泊湖,山清水秀,自然朴实又绮丽多变。著名的"小孤山""古城墙"等八大美景天工神韵,蕴尽诗情画意。镜泊湖沿岸的山峰不高但气势非凡,水不急却幽静清丽,湖边丛林茂盛引百鸟争鸣。清晨游云如纱,漂浮于山水之间,宛若一幅浓淡相宜的水墨画苑。白昼湖光山色,碧水蓝天相映,令人心旷神怡。傍晚夜色弥漫,平湖柔风吹荡,明月丛林携影相伴……

经过短暂的休息,我们下山了。景区内还有两处鸟语林和松鼠园供游人观赏。顺山坡小路进入鸟语林,此处放养着黑天鹅、丹顶鹤等百余种二千多只珍稀鸟类。那些珍稀奇异的鸟类,在园内山林自由活动,不时地发出一声声响亮或沙哑的叫声,最引人注目的要属蓝孔雀,不远处几个高傲的蓝孔雀不停地走动,或顺着平地溜达展翅,或跃上山坡挺立媲美。这些珍稀鸟类"和平共处",就连我们进园"造访"以及饲养员去放食料,也旁若无人般悠闲自得,祥和怡然。鸟语林和松鼠园内,鸟欢、鼠俏,集训养、保护、繁殖、科普为一体,可零距离观赏。园内小松鼠在栏内拖着毛茸茸的大尾巴,顽皮地蹿上跳下,几只梅花鹿在路边缓步地走动,我们给小松鼠喂食,与漫步的梅花鹿合影。附近还有大量的白鸽在石景山上盘旋,随手买来鸽食投过去,便会引来几十只鸽子争抢啄食,没来得及投出的食料还会招来一些鸽子飞到身上、手上,体味了人与自然的和谐是如此的愉悦与神怡。

领略壮美山河,燕塞湖只是祖国名山秀川的一瞥,却让我深深地体味了她的奇美与壮丽。深秋时节与大自然亲密接触,让我神清气爽。触景生情,引发我对故乡美景的深深热爱……

(作者单位:牡丹江水力发电总厂)

走进生机勃勃的春天

杜伟华

阳春三月,北国大地,冰雪初融,温暖的东南风仿佛一夜之间取代了寒冷的西北风,山川、大地、河流纷纷脱去了沉重单调的冬装,倏然换上了轻松明快的春装,草木争相萌发,处处春意盎然。

在这明媚的春光里,人们纷纷走出家门,看春、听春、赏春,走进勃勃的春天里,感受着春天赋予大自然的美好气息。乡间的小河最先感受到春天的气息,它们冲破河面上一块块残缺的薄冰,奔跑着唱出欢乐的叮咚之歌。杨树、榆树、柳树抖落了枯枝上的最后一点残雪,僵硬了一冬的枝条开始变得轻柔曼妙起来。树上的鸟儿、蛰伏在树下的冬虫也听到了春天的召唤,它们争相打开嗓子鸣叫,纷纷加入春天的合唱团。南燕北归,剪剪双燕又开始衔泥筑巢,呢喃低语,在屋檐下飞来飞去,忙个不停。一场酥油般的春雨不期而至,濡湿了田野里的土壤,埋在泥土下的种子沾了暖气和湿气开始争着破土发芽。然后雪白的杏花、梨花,粉红的达子香攻占了所有的山头,春天在繁花似锦的色彩里,在芬芳馥郁的花香里拉开了一场华丽的大幕。

还记得年少时渴盼春天的童真无邪。山里的孩子爱大山,山中的一草一木都是孩子心中神奇的精灵。不等冬雪融尽,春风变暖，小伙伴们就三五成群地唱着《春天在哪里》的儿歌去山里采花捉虫。最爱采的是东山上的那片达子香花，盛开得最早，开得最壮观，漫山遍野一片粉红，比天边的彩霞还要绚丽，是大自然用最神奇的画笔创作的画卷。粉红的达子香花映衬着孩子红扑扑的小脸，山花笑了，孩子也笑了。最爱捉的是蛐蛐和蚱蜢，它们总是不甘寂寞地藏在泥土中或草叶间鸣叫，殊不知早被耳聪目明的小伙伴发现了藏身踪迹，用手一扣，逮了个正着。捉住的蛐蛐放进早已准备的草编笼子里，依旧鸣叫个不停；蚱蜢是害虫，则用一根草秆儿穿起来，像缴获的战利品一样，拿回家喂鸡去。春天在幼小的心田里是神奇的世界、童趣的世界。

还记得青年时向往春天的痴迷神醉。在年轻人的心中，春天不仅是四季的开端，更是事业和人生的起步。山上的杏花、梨花次第开放，冰雪融化的杏花水汇入溪流、注入湖泊，厂房里的发电机牵着湖水唱出轰隆隆的歌，"在工作岗位上为祖国的电力事业添砖加瓦"是每个年轻工人心中的梦想，这梦想伴着春天起程，伴着春天茁壮成长，在努力的拼搏和流淌的汗水中一步步得以实现。年轻的心，面对春天的美好怦然而动，春心也在袅娜的春风里一点点随春潮绿波荡漾开来。上班的山间小路，一棵棵刚抽出嫩枝的新柳随风摇曳，一枝枝含苞欲放的山杏花调皮探出笑脸，这"绿柳才黄半未匀""一枝红杏出墙来"的诗情画意，流进年轻的运值员眼中、心中，给平凡的运行值班生活涂抹了一道多么生动亮丽的色彩。春天在年轻的心灵里是美好的世界、憧憬的世界。

如今步入中年的我，依然对春天满怀着当初炽热的情感。像婴儿渴盼母亲温暖的怀抱，像禾苗渴盼雨露甘甜的滋润，像飞鸟渴盼天空高远的云端，在四季周而复始的轮回里，尽管我已不再年轻，并渐渐走向成熟，却依然像年幼的孩童、年轻的姑娘那样渴盼着与每一个春天欣喜相逢，渴盼着春天里不断上演的精彩故事。当一个又一个春天如约而至，神州的山川大地悄然变了模样，人们的工作生活早已今非昔比。工作岗位变了，从运行岗位到新闻工作，不变的是对事业执着的热情；身份角色变了，从青葱少女到妻子、母亲，不变的是对生活美好的追求。"活水源流随处满，东风花柳逐时新"，春天在年近不惑的我眼中，是笔耕不懈的读书写作，是虽苦尤甜的陶然忘忧。"柳暗花明春事深，小阑红芍药，已抽簪"，春天在年近不惑的我眼中，是重返青春的心驰神往，是珍惜时光的谆谆教诲。春天以其生动蓬勃的姿态给了我全新的责任和勇气。

"春风得意马蹄疾"，即使人生不再年轻，只要心里春天常驻，就会时时充满着蓬勃的激情和奋进的力量。满怀新的希望，走进勃勃的春天，让春天的阳光照耀你我，让春天的雨露浇灌心田，整装再出发，不辜负生命赐予的美好时光。

（作者单位：牡丹江水力发电总厂）

拉萨的夜色多美好

陶丹丹

白天,高原的太阳毒辣、刺眼。夜色暗淡下来,灯火亮起。我站在拉萨北京东路的过街天桥上,顺着布达拉宫的方向眺望过去,整条街喧嚣依然。

人力三轮车、机动车、摩托车交织在一起,川普、京片子、陕普、河南话、东北话,多地方言汇聚在这里,其间不时夹杂着各种听不懂的外语。街道两面的特产店、甜茶馆、藏装铺等各色商铺林立、绵绵不断,好一派车流熙熙、人群攘攘的热闹场面。

按照国家电网公司 2017 年~2018 年援藏工作要求,4 月 16 日一早,我怀揣着我的梦,从塞北"冰城"哈尔滨启程,一路风尘远赴万里之外的雪域"圣城"拉萨,援助藏区电网建设。

这世上有一种极致的美,叫西藏。到过西藏,才知道站在海拔四五千米的土地上,天有多近,云有多低;到过西藏,才知道面对地球之巅,人有多渺小;到过西藏,才知道苍茫的天路有多蜿蜒,山水有多摄人心魄;到过西藏,才知道距离天堂,原来可以如此之近。

背上行囊,就是过客。放下包袱,就找到了故乡。不到一年,我两度进藏。曾经是一个过客的我,如今成为一名援藏人员,感谢组织给我的这次成长机会,感谢命运对我的垂青。

西藏,青藏高原重要的一部分,一片有着令世界艳羡的 34 个之最的神奇土地。拉萨,西藏的政治、经济、文化和宗教中心,一座有着 1300 多年历史的吐蕃王朝的古城,正在以惊人的速度改变着。这里,除了火车和每天多条进出港航线、自驾车队,将五湖四海的游人载来,还有艰辛跋涉"长征路"的徒步、骑行爱好者,用不同的方式向着心中的圣地拉萨进发,只因心中有梦。

漫步在景象辉煌的长街上,我不禁慨叹,拉萨的夜色多美好啊!是电,令这座城璀璨夺目、色彩斑斓。同样是电,让藏族同胞告别了烧牛粪、燃气灯的落后生活,点亮了藏族同胞心中的希望。

是啊,为了"户户通电",为了藏区经济社会繁荣昌盛、稳定发展,有多少电力建设者无怨无悔、前赴后继,又有多少电力建设者为此奉献了宝贵的生命和青春韶华。

远处,群山之上,那一基基矗立的铁塔冲击我的视觉神经,我强烈地感受着一批批电力建设者释放出的生命信号。此刻,我心潮澎湃,自豪感和使命感油然而生。

是的,没有人可以预知到未来的生活会是怎样。这一程,也许我会经历各种考验,也许会面对多样困难,但无论如何,我都会尽我所能,在这片土地上留下足够努力的痕迹。

(作者单位:哈尔滨供电公司)

布拉迪斯拉发遐思

张兴华

从奥地利首都维也纳出发,乘客轮沿多瑙河向东航行不到60公里,就抵达了斯洛伐克首都布拉迪斯拉发。维也纳和布拉迪斯拉发,恐怕是欧洲距离最近的两个首都了!

由于行程的安排,我在斯洛伐克只能作短暂逗留。然而,也就是对于布拉迪斯拉发的匆匆一瞥,却让我陷入了深深的思索。

普莱斯堡咏叹

幽静宜人,是布拉迪斯拉发给我的第一印象。湛蓝清澈的多瑙河穿城而过,多瑙河北岸的布拉迪斯拉发老城满眼都是五彩斑斓的巴洛克建筑。作为最古老的建筑和城市的象征,雄伟傲岸的布拉迪斯拉发城堡高高地耸立在老城侧畔的山巅。在我身后是布拉迪斯拉发新城佩特萨尔卡,冷战时期大量修建的"赫鲁晓夫式"大板楼则千篇一律、乏善可陈。三三两两的市民悠闲地在河畔散步,自信与满足呈现在他们微笑的面庞。

横渡多瑙河,登上布拉迪斯拉发城堡。放眼望去,正可谓"一览众山小"!多瑙河两岸的秀丽风光尽收眼底。但见,高峻的布拉迪斯拉发城堡是斯洛伐克的"故宫",宫门前广场上矗立的斯瓦托普卢克大帝跃马挥剑的巨大塑像,记录着斯洛伐克筚路蓝缕的历史,承载着斯洛伐克千百年来的光荣与梦想、沧海与桑田。

公元 9 世纪,西斯拉夫人在短命的萨莫公国(来自波兰)基础上建立了摩拉维亚大公国,国土包含西部的波希米亚、中部的摩拉维亚和东部的斯洛伐克。833 年,斯洛伐克取代波希米亚成为摩拉维亚大公国的中心。斯瓦托普卢克大公带领西斯拉夫人皈依基督教,于875 年在布拉迪斯拉发城堡加冕称帝,"大摩拉维亚国"骄傲地步入"黄金帝国"岁月。然而,昙花一现,好运难久。10 世纪初,帝国解体,波希米亚和摩拉维亚组建了捷克王国,定都布拉格;斯洛伐克则被从亚洲疯狂涌入的游牧民族马扎尔人占领。匈牙利国王下令扩建布拉迪斯拉发城堡,作为匈牙利的王宫(匈牙利建都布达佩斯是几百年后的事情了),斯洛伐克全境沦陷!为抵抗奥斯曼土耳其帝国大军的侵略,1526 年,灭国已久的斯洛伐克随匈牙利王国一起归属了由哈布斯堡家族领衔的神圣罗马帝国(德意志第一帝国),"普莱斯堡"则是奥地利皇室赋予布拉迪斯拉发的德语名字。到奥匈帝国建立,捷克人和斯洛伐克人在彼此隔绝数百年之后,又共同生活在庞大的奥匈帝国之内。

作为"普莱斯堡"的布拉迪斯拉发,在承受了匈牙利王国、奥斯曼土耳其帝国的残酷蹂躏之后,获得了难得的喘息机会。相对于疯狂屠戮的马扎尔人和突厥人,开明进步的德意志文化对斯洛伐克施加了翻天覆地的影响,造就了斯洛伐克成为与捷克一样在世界上拥有数量最多城堡的国家,从古城堡遗迹到保存完好的博物馆收集品,斯洛伐克可谓品类齐全、收获颇丰。如今,斯洛伐克散布着180 处在联合国教科文组织登记受保护的城堡和遗迹,还有1200 处庄园、田舍和楼阁。在斯洛伐克,很多城堡都繁衍出妙趣横生的传说和神话故事,诸如布拉迪斯拉发城堡、特伦钦城堡,都是斯洛伐克美妙传奇所在。虽然长期失去独立,然而自由的空气正在逐步发酵。对于斯洛伐克这样的弱小民族来说,正所谓失之东隅,收之桑榆。

步出布拉迪斯拉发城堡,来到多瑙河畔一爿小店,安静地品尝一道添加了斯洛伐克羊乳酪酱的匈牙利"古拉什",惬意地享用一碟马铃薯面团加白菜糜制作的斯洛伐克蓬松糯香汤团,恬淡地轻酌一口斯洛伐克特产塔特拉山茶酒,真是气定神闲,感觉口福不浅哟!

塔特拉山暴风

午餐之后,经由飞架多瑙河南北的壮观的钢索斜拉大桥,信步回到布拉迪斯拉发新城区。虽然佩特萨尔卡俯拾皆是的"赫鲁晓夫式"大板楼无甚特色,但是,这些"东欧社会主义大家庭"的标志性建筑却当之无愧地成为斯洛伐克重振斯瓦托普卢克大帝遗风,重新获得独立与自由的见证者。

伴随着第一次世界大战结束,地域广袤的哈布斯堡奥匈帝国土崩瓦解、寿终正寝。奥匈帝国原来的统治者奥地利单独建立了以维也纳为首都的德意志国家,匈牙利以布达佩斯为首都独立建国,巴尔干半岛的塞尔维亚、克罗地亚、斯洛文尼亚、黑山、马其顿、波斯尼亚-黑塞哥维那组成了以贝尔格莱德为首都的南斯拉夫;1918年10月28日,斯洛伐克和捷克一起组成了以布拉格为首都的捷克斯洛伐克。

历经磨难的捷克和斯洛伐克两个西斯拉夫民族,当时真有恢复"大摩拉维亚国"之豪情。然而,"人无千日好,花无百日红",捷克斯洛伐克国内的两大民族矛盾重重,贫弱的斯洛伐克的独特性被掩盖在强大的捷克的旗帜之下。捷克工商业高度发达,捷克和斯洛伐克两个地区发展极度不平衡,差距迅速拉大。

第二次世界大战中,纳粹德国出兵占领并且吞并了捷克,斯洛伐克的死对头匈牙利乘机占领斯洛伐克。于是,形成了荒谬的逻辑：一方面，匈牙利作为纳粹德国的仆从国，唯希特勒的马首是瞻；另一方面，斯洛伐克又被昔日奥匈帝国海军上将霍尔蒂独裁的匈牙利领有。灾难深重、弱小无助的斯洛伐克又坠入了无底的深渊！

第二次世界大战结束后，在苏联红军帮助下，共产党取得了捷克斯洛伐克的领导权。可悲的是，它又依附于苏联，成为华沙条约组织成员国。1968年，来自斯洛伐克的政治家、46岁的杜布切克担任捷克斯洛伐克共产党中央第一书记，领导"布拉格之春"运动，进行经济改革，搞"自己类型的社会主义"。苏联于当年8月20日派兵夜袭布拉格，把杜布切克抓到莫斯科。在捷克作家米兰·昆德拉的小说《生命中不能承受之轻》（据此拍摄的电影名为《布拉格之恋》）中，对于这一段历史有精彩描述。杜布切克是斯洛伐克人，他的政策有倾向斯洛伐克的地方，捷克人对其颇有非议。1970年代，全国经济和文化建设取得了重大成就，斯洛伐克的落后情况稍有好转。但是，对于捷克人在共和国内的领导地位，斯洛伐克人向来耿耿于怀！

1989年东欧剧变，铺天盖地的"天鹅绒革命"兵不血刃令捷克斯洛伐克共产党失去政权。在野多年的"布拉格之春"领导人杜布切克于当年12月当选为捷克斯洛伐克联邦议会主席，并任斯洛伐克社会民主党主席。1992年9月1日，杜布切克遭遇离奇车祸身负重伤，并于11月7日蹊跷去世。至于车祸原因，至今没有定论！

1993年元旦，斯洛伐克宣布单独建国，演绎了著名的"天鹅绒分离"。从早年的"大摩拉维亚国"到如今的斯洛伐克，斯洛伐克民族经历了沧海桑田，大有凤凰涅槃、浴火重生之势。作为单一的弱小民族，斯洛伐克获得了真正的独立。

光阴荏苒，现在的斯洛伐克怎样了？

温和、善良、务实、勤奋的斯洛伐克人认为斯洛伐克地处中欧,坚决拒绝曾给他们带来巨大创伤的"东欧"的地理或政治属性。鉴于众所周知的原因,斯洛伐克人极端讳言政治,而宗教、足球、冰球、健身和音乐,都是他们热衷的话题。

在斯洛伐克,依靠喀尔巴阡山的恩赐,优质葡萄酒、梅子白兰地、塔特拉山茶酒、草药苦酒和啤酒,成为吸引外国游客的著名饮品。斯洛伐克工匠纯手工制作的工艺品也蜚声世界,木偶、织布、陶瓷、水晶等制作精良,充分体现了斯洛伐克的民族风情。发达的畜牧业为斯洛伐克人提供了丰富的肉蛋奶及其制品,大麦、小麦、玉米、油料、马铃薯、甜菜等农作物,让斯洛伐克不仅经济自给,而且可以出口创汇。2006年,斯洛伐克由一穷二白迅速发展成为中欧的发达国家。

漫步主教宫,置身于宫内仿造法国凡尔赛宫的镜厅之中,感慨万端。这个"喀尔巴阡镜厅"见证了欧洲历史上的重要事件:当年,法兰西第一帝国皇帝拿破仑与神圣罗马帝国皇帝弗兰茨二世在这里签订《普莱斯堡和约》,提前宣告了神圣罗马帝国的落幕。

驻足斯洛伐克议会大厦前的小广场,思绪难平。但见,侧畔草碧绿的丛中杜布切克的塑像仿佛在忧伤地诉说着斯洛伐克的前世今生。这幢"赫鲁晓夫式"大板楼呆板斑驳破旧,当年"布拉格之春"的痕迹依稀可见。如果说斯瓦托普卢克大帝是斯洛伐克的"图腾",那么,杜布切克就是斯洛伐克的"良心"。

回眸布拉迪斯发城堡,心潮起伏。如今,这座融合了斯拉夫、马扎尔、突厥、德意志文化的斯洛伐克国家博物馆,目光灼灼地见证了斯洛伐克由黑暗的中世纪走向朗朗当代、由贫瘠弱小走向独立富强的历史跫音。

斯洛伐克国家歌剧院、圣马丁大教堂、米歇尔门、格拉苏尔科维奇宫、大主教夏宫,无不历久弥新,在灿烂的阳光下赞颂着来之不易的独立和自由。

　　一切的一切,正如斯洛伐克国歌《塔特拉山上的暴风》所高唱的那样:"斯洛伐克属于我们,它沉睡至今。雷和电,把它来惊醒,教她振作生命!"

(作者单位:黑龙江省电力公司)

海 带 丝

何 佳

昨天去超市买蔬菜，无意中看到了海带。于是挑选一板，准备回家拌凉菜。

本以为得泡一两天，谁知，在晚上换水的时候海带就变得特别柔软，已经能食用了。这板海带特别好，薄厚适度，形体光滑，表面干净。我用清水冲洗后，开始一张张铺好，然后卷成圆柱状放在菜板上，左手按着海带，右手握刀，海带在菜刀上下作用下，形成一朵朵圆形褐色的小花，慢慢绽放，煞是好看。看着精细的刀工、堆积小山似的海带丝，我觉得拌海带丝应该更美味。想着做法和流程，心绪也不由得回到了从前……

那是一个炎热夏季的中午，劳作了一个上午的母亲扛着锄头从自己开垦的荒地回来，一身的疲倦和满心饥饿。刚坐车到家的我急忙准备做饭，可锅里只有米饭。于是，我赶紧去前院开卖店的姐姐家寻找吃食。母亲不吃火腿、罐头类食品，我的双眼在柜台上紧急搜索着，突然看到柜台里面有两盆拌菜，一盆是海带丝，一盆是胡萝卜丝。我觉得：两种拌菜都是硬性食物，尤其在饥饿的情况下一定扎胃。我只好夹了小半碗海带丝。

我递给母亲的时候说："您先少吃点，我马上做饭。"

母亲说："不用着急做饭，你姐拌的海带丝可好吃了。"说着，母亲夹起一口饭，就着一筷头海带丝细细咀嚼起来，上扬的嘴角，洋溢着满满的幸福。

我以为母亲怕我累。每次回家，母亲都推我上炕让我歇息，说：上班、照顾孩子还要收拾家务非常累，不像她一天没啥事忙。每每此况我都拉下脸："您是妈，哪有小辈坐在炕上长辈忙的？"母亲生怕惹我不高兴，于是笑着说道："老姑娘回来我就享福了。"我因为那天忙着做饭，也没有注意母亲是否真的喜欢吃海带丝。

后来，我再次回家，看到橱柜上泡着一盆海带，看着海带的质量就知道是父亲贪图便宜买的。砖红的颜色，厚厚的肉身，上面沾满了沙粒。母亲说，已经泡两天了还没浸泡透。我忍着想扔的冲动，打开电锅又煮了半个多小时。然后在水池里一遍遍地冲洗。看着薄厚不一的海带，我问母亲想怎么吃？母亲说，你怎么做我怎么吃。于是，我把厚厚的海带切成条状，与白菜、豆腐放在一起做了一个大炖菜。

吃饭时，眯着的笑眼母亲端着饭碗，一口炖菜、一口米饭，吃的甚香。

第二天早上我还没床，就听见切菜声。起来后发现，母亲正在菜板上切海带丝。

"妈，您切海带丝做什么？"母亲没有抬头，"你姐拌的海带丝挺好吃。"

母亲出生在一个不富裕的大家庭，身为长女的她，从记事起就开始做饭，做的是那种量多、众人能吃到的大锅饭，对于精细的饭菜，母亲向来不做。

"您想吃就上前院夹呗！"看着母亲切出来的那宽线条的海带丝，我蹙眉，视觉就感觉不出能拌出子丑寅卯来。

切完海带丝的母亲抬起头，略微直一下腰："你姐拌的海带丝卖得可好了,一盆都不够卖。"

"卖得再好还能差您吃的一口啊!"我诧异。

母亲低下头开始把切完的海带放在盆里,"你姐家孩子渐渐长大了,需要钱的地方就多了,多卖点是一点。"

话已至此,我不好再说什么。于是,在没有辣椒油、味精的情况下,我拌完了海带丝。母亲一口一口地吃着,我的心一阵一阵地抽紧。而餐桌上的母亲就像吃着美味佳肴一样香甜可口,那种知足、那种幸福,现在想起来都让我震撼。

如今,身为人母的我,不仅学会了如何拌出有滋有味的海带丝,而且学会了母亲如何理解、如何关爱自己的孩子。

都说母亲无私,的确!

情到深处,自有解读。

（作者单位:佳木斯供电公司）

感悟"鸿雁"的魅力

李 靖

在收看中国民歌大会节目时,一位选手唱起《鸿雁》这首脍炙人口的内蒙古民歌,忽然想起中国邮政将于年内发行《大雁》邮票,自己的邮册中有许多与大雁相关的邮品,长夜难眠,索性打开邮册,畅游在邮海,与"鸿雁"对话,窃窃私语,感悟方寸世界鸿雁深刻的寓意和形象的大美。

鸿雁作为邮票设计元素,无论是主角还是配角,其画面感都是动态的,其中的寓意各有不同。

鸿雁——深情表达的铺垫。《毛主席诗词·清平乐·六盘山》邮票中有"天高云淡,望断南飞雁"的诗句。诗句充满了画面感,让读者不免眼前出现了长空高阔白云清朗,南飞的大雁已望到了天边的画面,为全诗更深层次的表达做了很好的情景铺垫。

鸿雁——友好关系的象征。《中日青年友好联欢》"友好邻邦"邮票,主图画面采用了西安大雁塔和日本奈良的唐招提寺为图案。两个古建筑,一个居于画面的左上方,一个居于右下方,遥遥相对,顾盼有姿。两者之间以祥云相接,象征中日两国一衣带水、情深谊长。十二只洁白的大雁乘着祥云,往返于大雁塔和唐招提寺之间,表示中日友好的关系自古不断,源远流长。

鸿雁——勇往直前的代表。《中国共产主义青年团第十一次全国代表大会》邮票，主图画面上"高举火炬前进的青年"以奋飞的大雁做底衬，突出了两位佩戴中国共产主义青年团团徽高举熊熊火炬的青年形象，更有志存高远的寓意，独特的设计角度，令人振奋。

鸿雁——高超技艺的目标。"中国古典文学名著——《水浒传》（第二组）"特种邮票，第三枚"花荣梁山射雕"，取自《水浒传》第三十五回"石将军村店寄书，小李广梁山射雁"。花荣是清风寨武知寨，晁盖不相信花荣曾射断吕方、郭盛交战时绞在一起的方天画戟上的丝绦，花荣内心不服，当他与晁盖等看到一群大雁飞过上空时，就说要射中雁阵中第三只大雁的头部，然后拈弓搭箭，果然中的。梁山众好汉"尽皆骇然"，称花荣为"神臂将军"，不愧"小李广"的绰号。这里的大雁虽然只是一个目标，但是对花荣高超的弓箭法，却是最佳的选择。

鸿雁——家国乡愁的表达。《鸿雁传书》特种邮票，设计者用鸿雁传书的情景对应苏武回望故乡充满了忧思和苦楚，主图画面上动与静的设计对比，冷色调的使得艺术冲突更为强烈，人物性格更为鲜明。邮票中的大雁，诠释了鸿雁传书源自苏武牧羊故事的千古流传，更是邮票设计的点睛之笔。

鸿雁——自然界里的时间。《二十四节气（一）》"雨水"一枚邮票，主图画面上雨水悄然无声的滋润着万物生长，大雁排成行向北方飞来，这里的大雁，是时间的代表，表达春回大雁归的概念。

鸿雁——国家邮政的形象。中国邮政发行《中国邮政开办一百二十周年》纪念邮票时，中国邮政卡通形象"雁雁"正式亮相。该形象以大雁为原型，表达了"鸿雁传书"的寓意；"雁雁"脚踏祥云浪花、展翅高飞的姿态，象征中国邮政"一体两翼"大展宏图的美好前景。

看着精美的邮票，耳畔不由得再次响起呼斯楞的《鸿雁》，眼前一望无际的草原，高远的天空，排队飞过的鸿雁，洁白的身影飘向天际，把这种离愁别恨拉得无限绵长而又高远。舒缓的旋律，交错的音域变化，让这首歌曲充满了感情色彩，神圣的、纯洁的乡音，让所有的听着都充满了家国情怀。一首源远流传的内蒙古乌拉特民歌，《鸿雁》的歌声里有你的乡愁，有你的成长，于是家乡就成了每个人心底最柔软最美好的缱绻。

古往今来，茶饭只能养身，给予精神世界的感动，虽然因人而异，但是真正面对时，谁都无法抗拒。一个人，一杯酒，看似自斟自饮，实际是"举杯邀明月，对影成三人"。一首民歌，一本邮册，说是自娱自乐，实际是"志士不愁生短暂，壮意留与待来人"。念一念曾经的过往，想一想不远的明天，鸿雁也许还有新的寓意，创造这个记录的也许就是我和你。

（作者单位：鸡西东方红林区电业局）

电网趣闻——富贵溜达鸡

王　锐

2012年9月,在呼玛县66千伏线路巡线,忙碌了一上午的电业工人个个肚子饿得咕咕叫。我们两个采访的跟着跑了一上午,也是饿得前腔贴后腔。离驻地那么远,上哪儿找吃的去?同行的出主意:"要么,再往前坚持几里地就是兴华乡。那儿有个小饭馆,咱吃点炖江鱼,再烙几张干巴饼咋样?"大伙都说:"没意见。"

这货领着我们转了大半个乡,愣是没找到他说的小饭馆,哥几个开始埋怨:"你行不行啊,呼玛的乡镇多了去了,你是不是记错了,随便找一家吃饱得了!"

这货反倒急了:"那不行,好不容易来一趟,这家菜和饼的味道相当好,咱必须去!"

呼玛的干巴饼我听说过,大伙都说好吃!是用呼玛当地产的面粉和面、发面,饼有两厘米厚、巴掌大小,往大铁锅里一拍,十多分钟就起锅。锅盖一掀,面香味要你命!说是干巴,那是因为饼的形状看上去干干巴巴的,实则味道好得很。再说了,第二次吃之前可以上锅蒸一下,松软有弹性,筋道好下口。至于说小江鱼,那更是美味,新打的江鱼一般有鲫鱼、重唇、黄姑子、细鳞、牛尾……这乱七八糟的炖一锅,当地的水、当地的酱,没必要加特殊的佐料。出锅一准撑死你！

没一会工夫，那货大喊了一嗓子："找到了！"估计是由于兴奋，这一嗓子挺突然，我正走在高低不平的土路上，连人带设备差点没掉沟里。循声而望，一个大木门，一排破板杖子，一栋板夹泥平房，院里拴着挺大一条黑狗，周围有几只"溜达鸡"。看这院子心里凉半截，这和小饭馆似乎没啥关系。这货也嘀咕："没错呀，是这家呀，牌匾咋没了呢？"大伙说："行了，先进去问问再说。"

一问才知道，原来是这家店不开了。但老板见我们是巡线的电业工人，二话没说："我去给你们做饭。"

我们一共有八九个人，连泥带水的就往屋进，左手边是挺大的灶台，油盐酱醋一应俱全，烹饪饮具也是应有尽有，右手边大屋子虽破，但一看就是过去开过饭店，够局势，只是地当间只剩下一张大桌子，一看就是供家人吃饭时自己用的。大伙搬来凳子围着桌子一屁股坐下去，谁都不想动了！

大约30分钟过去，面香味和鱼香味窜了进来，那真叫一个香，加上肚子里没食儿，更饿了。又过了一会，一大盆江鱼和一大盘干巴饼端上了桌，江鱼的确是五花八门啥都有，干巴饼也和想象中的一样。大伙不由分说狼吞虎咽吃起来。老板那边喊："不够吱声，有的是。要不要再来点小酒？""酒不要，太饿了就是想吃饱，再说下午还巡线呢！"有人回答。

这时，从院里进来一只"溜达鸡"。所以叫溜达鸡，是因为饲养方式是散养，扔到院子里自己溜达东、溜达西地找虫吃。并且这鸡的神态很悠闲，很惬意。院里有个鸡食槽子，多半是小米、玉米面和野菜，鸡可以随时取食。所以这种鸡的肉被称作"活肉"，吃起来有嚼头，肉质鲜美，一只鸡能卖一百多元，下出来的鸡蛋也是一个能卖到两元钱。

话说这溜达鸡一进来，我们下意识地掰下一块干巴饼扔给它。让人意想不到的是,这溜达鸡根本没理睬,也没把这些人放在眼里,昂首挺胸地绕屋一圈,头也没回地走出去了,连谢谢也不说,这下囧了。大伙你看看我,我看看你,全蒙圈了!

我心想,这小鸡看到吃的一般来说即使不饿也可能凑过来叨一口,总得象征性地给个面子吧!我心里这个不服啊!记者的职业素养可不是白给的,出于好奇和气愤,急不可待地冲向厨房。"老板、老板……"老板听有人喊,还以为照顾不周:"哪不对啦,菜有问题还是饼没烙好?"

"都不是,我是要和你说说你家这鸡。"我急切地说。

"是我不对,不该让鸡进屋,但它溜达惯了,我也是没管住。"

"不是,是我给你家鸡掰的饼,它居然不吃,你说气人不气人?"

"哦!是这事啊,那它是肯定不会吃的,人家吃得可比这好。"此时,老板笑嘻嘻的表情比那鸡还气人,我真想一巴掌抽死他,一并和那鸡一块埋了!

老板见我发愣,缓缓地对我说:"你到我们家院里看看去,看鸡吃的是啥。"

我三步并做两步走到院子,来到鸡食槽边一看,当时傻眼,啥也说不出来。

小江鱼,全是新鲜的一寸长的小江鱼。满满一槽子,还泛着银白色的光!

老板解释:"上江去打鱼,大个够斤数的可以卖掉、小点的自己家吃或者送人,寸把长的小鱼可以打鱼酱,嫌收拾起来麻烦就把鱼喂鸡,我家鸡总吃江鱼,我不是吹牛皮,普通人吃过的江鱼还不如我家鸡吃的多呢。"

"这不是一般的溜达鸡,这是富贵溜达鸡呀!"我身后早跟过来一哥们。

白桦林
Baihualin

“算账，交钱走人，生不起这气！”又有一哥们扔过一句话。

大伙走出农家大院很远，我回头向院那边望去，那只富贵溜达鸡依然昂着头，悠闲自在地“漫步”。

（作者单位：大兴安岭供电公司）

红 枣 树

张宏宇

又是一年的秋天，迎着纷飞的落叶，我回到了久别的家乡。村口的大路上不知是谁家的孩子散落了一路的红枣，惹得成群的鸟儿久久不愿离去。

我对红枣有种特殊的感情，这不仅因为红枣好吃，更主要的是它盛满了我童年的幸福时光。

小时候，后院阿伯家院子里有棵高大的枣树，结的枣子个个铜铃般大小，又脆又甜。每年，从枣花刚刚谢落到枝头最后一颗红枣落地，树下一直闪动着小孩伢子们的身影。那些日子，东邻西舍的孩子们刚从床上爬起来，就忙不迭地往阿伯家跑，去看看他家的枣子长大了没有。到天色很晚时，各家的大人们还得两趟三趟地招呼孩子们回家吃饭。

枣熟的日子，阿伯本来就小的两眼眯成了细细的缝儿，早已弯曲的背似乎更弯了，两只显得过长的手像是要随时准备从地上捡起被风摇落的枣子递给孩子们。

摘枣是阿伯最高兴的事了。那时，孩子们都"阿伯、阿伯"地叫个没完。

"阿伯，我要吃枣。"扎着羊角辫的玲玲伸着小手喊。

"给你，乖乖。"阿伯笑着从竹篓里抓出一把枣子。

"我也要呲（吃）。"把手指含在嘴里的铁蛋儿也跟着要。

"叫阿伯，叫声阿伯才给你吃呢！"阿伯把腰弯得低低的，看着铁蛋儿的馋样。

"阿伯！阿伯！阿伯！"

围在四周的孩子们都一声比一声高地叫起来，一双双小手伸向阿伯。

"好好好！阿伯给你们分枣。"阿伯笑得嘴都合不上了，边叨咕着边从屋里端出一摞小碗，一个个碗里装满枣子后递给伸过来的小手。孩子们第二天到阿伯家还碗的时候，有的端来米，有的端来面，有的端来两个鸡蛋……

秋尽冬来时，枣树已落光了叶子，孩子们的吵闹声也没有了，阿伯的小院平静下来。这时，阿伯还在树下转来转去。他脸色变得很严肃，不时抬头看看光秃秃的树枝，像是在期盼它绽出新芽……

如今，阿伯家的小院和枣树已不复存在，取而代之的是一片枣树林和一座座二层小楼。我顺手从地上捡起一个红枣放在嘴里，枣还是那样甜，"童趣，你们还在吗"？

（作者单位：大庆供电公司）

古韵滦州

刘镜珍

风儿追逐着假日惬意的生活,踏着舒爽的暖阳,一路欢歌,来到位于河北省唐山市的滦县滦州镇。

在我的记忆里,古城一般指历史文化名城。一些极盛一时的古城池因各种原因逐渐消失,仅为后人留下一段神秘的传说。而滦州古城,历经千百年历史,将26个民族独特风情织入古老的明清建筑,将2000亩盛世古城倾情酿筑细腻的北方古街,缔造了最美的北方古城。

步入古城,古典建筑的各式小楼极具民族融合特色的艺术,一些宏伟建筑正在进行复原工程建设。最吸引眼球的是蜿蜒清澈的"青龙河",杨柳摇曳、小桥流水,颇有江南水乡的意境。文姬楼"月老祠"处热闹非凡,楼上正在古装表演"招亲",再往里走便是高大厚重的古城门楼"滦州"。

穿过"滦州"城楼,城内有很多景点,一直往前走,东城门迎宾广场、关帝庙、文庙、接官亭等建筑展示着明清风格,中式古典建筑群,北方风格水街古镇,古玩一条街和四合院客栈一条街风格各异。还有杨三姐告状的老县衙,钟鼓楼、古戏台、风雨桥、滦州阁等著名建筑,也取其神韵、结合现实,展现着历史的印迹。

矗立于本土宗教文化朝圣区的紫金塔是旅游区内的最高点，在塔的周围遍布着韩国风情街、婚俗文化街、庙会文化街和民俗文化街，再往里走还有韩国女人街、缅甸玉石街、养生文化街及旅游中心，琳琅满目的饰品和特色食品将北方文化融汇在这座城堡中。

古城内还拥有大型餐饮主题街区、海鲜街区、小吃烧烤街区。来到小吃一条街，现场手工制作的花生糕、北京老酸奶及地道的北方美食让人垂涎欲滴。太多的"诱惑"牵引着我们"马不停蹄"……早已过了晚饭时间，疲惫的我们在一家餐馆点上几个特色小菜，边吃边聊，稍作休息。这里人头攒动，汇集四海珍馐、物美价廉的鲜活海鲜，现吃现做的海鲜美食大排档，为慕名而来的中外游客提供了人性化餐饮场所。

在这里，江南水乡文化融汇了古城，环绕全城的"青龙河"滨水而居，临水起舞，水上泛舟。民族风情特色酒吧、茶吧、陶吧及咖啡馆遍布河两岸。悠久的北方文化传承区，丰盛的传统民俗旅游区，原生的滦河文化风景区，正宗的中国古代养生区让人目不暇接……

滦州，一座集文化、旅游、商业、会务、居住、休闲为一体的人文古城。三千年光耀古今。现如今，修复的古城再现了盛清风韵，同时也将当地的文化继而传承，正在成为环渤海旅游圈最耀眼的一颗明星和中国首席古城旅游区。

离开滦州古城时，华灯初上，以契丹文化为主的"青龙河"流光溢彩，复原了上河图的不夜盛景。水绕古城，繁华街市宛如积淀千年的历史长河，每一步都在领略盛世时代的煌煌风韵。

（作者单位：牡丹江水力发电总厂）

七十年后的祭拜

马天龙

奶奶从不愿提起祖父。

我不知道祖父长什么样,爸爸对祖父的印象也十分模糊。

这一直萦绕在我心头的疑问随着岁月的流逝不但没有消退,反而越来越积聚和凝重,因此,在我心底,一直有个并不清晰,但始终无法抛弃的念想儿,在有生之年,一定要去那个地方看一眼。

机会来了。

孩子去年考上了山东大学。

"五一"的时候,请了几天假,带着孩子从济南到泰安,去登泰山。5月2日返回山大时,在孩子校园门口的公交站点广告牌上,赫然看到"孟良崮战役展"的广告,这才知道,孟良崮战役纪念馆就在京沪高速公路边上,距离济南仅有260公里的蒙阴县境内。

5月4日晨,花了2个小时于10点15辗转到济南客运总站。时间刚刚好,10点20就有济南到蒙阴的班车。接近下午一点半的时候,到达蒙阴,根本就没有饿的感觉,立即登上开往孟良崮的班车,14时半,车上仅剩下我1个乘客了,到达了终点。

下车后,茫然四顾,在回头的一瞬间,一块高高耸立的山石突兀在公路一侧,"孟良崮战役遗址",眼泪奔突而下。

　　转过山石,远远的,泪眼看得不十分清楚的赭红色雕塑伫立在路的尽头,隐隐约约但能猜测出来应该是陈毅元帅与粟裕将军戎装雕像。

　　拭了泪儿。

　　请了一位年轻的戎装导游。

　　进入战史陈列馆,聆听战役态势、经过,在战役沙盘前久久伫立。极力想象着 1947 年 5 月 13 日的黄昏,激烈的枪炮声骤然响起,冲锋号声响彻云霄,战至 17 日,全歼整编 74 师后,2865 名英烈也长眠在孟良崮前 5 公里的陵园里。沉思良久,我小心翼翼地回头询问导游小妹儿,是否有刻有烈士名录的战士纪念墙。

　　有。

　　迫不及待地随着导游来到烈士陵园。

　　甬道正前方,安葬着粟裕将军的部分骨灰。其后,在英烈亭下立了一块墨玉八角石幢,每一面都密密麻麻地刻着烈士名讳。我从正面开始右转围着石幢一个一个名讳寻找,一个刻面过去了,没找到,又一个刻面过去了,还是没找到,直到剩下最后一个刻面了,我的心不禁"砰砰"剧烈地跳动起来,难道祖父并不在这里?

　　我瞪大了近视镜片后的眼睛……

　　终于,祖父的名讳出现了,眼泪再也控制不住,甩掉背包,匍匐在地……良久,导游小妹儿轻轻搀起我,细语安慰我,我不好意思地擦干眼泪,询问能否找到祖父的墓。但导游遗憾地告诉我,整个烈士陵园里的墓是 2007 年从各个当年战场墓地迁移过来的,虽然每座墓下皆有遗骨,但由于当年战事惨烈,仅有百余名烈士留有墓碑,因此这个陵园里只能找到 100 余名碑与墓统一的烈士,其余 2 000 多名烈士,只能在墓上刻以无名烈士。我又急急询问,是否能找到祖父的其他信息。导游小妹儿欣然领我来到资料室。在资料室人员的帮助下,祖父简短的人生信息闪烁在电脑屏幕上。

马书文,1927年2月生,山东省文登县水道公社初家庄公社,1946年4月入党,1947年2月参加革命,华野9纵25师73团战士,1947年5月牺牲于虎山。

70年了,晚来的后人终于能找个地儿磕个头了……

（作者单位:牡丹江供电公司）

最喜人间四月天

王　一

　　冬的寒意还在恋恋不舍，春已经踏着轻盈的脚步袅袅而来。路边的几枝垂柳，扶着风的旋律，摇摆着婀娜的丝绦。大地上初生的清香，柔柔地撩拨着心弦，搅动着早春的情趣。明媚的阳光毫不吝惜地倾洒在大地，到处都是明晃晃的，空气中浮动着春天的气息，阳光，花香，青草，原野……那种生命的暖意一直深深沁入心底，把被冬日禁锢的心绪涤荡得焕然一新。花开悦人，花开的姿容，花开的声音，是明艳的美，一直感染你的视觉，你的听觉，直到你欢快的心。

　　岁月的四季轮回中，最是期盼春暖花开的时节。尽情地用视听闻触各种方式去感受春天的盎然生机。看希望在春天的田野里绽放；倾听麦苗在春光里拔节；万物在春风里盈盈私语散发出的幽香；春雨滴答诉说温婉的情怀，小鸟在枝头欢声高唱；小草的百折不挠都让生活溢满了幸福的味道。

　　内心温暖的人，生活中喜欢驻足欣赏人生的每一处风景，在平凡的日子里找寻美丽，在时光的隧道中浅浅欢笑。右手懂得左手冷暖，收藏岁月沉淀的芳香。任寒风吹过依然向暖，落红散尽依旧温润。

在生命的沧海桑田中，失去与拥有每天都在上演，挫折和坎坷一直在路上。不经历寒冬又怎么能体会春光的烂漫。生命如水，有时平静，有时澎湃。人生的旅途中我们要学会在生命的浮沉中体会山重水复疑无路，柳暗花明又一村的豁然开朗。穿越阴霾，阳光洒满了窗台。在清浅的时光中品味世俗的冷暖，风起的时候笑看落花，雨落的时候聆听美好。其实幸福，一直与我们同在。

人的一生走走、停停、看看、想想，没有反思的人生，只是一次没有意义的旅行。在春暖花开的季节，用温暖点亮一盏心灯，驱散孤单寒凉。寻找生命中的春天，让明媚成为季节轮回中最美丽的风景，让生命如花一样绽放。千帆过后，只愿面朝大海，春暖花开。

沐浴在阳春三月里，让我想起了海子的那首诗《面朝大海，春暖花开》：

从明天起，做一个幸福的人，

喂马，劈柴，周游世界

从明天起，关心粮食和蔬菜，

我有一所房子，面朝大海，春暖花开。

诗人海子的心是玻璃的，真挚的透明，他将幸福和爱播撒给了每一条河每一座山每一个人。他告诉我们，生命来过，就要好好地开放着，如花一样美丽，用心感受生活，幸福定会像花儿一样温情绽放！

我们的世界，春暖花开。

如诗如画鸡冠山

孙爱武

八月，染秋已渐凉就少了一份夏日的柔情。但最后一抹灼浪时不时也打趣地探头探脑，一会隐身云中，一会浅露笑脸，随性的来段穿插小曲活跃山间。这种凉与热交替的气息，使喧嚣跋扈的世界再次绽放。

虽说相距木兰县鸡冠山路程不是很远，但这也是第一次踏入。这个季节最适合入山吸氧和养心，与世开放不久的她，具备这样的条件。于是很多生活在城市中的人们乘休假之时，扑面而来，背着水和少许的补给，一团一族相携同行，心灵的交融会因大山的胸怀更近、更亲、更深。即使不曾相识的人们偶遇也会会心浅笑，亲和度增值。

大山或许已厌倦已久的孤寂和无人触摸的心跳，她欣然地接纳来自山外的笑声和陌生的面孔。早把山峰、山脉、各种植被梳理得自由自在，无与伦比，只等人们的拥抱赏析。

一个人，最俊俏好看的样子，是蕴藏在灵魂深处真善美而灵动的气质，静谧的由内而外，淡淡地散发出光而不耀的芳华。

而大山的一枝一叶更透着的是生命的雄壮与绚烂，眼神里流露出的是至美而温润的景致。一步一景如春回大地般的厚重、朴实、通透。

生活压力大的人们,渴望有这样的伊甸园被亲吻拥抱,那种释怀是灵空的享受,是陶醉入仙的梦境。

入山的小径大都是由长方形的木制板铺成的,弯曲而卧,蜿蜒延伸,三排铆钉加固,让小径更加紧致结实,不失现代气息。小径在人们身体的重压下,发出吱吱嘎嘎的响声,声音不大,却也悦耳,似在鼓掌欢迎,又似在述说心事。我想,这也许是想让登山者疲累的脚步能有些许放缓,让登山更加轻松些,是设计者温暖的小心思所为,感谢设计者们的贴心,有爱的心灵世界才会更大。

邂逅一捧温暖,珍藏一份遇见。有亲密朋友的相伴,登山多了一分惬意,生命需要有松有紧,而生命的光阴,如有这些散碎填充着,会愈见充实。

在行走的过程中,无意间还会从树上掉落几颗成熟了的橡子,落地时"当"的一声,让丝毫没有准备的你,感觉秋就在眼前,橡子即使再多的不舍和挽留都无法对夏有任何的依恋。所以该来的终要来,要去的终归去,不用悲也不用喜,夏已走,静候秋。

大山的腹地由小径分成两端,无需向导,有路即有景,树林各有站姿,时密时疏、时拥抱时相偎、时对望时搭肩,各种小草、蕨类寂然无声,形状各异的石头枕卧期间,它们热烈地尽情绽放自己最美的生命。林中的藤蔓腰枝舒展而有骨感,时而缠绕着古树仰视于天,时而俯察于地与小草轻吟。石藏林中尽显峥嵘又显羞涩,千米的石画廊连接苍天与林相融,呈现阴柔与刚强之美。各式各样的奇峰险峻,怪石嶙峋,线条复杂,似刀剪斧劈的山脊形成了一个个石峰和陡峭的山崖。登临其境,每个人会被大自然的神笔和造化所折服。

在这个季节,我看到了树的伟岸,触摸到了奇石的壮观,感受到了大山厚重与顽强。

　　起初，大家登山的兴奋点很高，边走边聊，评品着路过的植被、花草，步伐有力。在往里深入，植被释放的氧气越来越浓，身体的气力也有所削减，细小的汗珠悄然渗透衣背，意志的考验在此时显得是淋漓尽致。但内心渴望登顶的欲望没有让脚步停止放慢，半路上每隔一段的古朴小亭子是给呼吸调整最温馨的地带，就这样，走走歇歇，说说聊聊，美妙的心情在大山中回荡，轻轻地萦绕在林中。富有诗意的小径留给人们多少这样的思绪，只有入林入境才能感同身受。

　　路越走越陡险，越走越狭窄，攀援至山顶的是陡峭的石梯，扶手有麻绳缠绕着，想必也是给登山者一臂之力，也或是为安全做个保障。沿途爬过重重叠叠的石涛，螺旋下垂式的梯形通道、狭窄的栈道，有的地方仅一人侧身才能通过两个大石头之间的羊肠小路，窄的似一扁舟，大自然的神妙之处无它了。许多树木顽强地植根于薄薄的泥土中，仿佛与石头同根相生，岩石间龟裂着深浅不一的石缝，它们的身姿依然可攀上"石岩"直冲云端。

　　登上山顶，路在悬崖的脊梁之山，心无杂念，自是清朗。举目四望，秋光冷艳装扮的鸡冠山，万里辽阔，层峦叠嶂，形神兼备，俊朗的犹如一幅斑斓油画。我的心为之一颤，只觉得它好美，美的让人窒息。

　　那种神旷、无羁的野性如海如草原拓宽了无限的视野，我们的遇见似乎冥冥之中的一种安排和约定，让我饱含深情，为之驻足，为之心动。

　　鸡冠山博也、高也、厚也、悠也、美也……

　　"半秋零落半秋痴，满目霜枫饮醉时。独步林溪收贺岁，漫观峰岭揽琼思。"

　　一阵秋风掠过脸颊，像月亮轻笼的烟沙，轻轻告别，留下淡淡的心事和相思的愁绪，缓慢而清凉。挥一挥手，无需言语，不想想念,只愿转身再遇见时,恰好有一朵野菊依然在此地等候。

人生啊,无论悲与喜,盛与枯,都是前世的落笔。

如诗如画鸡冠山,如若此后再无相见。我会将我的心情一字一墨种满你的心田,在岁月里回忆,你盛装过的美丽!

(作者单位:宝泉岭电业局)

一封家书

徐　静

兄长见字如面：

鹏城春日一别，匆匆数月，已近半年，昨晚见兄长微信朋友圈图片：丰都迷蒙烟雨，白帝城悠悠彩云，秭归屈子《离骚》雅韵……奇峰峻岭，古城遗风俱收眼低！其中，斩断巫山云雨，缚锁苍龙之三峡大坝，尤为壮观，兄长图说祖国秀美山河之际，必是胸中万丈豪情之时！兄长现下乘游轮于长江波涛中饱览锦绣江山，身体康复如初，妹心甚是欣慰！

想今夏芒种时节，夜来晚风习习，妹正牵黄犬共赏街灯月色，嫂夫人微信告之：兄长肝脏有疾，危！妹即刻拨通嫂夫人手机，却无法接通。片刻，嫂夫人微信：在巴厘岛游览，不方便接手机。彼时，妹带着惊恐的狐疑，只盼嫂夫人打错字，发错消息。是夜，辗转枕席难以成寐，思绪翻飞，往事历历在目。初识兄长，妹尚属青葱年月，妹自出生便是父亲掌上明珠，而今空降一兄长，眼见父爱相移，心中生出多少不忿！少女心性，不及掩饰，直直挂在面上，依兄长过人聪慧，未必不晓。然兄长在此后的岁月里，尽所能照料妹，送妹入学，带妹游玩，授妹常识，解妹疑惑，妹实实受益匪浅。许多年后，妹亦明了：父亲在不堪回首的岁月，离开兄长，实属无奈,失而复得的儿子,父亲定是要极力疼爱的;兄长与妹虽为异母,却是同父,血脉相连。

星移斗转,岁月流逝,算来兄妹已相识三十余载。三十春秋,兄长对妹关爱有加,妹对兄长从憎恨、抵触,到接纳、亲近,不知不觉已视兄长为至亲,大事小情,俱与兄长相商,兄长可谓妹的主心骨。可现今,兄长却身染恶疾,妹痛彻心扉,次日清晨,忽觉足腕、手腕僵硬疼痛!到办公室后,呆坐无语,悄然落泪,问三答四,心不在焉,难以进入工作状态。想兄长病情之危,方寸已乱;思兄长病情之险,计无所出!内心悲痛无以复加,躲至僻处,失声恸哭。此刻明媚的夏日,在妹泪眼中,竟无颜色。

煎熬的日子,妹时时与嫂夫人通讯。一日,趁兄长不在嫂夫人近前,妹拨通嫂夫人手机,彼此打个招呼,未及开言,姑嫂俱是号啕大哭。每每黄昏迫近,妹常哀叹不已。妹一人已是得兄长多般照料,妹之女高校毕业后,往鹏城求职,在兄长家生活两年,兄长与嫂夫人细心呵护和亲切关爱,无微而不至。兄长给予妹的亲情,妹尚不及报答一二,难不成兄长就被病魔击垮?思前想后,妹伤感不已。

未几,嫂夫人言于妹:已觅到治愈兄长病情之良医,得知兄长抵沪入院,妹心中些许安慰,然一想到"肺癌"二字,妹依旧忐忑不安,只盼着兄长手术成功。夏至次日午后,街上细雨霏霏,妹正心绪低落,百无聊赖,兄长发来术后照片,见兄长笑容满面,神采奕奕,妹喜极而泣,心中石头始落于地。探身窗外,路人手擎雨伞行进,五颜六色的雨伞似彩色蘑菇一般摇曳在细雨中,瞬间,"好雨知时节""天街小雨润如酥"等佳句浮出脑海。

"每逢佳节倍思亲",兄长,国庆已至,仲秋在望,举国欢庆,其乐融融。妹此刻念及兄长,不由感慨万分。兄长与妹血脉里流淌着同质地的鲜血,筋骨里打造着同质地的基因,秉性里存储着同质地的傲气,思想里荡漾着同质地的理念,举止里行动着同质地的仗义,品质里流转着同质地的悲天悯人,手足情深!民间尚有"大难不死,必有后福",兄长今时恶疾已除,可不正是否极泰来!妹有兄长相伴,实乃上天眷顾,妹何其幸耶?

停笔静思,抬眼远眺,窗外秋意渐浓,疾风匝地而起,金黄色树叶舞于湛蓝晴空,兄长,妹邀这翱翔于碧霄的金色精灵,捎去祝福,愿兄长安康喜乐,诸事如意!

顺祝嫂夫人身心康健,美丽如初。

妹:静顿首

丁酉年八月十九

（作者单位:牡丹江水力发电总厂）

约会"多瑙河女神"

张兴华

　　畅游维也纳的每一天,我都痴迷在她醉人的韵致里。兴味盎然地置身维也纳森林,漫步蓝色多瑙河畔,聆听天籁之音;参谒美泉宫,寻访美丽善良的茜茜公主的芳踪;踯躅霍夫堡,品味哈布斯堡王朝昔日的辉煌……万千感慨,伴随《南国玫瑰圆舞曲》飘飞曼舞。

　　朋友,请随我深入冰清玉洁的雪绒花的故乡,与维也纳这风情万种的"多瑙河女神"来一次浪漫约会吧。

曼妙的音乐

　　维也纳是誉满全球的"音乐之都"。卓越的哲学大师尼采曾经说过:"当我想以一个词来表达音乐时,我找到了维也纳……"

　　这就是令我一直以来心驰神往的金色大厅吗? 但见,在呆呆艳阳映照之下,高贵的橘黄和绚丽的朱红两色完美交替,构成了这幢高大崔嵬的大厦的外墙,金碧辉煌的屋顶镌刻着 30 尊风采各异的阿波罗和缪斯女神的镀金雕像——典型的意大利文艺复兴式建筑!

　　金色大厅得益于酷爱音乐的哈布斯堡皇室的慷慨馈赠。

1863 年,奥地利帝国皇帝弗兰茨·约瑟夫将维也纳著名的环形大道旁边一块土地,赏赐给维也纳音乐爱好者协会。1867 年,当以古希腊神庙为蓝本的金色大厅竣工时,弗兰茨·约瑟夫已经成为国土面积广阔的奥匈帝国的开国皇帝了。

步入金色大厅,强烈的视觉冲击让我有些眩晕——所有包厢用 18 根涂上金箔的巨大廊柱支撑,浮光跃金、富丽堂皇!极尽奢华之能事的洛可可风格内饰,加之金色大厅与奥匈帝国同年诞生的特殊身份,不由你不遥想当年哈布斯堡王朝的富甲天下、桂冠寰宇。

在这里,《蓝色多瑙河》《维也纳森林的故事》《春之声》《雷鸣电闪波尔卡》《拉德茨基进行曲》……年复一年,每年元旦举行的"维也纳新年音乐会",将"华尔兹之父"和"华尔兹之王"约翰·施特劳斯父子的名字传扬到五洲四海;《命运交响曲》《田园交响曲》《英雄交响曲》……"乐圣"贝多芬的才情被谱写成旷世传奇;《圣母颂》《摇篮曲》《小夜曲》……"歌曲之王"舒伯特轻歌悄吟;《惊愕交响曲》《午别交响曲》《皇帝四重奏》……深沉的海顿独树一帜;《德意志安魂曲》《匈牙利舞曲》《海顿主题变奏曲》……质朴的勃拉姆斯振聋发聩;《塔索》《普罗米修斯》《匈牙利狂想曲》……奔放的李斯特引吭高歌;《费加罗的婚礼》《唐璜》《魔笛》《土耳其进行曲》……率真的莫扎特黄钟大吕傲视维也纳!众多欧洲顶级音乐家云集维也纳,星光灿烂的"维也纳新古典乐派"构筑了世界乐坛的巅峰!

金色大厅的全名叫作"维也纳音乐爱好者协会大厦","世界第一乐团"维也纳爱乐乐团就是这里的主人,当代著名指挥大师卡拉扬长期在这里驻演。全世界音乐爱好者若想获得"三月不知肉味"的无与伦比的视听享受,是一定要来"世界首席音乐厅"金色大厅陶醉一番的。我国艺术家宋祖英、熊曼玲、谭晶、李云迪、李玉刚,都在金色大厅进行过精彩演出。

浮想联翩之际,金色大厅里播放起音乐大师维瓦尔第的《四季套曲·春天》。这明快欢愉的旋律,把阿尔卑斯山上的雪绒花衬托得愈加鲜艳夺目,把墨绿的维也纳森林装点得愈加美丽多姿,把静静流淌的蓝色多瑙河打扮得愈加妩媚动人。

音乐是维也纳的灵魂,难以想象,离开了音乐,维也纳将会是怎样的一番情境。

帝国的余晖

伫立在著名的维也纳环形大道上,极目眺望老城(内城),不禁为这里独具特色的建筑艺术所震撼,希腊式、罗马式、哥特式、文艺复兴式、巴洛克式……星罗棋布、错落有致、鳞次栉比、金碧辉煌!建于中世纪的圣·斯蒂芬大教堂的金色尖顶直刺晴空,似乎在深情地诉说着维也纳的前世今生。

拥有1800多年历史的维也纳,曾经是德意志民族神圣罗马帝国(德意志第一帝国)、奥地利帝国、奥匈帝国的首都,是"欧洲第一家族"哈布斯堡皇室的统治中心。这也是我们为什么能在维也纳品尝到纯正德意志风味的煎牛排、正宗的波希米亚丸子、地道的匈牙利辣味"古拉什"和炙烤梭鲈的原因所在。

听我细细道来:奥地利最初是神圣罗马帝国的一个省。1273年,哈布斯堡家族攫取奥地利。在1348年至1806年的数百年间,除一个特例外,都是由来自哈布斯堡家族的奥地利君主担任神圣罗马帝国的皇帝。在奥地利统率下,神圣罗马帝国下辖众多诸侯,奥地利、普鲁士、巴伐利亚、符滕堡、汉诺威、萨克森、卢森堡、列支敦士登、荷兰、瑞士、威尼斯、波希米亚、斯洛伐克……堪称欧洲第一大国。

1804年,拿破仑加冕法兰西第一帝国皇帝,并侵扰莱茵河以西的德意志土地。次年年底,拿破仑大军攻进维也纳,并于1806年宣布解散神圣罗马帝国!痛失皇冠的哈布斯堡家族不甘示弱,立即宣布奥地利为帝国以回敬。在英格兰、荷兰、普鲁士、奥地利、汉诺威、比利时等"反法同盟"联军的夹击下,拿破仑兵败莱比锡,再败滑铁卢!奥地利帝国再次扬眉吐气!它不仅依然在德意志诸邦一言九鼎,而且因领有捷克、斯洛伐克、匈牙利、威尼斯、斯洛文尼亚、克罗地亚,以及部分波兰和罗马尼亚,又发展成一个民族成分复杂的大帝国。

因击败拿破仑而崛起的普鲁士霍亨索伦家族对奥地利哈布斯堡家族嗤之以鼻,与奥地利争夺德意志领袖地位。1864年,普鲁士击败"北欧海盗"丹麦;1866年,击败奥地利;1870年,击败法兰西。1871年,普鲁士国王威廉一世加冕德意志帝国皇帝,史称"德意志第二帝国",奥地利被驱逐出德意志!如果说哈布斯堡王朝统治的德意志第一帝国是"大德意志",那么,霍亨索伦王朝领衔的德意志第二帝国就是"小德意志"。

"无可奈何花落去",奥地利皇帝弗兰茨·约瑟夫只好与时为奥地利附庸的匈牙利一起,构建"二元"君主国"奥匈帝国"。1914年,第一次世界大战爆发,哈布斯堡家族和霍亨索伦家族毕竟同为兄弟,他们并肩作战。1918年,沦为战败国的奥匈帝国解体,奥地利退缩成由德意志单一民族构成的共和国。

奥地利人希特勒"大德意志"思想根深蒂固,固执地认为"共同的血统属于共同的帝国"。1936年,舒士尼格宣布奥地利是"德意志国家"。1938年,希特勒将舒士尼格赶下台,奥、德合并,德意志再次"统一"。希特勒的"德意志第三帝国"几乎囊括了除苏联和英国之外的整个欧洲。"大德意志"成功复辟,因其领袖又是奥地利人了!第二次世界大战结束后,苏、美、英、法从各自利益出发,主张维持"小德意志"格局,绝对不允许再出现超级"大德意志"。奥地利再次从德国黯然分离出来,这就是我现在造访的当代奥地利了。

"夕阳无限好,只是近黄昏。"这时,我的脑海里忽然闪现出经常光临金色大厅、维也纳国家歌剧院的弗兰茨·约瑟夫皇帝和茜茜公主。当年,你们真是过着"只羡慕鸳鸯不羡仙"的幸福生活!

永远的茜茜

最早知道茜茜公主,是在青年时代观赏了著名演员罗密·施奈德主演的三部经典电影。纯真美丽、善良活泼的巴伐利亚公主伊丽莎白(昵称"茜茜公主"),在维也纳度假时邂逅了年轻俊朗的奥地利帝国皇帝弗兰茨·约瑟夫,两人一见钟情并结成伉俪。一段浪漫的爱情故事为维也纳镀上了一层绯红的光环。

当年,神圣罗马帝国皇帝马蒂亚斯到维也纳西南郊狩猎,偶然喝了山坡上的泉水,顿感甘冽清爽、唇齿芬芳!一时兴起,将此泉命名为"美泉"。后来,神圣罗马帝国女皇玛丽亚·特蕾萨下令在此营建恢宏壮美的美泉宫和巴洛克式花园,总面积2.6万平方米的宫苑直逼法国凡尔赛宫。

美泉宫是神圣罗马帝国、奥地利帝国、奥匈帝国和哈布斯堡王朝的夏宫,与法国的凡尔赛宫、英国的白金汉宫、俄国的克里姆林宫并称"欧洲四大宫殿",是世界闻名的巴洛克艺术建筑群。茜茜公主在这里留下了浓墨重彩的生活画卷。

走进美泉宫,但见,奢华优雅、纤巧华美的洛可可风格与雕琢繁复、无处不金的巴洛克风格相映成趣。哈布斯堡家族的餐厅金碧辉煌,您在《茜茜公主》《年轻的皇后》《皇后的命运》三部电影中,应该领略了皇室成员在轻柔舒缓的音乐中进餐的风采;茜茜公主的卧室富丽堂皇,弗兰茨·约瑟夫皇帝的心意是让他心爱的皇后不再眷恋巴伐利亚女公爵时代的生活;弗兰茨·约瑟夫的办公室则实在是太过古朴简约，办公桌椅后面还放着一张单人床，公务繁忙时，以勤奋著称的皇帝就在这张小床上睡个囫囵觉。在美泉宫内，还专门设计了一些东方古典式建筑，有镶嵌着紫檀、黑檀和象牙的中国式房间，也有装点了泥金和涂漆的日本式房间，显示出宫廷主人放眼世界的博大胸怀。

美泉宫依山傍水，一座卷帙浩繁的巴洛克大花园顺着碧草茵茵的缓坡一直延伸到山顶。走过几座玫瑰花园，便来到巴洛克大花园中心的"美泉"。清澈的泉水高高喷涌，吸引无数白鹭、沙鸥、红鹳，或翱翔盘旋，或悠然憩息———一副安详怡然的田园风采！此时，山顶高高耸立的"凯旋门"映入眼帘。相比巴黎的同名建筑，这座"凯旋门"更加美轮美奂、蔚为壮观。大门正中上方，一只巨大的金雕展翅欲飞，象征着哈布斯堡王朝的"雄姿英发"。站在"凯旋门"下，"一览众山小"，维也纳全城的秀丽景色尽收眼底。

弗兰茨·约瑟夫皇帝和茜茜公主对美泉宫的喜爱超过了哈布斯堡王朝的真正皇宫——霍夫堡。这对伉俪在美泉宫留下了无尽的欢乐、吉祥和幸福，而坐落于维也纳老城中心地带的霍夫堡只好退居哈布斯堡王朝的冬宫了。如今，美泉宫及其大花园被联合国教科文组织列入了《世界文化遗产名录》。

神仙佳偶，世人欣羡。然而，在哈布斯堡王朝的冬宫霍夫堡，我从茜茜公主房间的玻璃窗上看到，这个"欧洲最美丽贵妇人"的窈窕映像却透露了无尽的感伤。茜茜公主的真实生活是这样的：虽然弗兰茨·约瑟夫皇帝极其珍爱茜茜，皇太后却因这不是自己选中的儿媳而特别讨厌她。万般无奈，茜茜只好到处旅游度假以躲避暴戾的婆婆。长期分居的寂寥，弗兰茨·约瑟夫只好以努力工作来打发。您明白美泉宫皇帝办公室单人床的用途了吧？

不幸接踵而来：先是弗兰茨·约瑟夫的弟弟、奥地利大公、墨西哥皇帝马克西米连在美洲被反对派杀害；雪上加霜，不久，弗兰茨·约瑟夫和茜茜公主唯一的儿子、皇储鲁道夫,与他的情人一道双双自杀于维也纳森林!无奈,弗兰茨·约瑟夫只得将皇储传于侄子斐迪南。

1898年9月9日,噩耗再来,旅游途中的茜茜公主在瑞士日内瓦被一名意大利流氓无产者刺杀身亡!68岁的弗兰茨·约瑟夫永失至爱!

1914年6月28日,斐迪南夫妇到波斯尼亚-黑塞哥维那首府萨拉热窝检阅军事演习,遭到塞尔维亚爱国者普林西普刺杀,皇储夫妇双双罹难!奥匈帝国老皇帝弗兰茨·约瑟夫变成了真正的"孤家寡人"!狂怒的弗兰茨·约瑟夫立即向塞尔维亚宣战!德意志第二帝国、奥斯曼土耳其帝国、保加利亚王国纷纷响应号召并加入奥匈帝国阵营,第一次世界大战爆发!

1916年,86岁的老皇帝弗兰茨·约瑟夫凄凉地病死在美泉宫里自己的办公室那张小小的单人床上。此时,第一次世界大战刚刚进行了半程!

"沉舟侧畔千帆过,病树前头万木春。"德意志民族神圣罗马帝国、奥地利帝国、奥匈帝国早已灰飞烟灭,留给后人的是永远的茜茜!

走进陈列诸多音乐大师雕像的维也纳城市公园,独自品味着奥地利独具魅力的辉煌与寂寥——罗马文化、德意志文化、斯拉夫文化和匈牙利文化在这里巧妙融合,将维也纳推上了世界城市"首善之区"的宝座。下面这份榜单让我和定格于演奏小提琴的小约翰·施特劳斯的金色塑像一样陷入了沉思:维也纳获得"2016年全世界最宜居城市榜"冠军(北京居第118位)!

(作者单位:黑龙江省电力公司)

第二编

Dierbian

诗

歌

新 时 代

陈 大 友

若人们领悟在奔向小康时的自身价值

将欣然与田园以及环境相称为友

如此人们的生命在向二十一世纪纵深行进时

更加明了置身于新的征程里

更觉兴味盎然地摩拳擦掌

崇高的精神距离目标并非遥远

人们乐于追求和谐与进步

珍惜在亲密生活中相互塑造

若人们安居走向可预测的二十一世纪中叶

葡萄藤般苗壮的日子向上攀爬

那些春夏秋冬里的原野

在一望无际中展现光明景象

大自然在环境保护中得以栖息

充实的新思想深入萦绕人心

倏忽飘逝的时间之像

将追寻天舟在空间站里牢牢生根

新思想犹如花儿点缀高山林木

白桦林

Baihualin

追寻幸福的人们用量子成果环饰太空

以圆满栖息在高天深处的闪光

人们感觉开心的日子越来越明朗伴着一带一路繁荣景象

新征程的红花绿草展现在平原山川的远方

晨曦光线跃出朦胧的海平面

企盼白日的闪亮已化作温柔之光

世界民族之林的深处将迎来新贵客

灿烂的阳光在天空中惬意行走

人们满怀信仰的渴望在挥汗中等待

怀揣龙的图腾打造光明世界

地球人心向着太阳跳动

阳光听得见它跃动之声

一个政党把人民追寻幸福目标当作己任

金色日子到来时你别无选择

（作者单位：牡丹江供电公司）

观川派青年古琴家郭馨忆抚琴

高万红

大道之道,彰显神迹,惊世的盛宴开始
诸神归位,掌管五音的神明
双手高过天空,横陈旷野的桐梓、交错的丛林
祭祀的圣火投映在夜的星空
时光篆刻的星辰是什么? 早已失去概念
出世与入世,早已失去概念
影子过河,群鸟飞过,我们在苇间打坐
我说,风中的沙,水中的火,神圣中的神圣,你们退下吧
此刻,所有中的所有,全部与我无关……
大道之道,原本无形,如同当下
琴音于你的指尖氤氲而升
在我灵魂构筑的时空中,万物随意流转
包括旧事物灰飞烟灭
新生者尝试着破茧而动。"总发生在秋天",我说
比我更消瘦的是秋天的芦花,我与它并立,我也与秋天并立
我见到一个女孩在操琴,我说,
你拉近了天空与大地的距离,你拉近了神圣与祭司的距离

就这样，琴音如同河流封锁了

辽阔的大唐王国的退路

不用惧怕，总有一个王在位，他并不虚无

万物有种种可能，一切皆可发生

我低头拾起自己的骨殖，在废墟上重建新的城池

琴音拂过，再次深入灵魂

闪亮的不只有金属

也包括宫商角徵羽出所　在火中燃烧时噼啪的声响——

闻之在耳，触之在肤，凝之在目，抚之在心

我说，沙中的沙，风中的风，红尘中的红尘，曲水中的流觞

万物将与我为一，大地将与我并生……

大道之道，遍布江河山川，俯仰万物苍生的

是失去的故乡，彼岸就遗失在那里，它关闭了河流

这唯一通向沙场的城门，古来征战几人回！

流水是春天的兵马，落雁是午后的一员猛将

故人在何处？还有阳关呢？

在逝去的前朝，你手挥七弦，拥兵关隘

宫商角徵羽，捻断孔老夫子几根胡须

手握五音上阵，你就能轻易地指点江山

祭司在跪拜落日　七根琴弦注定了谁的前世今生

大王的封印、佩剑呢？还有王的十万家园呢？

妃子的香熏，还有她的玉佩呢？

这沉鱼落雁的妃子——

汉唐里的水墨，美人中的美人……

大道之道，是上苍低垂的目光，大地与河流，杂草丛生

唯有神明伸出的手掌，上面掌纹凌乱，它昭示什么？

我知道，究极宇宙的是它眷顾众生的悲悯

悲天悯人是一种情怀

此时,都幻化为琴音。此时,琴人倾诉的表情灵动

你听:

莲动渔舟 瑟瑟声起——

我有嘉宾 鼓瑟鼓琴

水波涟涟 有我少年——

窈窕淑女 琴瑟友之

宽衣广袖 几度云卷——

以雅以南 以龠不僭

……

郭馨忆,字绮雯,号清涵琴者。都江堰人,中国优秀青年古琴演奏家。蜀派古琴宗师张孔山第七代传人,古琴大师管平湖先生第四代传人。曾应邀为联合国官员、国外大使抚琴,受到联合国教科文组织非遗主席阿瓦德·阿里·萨勒哈先生的肯定。2007年8月8日应邀在长城参加庆奥运进入倒计时一周年大型文艺活动。

(作者:牡丹江供电公司)

同心共筑中国梦

乔喜云

人生如海,信念是船,理想是帆
我们用伟大的中国梦
共同构筑我们理想的家园

我们同心协力,我们策马扬鞭
祖国复兴的大业需要我们国家电网人
勇立潮头,携手共建

你看那营销窗口的微笑服务
你看那城市乡村夜晚的灯火阑珊
我们国家电网人用青春、用热血
用赤诚、用信念
把美丽的祖国用心装点
让伟大的中国梦实践得更加璀璨

我们穿越雪域,我们越过高原
我们扛在肩上的使命

神圣而又温暖
我们用心守护万家灯火
我们助推祖国的快速腾飞和迅速发展

我们用青春和生命
谱写无怨无悔
我们用理想和追求
战胜荒漠、冰冷与严寒

你看那座座巍峨耸立的铁塔
你看那朝阳下条条飞舞的银线
你看那变电所的星罗棋布
你看那建筑楼群的灯火璀璨

我们为千家万户送去了光明
我们点亮了乡村,点亮了城市
点亮了穆棱河,点亮了兴凯湖畔

我们栉风沐雨、餐风露宿
我们承载烈日炎炎
我们顶着寒风刺骨
我们在寒冷的冬季里播种春天

你看那温室里的花团锦簇
你看那老年公寓内的春意盎然
你听那田间小路电机轰鸣
你看那抽水机的快速旋转

你看那禾苗茁壮成长
你看它们在畅饮甘泉

我们日复一日抄表、催费、查窃电
我们年复一年巡线、护线、架银线
我们辛勤耕耘，我们默默奉献
我们同心共筑中国梦
我们让民族复兴之梦不再遥远

我们用智慧和双手
把理想和信念铸造成永恒
我们不论春夏秋冬
履职尽责，坚如磐石

我们爱岗敬业，积极扶助弱势群体
我们争分夺秒，争夺抢修时间
任黄沙扑面，任冷月悬天

我们坚守岗位，我们恪守职责
任青春飞逝，任时光流转
我们用理想、用信念
守候万家灯火
年年岁岁，岁岁年年

白云深处，灯火点点
那是我们国家电网人承诺的庄严
驱散黑暗，是我们的责任

努力超越,追求卓越,是我们的精神
历经坎坷,我们淡看花开花落
阅尽沧桑,我们播洒光明痴心不改

我们用奉献、用创新缔造伟大
我们用诚信、用责任诠释平凡
我们众志成城,加班加点,伏案工作
我们运筹帷幄,轻车简从,深入调研
我们监视、控制、调整电网运行方式
我们用心排查设备
春检、秋检不放过设备运行中的一丝隐患

巍巍群山,曾记下我们太多的艰辛
座座铁塔,指引着我们执着前行
我们的真诚与汗水融入每一个春夏秋冬
我们的理想和信念萦绕在每一片原野山峦

山峦叠叠,我们心系客户
把光明、把真情用心传递
松涛阵阵,我们心怀祖国、心怀未来
为民族的复兴、为"中国梦"的实现
共同助推中华民族这艘大船开得更快
驶向更远!

(作者单位:鸡西供电公司)

电网，我心中的家园

孙爱武

有种感动在心底久久萌动
像一缕云絮　魂牵梦萦
有种情愫
跳跃着永不枯竭的悸动
当新建的局史馆将电网发展的历史画卷徐徐向我们展开
漫步在记录岁月雕痕的展厅里
昨天就在眼前，一张张泛黄的老照片、老物件
将电力企业风雨兼程一一呈显
每一个成就，每一次获得，都令人回肠荡气
历史的见证是振奋的，是自豪的
此时此刻　我只想用一生牵您的手
电网　我心中的家园
多少次
在您博大的胸襟里
聆听强大电流浪潮迭起
把城镇乡村装扮繁荣
多少次

在您宽厚的臂膀上
感受缀满的承诺和责任
点燃灿若银河的霓虹盏盏闪烁
多少次
在您硬朗而峭拔的脊梁上
目睹着世代追求光明的开拓者豪情万丈
半个世纪的深情守望
电力企业摆脱了蹒跚学步的稚嫩
走过了少不更事的青涩
您载负着多少人期待的目光
从星火燎原到"一强三优"
闪光的足迹踏遍了黑土地的山川湖泊、贫瘠荒原
每一次跋涉都留下电力创造者的奇迹
每一次追逐都盛满电力员工敢拼勇战的护网情怀
每一回风雪的侵蚀、山洪的踩踏、灾难的摧毁
您都临危不惧,勇往直前,毫不犹豫挺直胸膛
用爱和真情播洒光明
电网　我心中的家园
您像一面凝神聚气、激发斗志的旗帜
指引着电力员工勇往直前
您像一部厚重的史书
培育着当代电力人的核心价值观
您更像一座伟岸的灯塔
带着电力员工的雄心壮志驶向奋进的殿堂!
五十载啊　追溯尘封的往事
在困难与希望共舞的日子里
在机遇与现实挑战的岁月中

国网精神　电网力量

从世纪的风雨中神奇地走过

用苍劲的大手描摹北大荒的山川土地

用顽强的生命奉献青春热血

站在新世纪的起跑线上

光明的接力棒一代代传承发扬

托起大地的希冀

洒下富民强国的曙光

这就是我们为之深爱的家园

这就是我们为之追逐的梦想

宝泉岭电网　腾飞吧！

无论未来的路途多么遥远艰辛

永不褪色是内心对您的向往和眷恋

无论物换星移

心中的旗帜永远为您高高飘扬！

宝泉岭电网

我要深情地对您说

我为您自豪

您永远是我心中的家园！

（作者单位：宝泉岭电业局）

蓝蝶儿的梦（散文诗）

任海霞

时光之水静静地流逝，那一刻的到来，宣告着 2017 年就这样轻轻地与我擦肩而过。闭上双眼，许久、许久，也不愿进入梦乡，时钟的嘀嗒声，让我脑海里不断地闪现着一年来的点点滴滴，如此留恋、如此珍惜、如此不舍。

蓝蝶，这个顽皮的"舞精灵"，挥舞着蓝莹的双翅，在我眼前翩然起舞。一只、二只、三四只……群舞的蓝蝶，刹那间，将天空染成湛蓝色，那么清澈与浩瀚，美哉，壮哉！紧锁的心灵之门，随着轻舞的蓝蝶慢慢地打开，灵魂在那一刻被释放，好轻松、好自在、好洒脱，如同带着梦想的蒲公英自由地飘舞在蓝色的天空中，刚才还在为逝去的时光而伤感的心情，早已悄然而去。

心中充满着淡然自若，忘记了尘世间的纷纷扰扰，只想求得快乐逍遥。坦诚的心情随着蓝蝶而轻舞，只感觉到白色的云在飞、快乐的心情在飞，自己在蓝蝶的陪伴下静静地躺在柔软的云朵里，耳边吹着和煦的风，嗅着清新的空气，一切是那么美好。身边飞舞的蓝蝶告诉我，忘却以往的痛苦、忘却以往的不悦、忘却以往的压力，对即将到来的 2018 年敞开心扉，带着美好的记忆，带着友人的祝福，带着家人的陪伴，快乐地步入新的一年里。

　　"庄生晓梦迷蝴蝶,望帝春心托杜鹃。"多么美的诗句,自己就似庄周梦蝶一样,不知是自己闯入蓝蝶的梦,还是蓝蝶闯入自己的梦,是梦是醒,是真还是假,根本就无须明白,关键是自己很快乐,感觉好美丽、好潇洒、好幸福!

　　自己飞入蓝蝶的梦与它们一起翩跹起舞,自己的心灵随着蓝蝶而飞舞。留恋、珍惜和不舍随着蓝蝶的翩翩舞姿慢慢消失,云朵、风儿、蒲公英、蓝蝶与我齐唱着欢快的歌曲,带着快乐的心情迎接着 2018 年的到来。

　　蓝蝶的梦,飞舞的心灵、飞舞的梦想、飞舞的激情,让我的拼搏尽情地飞舞吧!

(作者单位:牡丹江供电公司)

颂歌献给党

陈大友

一

为了民族的希望

毅然驶向太阳升起的地方

1921 年 7 月的那条红船

从嘉兴的南湖启航

井冈山上的星星之火

被毛委员燃亮

燎原之势不可阻挡

照亮了祖国的四面八方

红军　这支属于人民的武装

遵循着党指挥枪

两万五千里长征惊天地泣鬼神

雪山草地讲述的故事格外悲壮

在一次次历史的紧要关口

在充满艰难坎坷的征途上

中国共产党就像一位伟大的巨人

始终为中国革命指引方向

高举起统一战线的法宝

凝聚起亿万人民的力量

延安窑洞中的烛光

照耀着抗日军民在枪林弹雨中成长

十四年抗战打败了日本侵略者

杨靖宇的抗联前仆后继　战歌嘹亮

八路军和新四军用艰苦卓绝的战斗

向世界展示了中华民族的英勇顽强

三年解放战争

人民军队用利剑劈波斩浪

1949 年 10 月 1 日驱散了黑暗

国歌在天安门奏出崇高理想

二

新中国的开国大典

一个政党用隆隆礼炮把旧世界埋葬

率领人民踏平重重滔天风浪

清除道道险恶路障

向着光明向着强盛

威武不屈向前勇闯

三山五岳见证了红色世界

中华民族经历了多少风雨冰霜

滔滔东去的长江黄河

吟诵着奋斗的交响

党旗下的亿万华夏儿女

承载着中华民族的崇高理想

"抗美援朝"战争用胜利

在世界军事史上写出最动人诗章

1962 年的中印自卫反击战

又一次让我们的人民群情激昂

两弹一星夯实了共和国的根基

支援亚非拉受到第三世界赞扬

每一个脚印就是一段精彩的故事

每一个台阶就是一次跨越式辉煌

三

当东方的地平线上

升起 21 世纪的曙光

改革开放的强劲东风

舞起了中华腾飞的翅膀

走出国门的大厦拔地而起

"一带一路"通向远方

祖国各地繁华的市场琳琅满目

港珠澳大桥建设工程繁忙

亿万建设者的脚步踏着歌声

在九百六十万国土上回荡

振兴的科技与世界接轨

综合国力大幅度增强

国歌一次次在奥运会上奏响

世博会展示了中国式辉煌

五十六种语言汇成同一个声音

中国强势崛起全靠共产党

奋斗进取开拓创新

攻坚克难势不可挡

脱贫致富打好每一个战役

党率领百姓众志成城直奔小康

多么豪迈多么荣光

豪情满怀同心划桨

永远跟着共产党

把美好未来不断开创

（作者单位：牡丹江电业局）

巡线工周振玖（三首）

高万红

家在杨木沟林场

白云也远，群山也远
从晨光露面，大地发芽，他就远远地守在
高寒地带冰封的大门
张广才岭，凭着传说中猎人的勇敢命名
此时，风过山谷，夜鸟失眠
篝火无精打采地跳舞，时明时暗
我与巡线工周振玖坐拥夜色取暖
无所事事的三九天，孤独正趴在我的腿边
毛茸茸，月光下只见她的背影
柴与火升起丝丝的烟
巡线工周振玖抬起手，指着前方：
翻过那一座山，再过另一座山
我的家就在山脚下
那个百十户人家的杨木沟林场

雪 在 下

从北京来的记者,要到雪乡

她说,专门为采访巡线工周振玖

自从在雪乡拍摄"爸爸去哪了"

人们便说,如果找不到爸爸

就到牡丹江的双峰林场

中午时分,我们惊扰了空荡荡的山谷

行进在风雪中的采访车

陷在积雪中一动不动

在冰肌玉骨的野外,片刻滞留

刀都在割你的脑门、脸蛋

钻心裂肉的严寒

顺着四肢侵入你的五脏六腑

记者大姐毫无畏惧

抓起相机,扎着围脖

裹紧大衣,塞紧裤脚

这身行头,据说她只小时在影视剧中见过

——

杨子荣风雪剿匪,冰天雪地中,他成了打虎英雄

让后人膜拜。大姐也想被人膜拜

她笨拙地钻进"大烟泡"的暴风雪

在永安林场、在野狼谷,寒冷更像切割灵魂

暴雪在下,狂风在号叫,西伯利亚的寒流

凝固了空气、山峦、丘陵,

以及记者大姐手中进口的名贵相机

巡线工周振玖

四十二岁的周振玖,我叫他老玖

在大山深处巡线二十年

小我七岁,却比我苍老

他黎黑的脸庞,壮硕的腰板,憨厚的笑

我都没有,我心中只有对他的折服

"干上巡线工的差事,就舍家撇业"

他的妻子多少有些抱怨

可是十五年前,那个年轻的女人

毅然放弃大山外的现代化

将年幼的孩子托付给姐姐

来到大山深处,与原始森林为伴

操劳起周振玖的"幸福"生活

见到老玖时,他正和山外赶来支援的同事

在大山深处踏着没腰的积雪巡线

然后,垒起一处雪窝

喝着凉水,啃着馒头,两人笑谈

开天辟地,中外古今

于是,辽阔的雪域——雪光里的时光

杆与塔傲立,白色的盛宴

城市与乡村,银线相连

……

（作者单位：牡丹江供电公司）

秋天里，电力人的脚步

代 娥

叶在风里
聆听秋的讯息

一场雨的来临
倾听
四季交替变化的规律
诉说
在线路和脚步之间
长是优秀的，短也是优秀的

只是，秋的泪
向哪个方向
行走在杆塔下，吞吐疲惫的气息
随风，在飘

日出的叶和日落的叶
挡不住红或枯萎

清晨的脚步和夕阳的脚步
记录银线跳跃的音符

伤感的是林间的鸟儿
唱出的诗句,挂在收获的枝头
等待月圆月缺
执着的是电力人的脚步
沿着银线的方向,一点一点……

庄稼摇摆着威风
抖落遍地的成熟
稻田里
满耳丰收的呼唤
秋的尽头
脚印里写满了期待

叶啊,悄悄寻找归家的根
雨啊,滋润秋的心灵
路啊,总有杆塔的陪伴

等待
覆盖一切的晶莹
温暖
坚持的脚步
不经意,成了永恒的方向

（作者单位：宝泉岭电业局）

火 烈 鸟

陈大友

夕阳在池塘绽露靓影
那神圣的光阴挽留岁月
重排组合之后
唯有火烈鸟站在水中
察看时序观望一些倒置光影
在晚风里
休闲地呼唤着
即将失去的白昼
此际火烈鸟已然警醒
无畏地探视水中枯荷
躺在水中的倒影
是谁让火烈鸟志存高远
思维凌驾于巅峰
它或许已经预感到死后复生
古老的水中之鱼
疾光电影般在池底游动
这是黄昏时辰

有执着信念的火烈鸟

一刻也不怀疑

失去的白昼

在梦中将会是其乐无穷

从天国获得的财富不算贫乏

恩赐是一种赏心悦目

你看到的并非海市蜃楼

这是一只虚幻的火烈鸟

心灵的窗户已经打开

从狂热的头脑里产生出远见卓识

睁开的双目将感受到晚霞光影中的一切

显得欢乐而又恰如其分

几只吉祥的燕子在夜幕降临时

早已无影无踪

池中只剩下残败的植物颓然游弋

（作者单位：牡丹江供电公司）

诗歌七首

高万红

头　羊

花开花落的早晨，我正在河边浣洗什物
包括春天里的阳光、春风、河流和火
我伸出左手，站在阳光身边
此刻，再愚蠢的黑暗都无法任性地蓬勃
而奢望不留痕迹。除非雨傻傻地下
汇成河流，随物赋形，在峡谷间跳舞
头羊一口咬定，我陈述的河流，子虚乌有
群羊因焦渴变得心烦意乱，它们无尽的哀伤
其实——
河流是自由的，想流向远方就再不回头
春风也好，朝哪个方向吹，哪儿就生机盎然
所以，它们抵达的草原，丰茂无涯，广大无际
唯有燃烧的篝火，
是守护神，是抵御狼群最出类拔萃的武器
无论是头羊，还是它牧着的群羊

都在背井离乡

火苗再渺小也是依靠

草原再陌生也能托身

草鬼木神皆有灵性

这样的道理,头羊懂得,羊群轻易不懂得

现在,春风浩荡何止十里

阳光明媚,隔着远大于十里的牧场

头羊喊它的群羊,却没有一点回音

桃　花

一路奔跑而来的春风,止于一树桃花

我正等待这样的结局

帘外桃花帘内人,人与桃花相隔注定不远

风吹来,染黑了石头。石头的黑、树干的沉沦

想象中凌乱的旧厂房,废弃在郊外

却凭一树桃花注入生机

低矮的围墙,掐拢荫翳,灌木朝南,穷途末路

一堆乱石虚空中孤寂地行走,早已迷失

此时,帘内人挑帘择枝,唯有桃花善解人意

不知所措,颤抖出一片春浓

来路去路,一江绿水,唯有所见

陌　生　人

我们走后,丛林在边缘移动,整个夜晚并不平静

阴暗的石头,敲打河床

在石头和水流之间,我选择沉默

有七只蝴蝶在黑暗中跳舞,它们的翅膀

呈现出光明的边缘。我听到水流的声音

自天而降,掉进角落,在叫作涌泉的地方汇聚

经过躯体,穿透心脏,模拟生命的植物,流向远方

五种花朵依然鲜艳。玉兰醒得最迟,春天来临

其实,春天来临时,我站在山边

山影阴暗,树木延伸,我和此时的太阳难以相见

它在山的另一边。我想我抛弃了睡眠

在另一个世界,它也孤独

如我一样。我知道躲在深渊里的羊群

尚未找到出口。我路过一段柏油路

已被冲洗成枯枝。一夜之间,他们竟然衰老

在夜间笼罩着城市的街头,我觉得城市应该睡去

于是我只想阅读,灯光渐渐暗淡

我想到音乐,月光便渐渐明亮

我在静夜中采摘一枚落叶

随风飘动,遮蔽着通向山间的林路

紫色的花落在屋顶

一束束一簇簇如蛇对折的目光

蛇在丛林中穿行,我与他咫尺之遥

我们彼此安全也皆有危险。我不会在丛林中微笑

也不会在丛林中死去,丛林并不是我的归宿

我的归宿在远方。我看见一道裂谷,裂谷之外还是一道裂谷

昨夜我没有离开睡眠,与陌生人在孤独中对望

我知道陌生人,却不并知道陌生人来自何方

……

故　乡

日头落到雪山的背后时

我在天空的这边

腾出许多草地,留给故乡

午后的雨水,滴落到我的鼻尖

我的左手正无所事事

臣服于一只一只麻雀　寒冷的叫声

它们表情沉静,使我汗颜

其实,我的目光比泪水更柔软

泪水比目光更充沛

天空的蓝,越涨越高,世俗的风也太大

飞行的鸟,一粒一粒自天而降

追随大片的向日葵在山谷边缘起舞

怂恿这广大的金黄,在油画中恣肆地淌着

此时,风吹落尘世的种子,惊扰了

它们的飞行,我在远方想到故乡

起起落落的故乡——

走在街头,霜打窗前,月光一样

结成花朵,轻声呻吟

未知的月光洒落地上,它们年轻而善良

我在草地间俯身打量弱小的植物

目光却温暖了众多生灵

它们分别是蒲公英、喇叭花、玉米花

且近且远,我们之间的距离

就是从远方到故乡

……

美人鱼的美

我在河床上,被浪头抛弃在岸边
很明显,整个夜晚我将漂浮在黑色的河上
你是否见我在水草间抖动躯体
这个夏天,我单纯地以水草为食
每到下午,阳光在头顶呼啸而过
平静的水面,掀起波澜
我便贪婪地抓住凡尘间的空气
就像人类贪婪地咀嚼粮食
秋天过后,一切震撼人心的美将毫无光泽
连同美人鱼的美。她跳入海里,她躲避我的视线
羞于见人。我并没有恶意,我只是说
我嘲笑岁月的无知,以及转瞬即逝的流言
总有些人,在背地里窃窃私语
像一片幽灵般的水域,生长出杂乱的头发
和烂掉的枯枝
我挣脱束缚,无所顾忌
河床上躺满石头以及水一样流动的光泽
我是河床上的一条鱼,睁开巨大而忧郁的眼睛
在我的目光中,世界复杂得难以捉摸
疯狂的夜晚,尚未发生
同样漂浮的岛屿正在沉睡
美人鱼的视线从海底袭来,她站起身
她的举动预示这个夜晚
将如我所期待的——
宁静而狂野

3月18日:一群黑色的鸟飞过窗前

我不是过客,我喜欢春天。我正沉浸在
春天的写作中谋生
不是为生存赚取粮食的谋生,而是谋求
内心远离喧嚣的另一种生存方式
现在是凌晨,街道异常安静
昨晚,街头巷尾人们关注着沙尘暴
据说它们在远处匆匆赶来。令我不解的是
这个夜晚,它们却没有以朝圣者的虔诚
蜂拥而至,更不敢以施虐者的暴力在街头乱窜
沙尘暴们,被拒之于遥远的关山之外
深夜坐在满目疮痍的记忆里,我竟然如此淡定
沙尘暴是什么?一头凶猛的怪兽,抑或
转基因衍生的噬血细菌
都与我无关。我知道我浸泡在夜色的黑暗里
北京——首都。我此生浪迹江湖的中心地带
我的生命注定与这个纯粹的名词相关
此刻,我听到头顶盘旋的叫声
3月18日,我喜欢的一群
生有黑色羽毛的鸟,成群结队地飞过窗前
它们通体泛着比笼罩我的黑夜更哲学的黑
我喜爱这种抽象的颜色
我说这是形而上的深沉
……

父 亲

一条街道,总在我的眼前浮动

总在我记忆里时隐时现

这是柏油的宽敞大道

南北贯通

却空无一人

两旁没有杂草,没有店铺,更无车马之喧

父亲,你迷失在哪里了?我流泪,眼角潮湿

我要去扣哪一扇门扉?父亲,来迎我的才会是你

20 年前的这个时候你离家出走,竟然再也未归

我知道,你离我不远

我见到过

你的背影走在我前面

"这条街道的尽头通向哪里?"我问

你沉默片刻转瞬即逝

父亲,我知道你一定有难言之隐

作为你的儿子,我继承了

你的脾气秉性,你的酒量以及做人的坦诚

你曾说:我是你的父亲,更是你人生中最好的朋友

可父亲,我一生遗憾的是没能与你小酌几杯大醉而归

一位诗人说,父子小酌乃人生一大快事。

而我却盼望着与父亲能有一场大醉

今天夜里,那条街道再次出现在我梦里

父亲,告诉我你究竟迷失在哪里

……

(作者:牡丹江供电公司)

走向远方

孙爱武

人在路上

走向远方

带着思想的诱惑

穿越丛林　越过高山

漆黑的夜晚

白云堵住天空的裂缝

顽皮的阳光也安静了下来,不再张扬

远方在哪儿

是一隅充满诗意的伊甸园

还是日月浮沉的那一端

我找不到那个地方

心在路上

走向远方

听着海浪的呼噜声

数着风渐行渐远的脚印

奔跑是快乐的　飞翔是梦想

纵然有寒风冷雨

我仍不会停歇颤动的羽翼
远方究竟在哪一个方向
我追寻着……
希望在路上
走向远方
拿起信念的拐杖
一路踏歌而行
像蒲公英一样拾起甜蜜的梦飞向遥远的殿堂
纵然岸边有娇艳的玫瑰
有绝美的风景
也不会停留
远方到底在哪一个方向
我追寻着……
突然　悠扬的笛声将我唤醒
远方不是小溪流尽的深处
不是脚下路的那一头
其实
远方就在心所念的那个地方
就在现实的面前

（作者单位：宝泉岭电业局）

我拿过什么奉献给你，我的心房？

马天龙

再有一个半月红豆就要八芳，
八圈快乐旋转她围绕着太阳，
突然发现我竟然已是这么大岁数，心里惶惶，
我的心头慢慢爬上一丝怅惘。
八年，我拿过什么奉献给你，我的心房？
啊，除了我那一半的DNA，没有，再也没有什么值得称量。
孩子，不要责怪爸爸的吝啬，尽管爸爸还没有穷得掉了锅底儿。
孩子，不要责怪爸爸的残忍，兴冲冲地带着你在扑面的大雪里，
在清风细雨里滑翔。
孩子，不要责怪爸爸的馋嘴，毫不客气地吃掉你秘密的珍藏。
孩子，看着你那冻得通红的小脸蛋儿，
看着雨水顺着你的头发流淌，
看着你那被风吹得睁不开的心灵之窗，
看着你那噘起小嘴儿的模样儿，
我没有一丝一毫的疚肠。
爸爸希望，
希望，

希望你从小就看见最平凡的生活之网，
希望艰苦中的快乐感染到你的心浪，
希望快乐分享成为你最秘密的善良。
啊，我愿意看见你噘起小嘴儿的模样儿，
我欢喜你穿着冰刀摔倒又爬起的倔强，
我喜欢你看见要猴人鞭笞小猴时的怒眉铿锵，
我乐意看你笑眯眯地从书包里掏出不怕苦的奖状。
孩子啊，学会艰苦的美丽人生才是我最终的愿望，
再经过一次八年的这样，
你才能算我黄豆的儿郎。
对将来豆蔻年华的遥想，
钩起衰衰老父曾经的倜傥，
勇敢进化的思想，
要作为新的 DNA 陪伴你成长。
下一个八年平稳渡过青春期也是我的祈望，
除此我实在再没有什么更好的东西让你欣赏，
以后的生活要你自己去慢慢品尝。

（作者单位：牡丹江供电公司）

甲骨文与诗·

陈大友

这个日子在雪城
雅集一些国学精英
意义非凡
让我们想起一个民族的祖先
自殷商之后
甲骨文的兴衰
在这里从一位甲骨文大师的口中
展示出魅力
现场墨化出一幅幅书法作品
必将成为千古真迹

那位名叫佟冬人的书法家
鲜红的血管里
扎进民族之根之后
艺术生命已经
鲜活成一株株亘古奇葩

一群真心寻梦的诗人

灵感飘逸着

在这个日子里

立志以甲骨文为风骨

演化成带韵脚的文字

看这位书法家

饱蘸深情在雪城五星街道办事处

挥毫泼墨

手机的摄影功能

在诗人的心灵之窗打开之后

观望到书法大师笔锋龙蛇般腾飞

将生命的意义镌刻在时空

诗与甲骨文在融合

诗的心血洒进灵魂砚台

深情调浓墨汁呈现的通感

在诗中站立着

诗人与书法家们铮铮铁骨

伴随着一个民族在新时代的崛起

在中国传统文化大词典里

站立成不朽词条

让千秋万代的地球村顶礼膜拜

（作者单位：牡丹江供电公司退休职工）

藤的脊梁

任海霞

没有岩石的坚强
却有着顽强的毅力
生命的意义就在于不停地攀登
生来就是岩石的朋友
成长中轻抚岩石的沧桑
即便是高于岩石　一样守护着友谊
做岁月的歌者将永恒延伸
有人说你缺少骨骼
弯曲向上铸就了你的脊梁

没有树的高耸
却有着拼搏的信念
生命的意义就在于不停地攀爬
生来就是树的伴侣
岁月里轻抚树的年轮
即便是失去树　一样守护着家园
做生活的歌者将永恒延续

白桦林

Baihualin

是谁说你缺少骨骼
向上攀爬　百折不挠
铸就了你独特的刚强

没有树强壮的根基
却有着努力向上的精神
生命的意义就在于不停地攀升
给你一个支点
你能支撑起一片生命的绿色
即便是离开了支点　一样守护着信念
做坚毅的歌者将永恒蔓延
你刚强　你执著　你向上不断攀爬
你用弯曲向上的脊梁　朝着光明前进

（作者单位：牡丹江供电公司）

你，辛苦了

——致奋战在第一线的电力共产党员

代　娥

睡在梦乡的孩子

你是否知道

每天

当你嘴角洋溢着幸福的笑容时

爸爸的脚步已穿梭在那林立的杆塔之间

家中期盼的爱人

你是否知道

时常

你焦急地等待着薄暮中晚归的电话

丈夫已无暇分身　正为万家灯火闪亮努力拼搏

白发苍苍的父母

你是否知道

总是

满桌盛宴盼望儿孙共享节日之欢
儿子已整装待命奔波在保电的第一线

你辛苦了
曾经
你把儿女高高地举起
你与妻子花前月下
你陪老人共享天伦
你是家中的大树
你是家人坚实的依靠
但，你说
你更是千家万户编织光明的使者
你更是机器轰鸣输送电能的脊梁
你更是用理想和信念书写平凡人生的电力共产党员

你辛苦了
你的脊梁挺起了信念的铁塔
你把条条线路化作自己生命的脉搏
你的思想像电一样闪光火热
你把铮铮铁塔刻入自己流淌的血液
你的智慧照亮农垦城这座美丽家园
你把所有的光明化作电力人最完美的答卷

你辛苦了
风啊，请为他吹散一身的疲惫
雨啊，请不要淋湿他脚下的坎坷
他要在清晨与城镇的机器一起唱歌

他要在夜晚点亮万里平原的每一盏灯火
他要把汗珠与漫天繁星一同闪烁
他要用心浇灌万亩良田
他要让"电力共产党员"这个称谓与田野里的稻谷一起飘香

你辛苦了
你早出晚归把电送到农户的家里
让光明和温暖充满农民的心窝
你风雨无阻把电送到校园、送到工厂
让一切生机勃勃、充满希望
你日夜兼程把电送到每一个角落
让广袤的大地放射出万丈光芒
纵横的银线下
挺立的杆塔间
诠释着"电力共产党员"对光明无私的爱

你辛苦了
梅,请用温暖的雪花为他坚韧的身躯抵挡严寒
荷,请用翠绿的叶子为他遮挡毒辣的太阳
电力共产党人正迈着河流的脚步
电力共产党人正展开矫健的翅膀
谱写无愧于共产党人、无愧于国家电网人的诗篇
吟唱一首响彻宝泉岭农垦城,感动三江平原的赞歌

(作者单位:宝泉岭电业局)

谁为梦想插上腾飞的翅膀

李 靖

谁为梦想插上腾飞的翅膀？
说深化"两个转变"
风云漫卷江山如画诗意酣畅，
看加强"三个建设"
挥毫泼墨龙江大地飞彩流芳，
听"十三五"规划
如同一曲春天的故事唱响明天的希望。
宏伟蓝图插上翱翔的翅膀，
中国电力燃起腾飞的希望。
黑土地捧起花开的希望，
大森林沐浴灿烂的阳光，
林电人创造崭新的辉煌。
服务经济发展无上荣光，
傲立潮头经历风雨沧桑。
我们用努力超越追求卓越的精神
点燃"一强三优"的梦想。
站在乌苏里江畔凝思遐想，

精益化管理的浪潮染红了创业北疆，

创先争优的号角在晨曦中吹响，

国家电网的旗帜在林区飘扬。

林电人用汗水打扮姹紫嫣红的家乡，

用青春年华奏响兴电造福唯优必争的乐章。

看"三个建设"托起林区不落的太阳，

日新月异的林城翻开崭新的篇章。

杆塔林立伸向远方，

光明使者酿造幸福的琼浆，

漫步青山绿水的东方红，

不夜城塑造了新林区崛起的形象。

在这个圆梦的时代，

中国电力为梦想插上腾飞的翅膀。

（作者单位：鸡西东方红林区电业局）

东北这疙瘩好

李忠梅

金秋十月哟，
稻谷香飘。
走遍各地哟，
数东北这疙瘩好。
丰收的田野哟，
一望无际地广袤。
秋日里的葵花哟，
脸盘圆圆笑弯了腰，
红高粱晒米儿哟，
黄豆角儿噼噼啪啪地爆，
万亩水面鱼儿跳，
硕果累累的枝头哟，
喜鹊撒着欢儿地叫。
神州大地哟，
千川百貌，
踏遍名山哟，
还是东北这疙瘩好。

长白山的三宝哟，

闻名远销，

兴安岭的珍果哟，

挂满了山腰，

捡一筐榛蘑，

撒一路欢笑。

对一曲山歌哟，

摘一篮野枣……

丰收的甜蜜哟，

滋润着女人的心扉，

看山里汉子喜上眉梢。

神奇的白山黑水哟，

好似母亲的怀抱。

姑娘的脸蛋儿哟，

就像红辣椒，

小伙的肩膀哟，

能担又能靠，

姑娘小伙哟，

东北这疙瘩最好。

携手同圆中国梦哟，

白山黑水手中描。

给山披上葱心儿绿，

为水染上七彩娇，

一肩能担一座山哟，

一手绘就山河妙。

勤劳的双手哟，

把美景家园来打造。

白桦林
Baihualin

暮色里的乡村哟，
炊烟袅袅，
亲亲的黑土地哟，
美景如画雨顺风调。
希望的田野哟，
我们东北这疙瘩好。
为心中的梦想，
为家乡的富饶，
向着梦想的目标，
迈开双脚……
让祖国的大好河山分外妖娆。

（作者单位：大庆供电公司）

收获二〇一七

张晋宝 韩凤军

二〇一七
我们一起
团结奋进
锐意进取
播种希望
收获欣喜
崭新时代
中国开启

（一）

雄安新区
国家设立
意义重大
千年大计
立足京冀
辐射全国
全新思维

全新设计

（二）

雁栖湖畔
召开会议
一带一路
国家齐聚
习总书记
发出倡议
加快建设
马不停蹄
互联互通
互信互助
共享共赢
共同受益

（三）

国产航母
顺利下水
歼二〇机
所向披靡
C919
长我志气
复兴列车
拉响长笛
中国天眼
全球第一

首秀发现
脉冲星体
量子时代
已经来临
中国速度
无人能及

（四）

金秋时节
喜迎盛会
振奋民心
扬眉吐气
三万余字
三个小时
全面阐述
中国实际
四个全面
大力推进
五位一体
总体布局
主要矛盾
已经转变
奋斗目标
触手可及
中华民族
昂首屹立

东方古国

正在崛起

（作者单位：黑龙江省电力公司技培中心）

迎春的元宵节

任海霞

飘雪的三月，
巧遇，提着红灯笼的春天
元宵节的红灯笼映红了飘雪的夜空
大红灯笼映照下的早春白雪
如同水做的蝴蝶浪漫地随风起舞
时而落在树枝上变成朵朵雪梅，傲雪迎春
时而落在穿梭的车辆、行人、街道上，踏雪寻梅
时而落在高楼大厦上变成报喜雪鹊，琼楼玉宇

飞驰而过的摩托车
碾碎了得意扬扬的微风
溅到我身上几滴春色
迎春的元宵节
我巧遇一场春雪
童年的红灯笼
还挂在伸手捞不着的屋檐下
被岁月的红包裹起来

白桦林
Baihualin

我走在车水马龙的街道上
自言自语
雪，为期盼的春许愿
逐梦的船，伴着元宵节的红灯扬帆起航

（作者单位：牡丹江供电公司）

七律·敦煌怀古

陈大友

亘古文明敦煌远,丝绸老道亚欧连。
三危山柳看新月,千载莫高听旧泉。
羌狄边墙望风雨,游龙驮队用雷鞭。
往来多少春秋画,今世中华更向前。

（作者单位：牡丹江供电公司）

七律·画梦

乔喜云

青鸟衔枝启梦园，
匠心笔墨巧周旋。
红梅傲雪藏冬气，
秋菊凌霜隐仲寒。
花鸟鱼虫争起舞，
山川湖海贵相连。
天公慷慨降神谕，
凤舞清平惊画坛。

（作者单位：鸡西供电公司）

水调歌头 · 赞电力工人

王奕松

百姓心中铸,输配荡欢声。
条条银线,穿街连巷送光明。
雨里报装誉满,塔上维修怀远,管理见高情。
热血蕴豪迈,智慧耀前程。
领龙头,拓视野,趁春耕。
多施并举,拼搏求实众心凝。
使命扛肩圆梦,浩气盈胸兴国,服务万言倾。
故事传天下,山水颂群英。

(作者单位:绥棱县电业局)

七律·观音山

陈大友

南下广东游圣地,观音山上拜祥天。
千年古树无虫疫,万谷川流有洞泉。
书典人文香宝笔,歌声绝色美丝弦。
明心见智风光媚,喜乐中华好梦圆。

(作者单位:牡丹江供电公司退休职工)

七绝四首·咏雪

乔喜云

一

朵朵琼花挂满枝，
迎风曼舞小清姿，
嫦娥昨夜舒广袖，
漫洒人间遍地诗。

二

却道人间胜景开，
琼花树下久徘徊，
惊疑玉宇谁裁出，
妙手轻携盛世来。

三

天公邀我赴瑶台，
共赏人间胜景开。
玉树琼枝花满目，

清平盛世伴歌来。

四

清清世界喜清新，
尘世能行几分真，
我与君心昭日月，
婆娑人事最芳醇。

（作者单位：鸡西供电公司）

虞美人·观《芳华》

杨峰昌

芳华当季春颜好,风雨添烦恼。
世间天道亦枯荣,难得初衷无悔执着情。
莫言冬至阳光短,只驻心中暖。
韶光既去半额霜,欣慰花香之后果香长。

（作者单位：牡丹江供电公司）

七绝·咏牡丹

乔喜云

盛世花开潋滟香，
离俗弃艳自芬芳。
冬寒铸就玲珑韵，
春晓铺成万道光！

（作者单位:鸡西供电公司）

小

说

"老安全"的"新考验"（小小说）

李 靖

去还是不去？放下电话，"老安全"心里出现了少有的犹豫，一分钟前，一个陌生的电话举报，变电所所长大周酒后上岗，现在正在办公室里睡大觉。领导干部酒后上岗，这影响够坏的，何况上周刚学完事故通报，这不是顶风上吗？

虽然刚刚上任局安监科科长才一个月，但是在班、所、局安全员岗位上工作二十余年的"老安全"安新业，对局的安全形势还是了如指掌的，酒后上岗已经多年未见，这次有人举报，不是明显给自己难堪吗？

前几天学习事故通报时，主管局长就强调，员工习惯性违章，是从劳动纪律开始的，别说各专业领导、员工，就是警卫也不允许出现酒后上岗的行为，安全无小事，安全面前人人平等。想到这儿，"老安全"对办公室的安全专责小刘说带上录像机，去趟变电所。

变电所与局办公楼相距不到 200 米，几分钟的事，推开所长办公室，只见满屋酒气，大周正趴在桌子上睡大觉，睡得那叫一个香，口水都流出来了。取证后，"老安全"与小刘回到了办公室。如何处理呢？变电所一直是红旗变电所，老标杆了，这大周所长也是老先进了,怎么能犯这么低级的错误啊!但是亲眼所见酒后上岗的事实,一时还真让"老安全"感到棘手难办了,他告诉小刘录像一定要保存好,不允许给任何人看,更不允许私自删除。正在"老安全"叮嘱之时,电话铃声响起,原来是局长有请。

局长给"老安全"倒了杯茶,就笑着询问事故通报的宣贯情况和局安全生产监察情况,"老安全"嗫嚅地说道:"总的来说形势还是好的……"

听着断断续续的汇报,局长不动声色,也不去指责"老安全"的扭捏,就是一再问"还有什么情况"。"老安全"的脸逐渐涨红起来,连忙低头喝了口茶,定了定神,然后坚定地说:"制度、安规面前人人平等,党员干部更要模范遵守,今天发现有的基层领导酒后上岗,这样的行为必须全局通报,严惩不贷。"

局长的表情严肃起来:"什么情况?顶风作案这还了得,你说得详细一些。""老安全"的语速突然顺畅了许多,竹筒倒豆子,把刚才接到举报电话并去变电所取证的经过详细地汇报了一遍。并建议局里给予变电所所长大周全局通报批评、扣发季度安全奖的经济处罚。

"你考虑到这件事的后果吗?变电所可是局里多年的一面旗,这负面影响可是巨大的。"局长的脸越来越难看了。

"知道,我更知道不这样做的后果,千里之堤毁于蚁穴,护短是没有好结果的。""老安全"更加坚定地说。

"我看这件事就这样算了吧,小范围地警告一下,别弄得满城风雨。"局长挥了挥手。

"不行,这事有人举报,必须给员工一个公平的答复。""老安全"毫不犹豫地回答。

"你还较起真来了,我是局长!""王子犯法与庶民同罪,我有理走遍天下,让我管我就这个态度,不让我管拉倒。"一时间,办公室的气氛紧张起来。

"哈哈,这相声听得真过瘾。"说话间变电所所长大周笑着推开局长办公室的门,局长严肃的表情突然也和蔼了起来:"你不是酒后在办公室睡大觉吗?"大周笑着说:"我那是把做胸腹式呼吸模拟人用的消毒酒精洒了一些在办公室,至于口水嘛,只不过是水杯中的一点点喽。你跟小刘走的时候,我还眯眼看了你一下,想笑没敢笑出声,怕穿帮了局长收拾我。"看到大周一脸的嬉笑,"老安全"如梦初醒,原来你们是在考验我啊!

"这次演习,谁也没告诉,举报电话是我让新入局的员工打的,你这个老安全员在新岗位,一定要有新作为啊!"

"老安全"也笑着说:"您就放心吧,我这就一把尺子,领导、员工一个样。"

说完三个人会心地笑了起来。

（作者单位:鸡西东方红林区电业局）

雨夜卖电（小小说）

薛　红

　　一直以来，每当别人问起我的工作时，我总是闪烁其词，不好意思开口。因为我只不过是供电营业厅里一个小小的售电员，每天重复敲打着键盘上那几个数字，重复说着那几句熟悉得不能再熟悉的话：您买多少电？好了，请您拿好……

　　说得通俗点，我就是个卖电字儿的。一个堂堂七尺男儿，每天要面带微笑应付那些盯着电费收据的大爷大妈们，有时候凭你怎么解释，他们依然似懂非懂，盯着你问过来问过去，此时的你，还不能有半点厌烦，否则的话，轻则受到领导训斥，重则招来客户投诉。

　　看看身边的同学，今天这个升官，明天那个发财，今天这个买车，明天那个买房，瞧瞧自己，日复一日重复着简单、单调的生活。我这个心情呀，一天到晚的，老郁闷了。

　　这天晚上八点多，外面大雨倾盆，我正躺在床上看着电视，忽然手机响了，这么晚了，谁会打电话？抓起手机一看，原来是95598打来的。又是什么事？客服中心的这些丫头们，向来没有时间观念，不管几点，电话说来就来，一点不考虑别人的感受。

　　"张大哥吗，有一家饭店电卡没电了，着急用电呢，请您马上来一趟,他们一会儿就到了。"电话里的声音温柔又略带急切,似乎没有半点商量的余地。

"哦,我这就过去。"虽然不太情愿,但我还是穿好衣服,走出门去。

当我冒着大雨来到营业厅时,只见一位客户正焦急地徘徊在门外。见我来了,他急忙迎上来,一脸的歉意:"小兄弟,我那饭店里没电了,一屋子客人等着呢,实在没办法,只好麻烦您了。""没关系,这是我的本职工作。"见客户如此客气,我倒有些不好意思。进门开电脑、输入数字、打印,一系列熟练的动作,很快就办完了。客户接过电卡,再三表示感谢,并且坚持要送我回家,被我谢绝了。

这件事很快被我淡忘了。一天快到下班时间了,主任忽然领着一个人走进了营业厅,仔细一看,原来是那天晚上买电的客户。这位客户走上前来一把拉住我的手:"小兄弟,那天多亏你了,要不然我真不知道怎么过了那一关了。"这时我才知道,这位客户是龙泉饭店的老板,那天晚上饭店里有一位老人过八十岁生日,中途因没有电字突然停电,这位老人的子女差点与饭店发生矛盾,由于我及时卖电,才避免了一场纠纷,今天这位张老板是特地前来表示感谢的。

"那天下着大雨,还把你找过来,您要是不来,我那饭店里还不知道要出什么事呢。"张老板拉着我的手,久久不松开。

听了这番话,我非但高兴不起来,反倒觉得脸上有些发烫,没想到我的一个小小举动,却帮了张老板的大忙。

突然间耳畔响起海尔集团总裁张瑞敏的话:"把简单的事情做好就是不简单,把平凡的事情做好就是不平凡。"雨夜卖电,事情虽小,可却实实在在地为客户解决了一大难题。由此,我深深体会到,无论多么平凡的岗位、多么微不足道的工作,只要用心,一样可以赢得掌声。虽然我只一个小小的营业员，每天面对着琐碎枯燥的工作，但我相信，经过努力，小小的柜台里，同样可以施展才华，同样会创造出不平凡的业绩来。

（作者单位：宝泉岭电业局）

托底儿（微型小说）

孙爱武

　　"听说你们连队最东头王老四家去年就用上'油改电'了，一年下来省下个万八儿不成问题，自家地里的活儿忙完了，还能腾出空儿出去打零工挣点外快呢。"

　　"拉倒吧，就咱农场这个电，哪够用啊，一会儿限电，一会儿拉闸的，种水稻用电浇水不够闹心的。"

　　"老钱啊，你这老脑袋瓜子，太落伍啦。

　　你可能还不知道吧，电业局已经在咱们农场投资新建变电所了，电管够儿使，将再多的农田开发成水田也不用担心。你只要肯甩开个膀子干，年底就等着数钱儿娶儿媳吧！"

　　"说心里话，咱老农民一辈子就指望这些地养家糊口，我都用'四轮子'抽水浇地二十几年了，冷不丁改成'电灌'浇地，就咱场目前用电的状况，我这心里可没底儿。"

　　夕阳的余晖覆盖了整个原野，水稻户钱望全和农场农业科的技术员踩着田埂子晃着膀子边走边唠。

　　阳春四月，冰雪渐渐消融，北大荒的春天悄然而至。祖祖辈辈生活在这里的人们，勤劳质朴。每年开春，泥泞的田垄地头、绿油油的蔬菜大棚基地……处处繁忙景象。

农垦宝泉岭管理局是国家重要的商品粮基地,农作物总播种面积 500 万亩,水田面积 256.6 万亩。自 2007 年,宝泉岭电业局推行"油改电"工程以来,50% 的水稻户进行了安装。随着近几年油价的飞涨,每年水稻户节约成本费用达到了 1 200 万元,老百姓尝到了甜头儿,争相报装、接电。

水田用电高峰,4 000 眼电机井焦急地等待。

2011 年春灌期间,110 千伏军川、绥滨、二九〇等主变供电总容量与配出军川等农场春灌高峰负荷相比缺口容量达 1.9 万千伏安。而宝泉岭垦区"抓城、强工、优农、富民"战略的实施,打造 400 亿商品粮基地工程,也在快马加鞭,紧着往前赶。按照"十一五"期间负荷电量增长情况预测,"十二五"末期,全网供电量将达到 8.2 亿千瓦时,最大高峰供电负荷将达 23 万千瓦时,缺口容量达 18 万千瓦时。电力供需矛盾突出,经济发展离不开电力的支撑和牵引。

垦区用电负荷攀升迅猛,老百姓种地积极性也高了,但电网骨架"体力不支",用电迫在眉睫,怎么办?

破解这一难题,成了宝泉岭电业局决策者们的心头儿大事。

"咱们干的是惠及当地老百姓的好事,虽说这条路走起来异常艰难,但不管怎么说也得试试。"

"这事可不好办,投资这么多钱,涉及的征林、征地部门还贼多。"

"光靠咱们自己的力量完成这么大的工程量我看可够呛。"

"老百姓用电是大事,他们就靠种地生活,我们不能在用电上扯他们的后腿。"

"采取高调保电,向管理局反映我们现存的情况,争取得到他们的支持。"

"能行吗？不试怎么知道。"

……

电业局会议室里，决策者们你一句我一句争论不休，全然忘记了下班的时间。

功夫不负有心人，经过多方做工作，2011 年 4 月 8 日，管理局牵头组织召开了电网建设与保护推进工作会议，负责电力部门的管理局副局长亲自主持会议，管理局局长刘长友到会并对电业局电网建设所需的手续办理等业务给予鼎力支持。会上下发了《加强春灌期间供用电管理的通知》，会场气氛异常严肃，15 个农场的一把手一个也没落下，全部到会听令。电业局趁热打铁，与各农场农业部门拍板敲定，联手作战，解决春耕保电期间电力负荷出现的新问题。

有管理局给咱们"撑腰"，压在心里的这块石头总算可以放下了。

开弓没有回头箭。

要干就干出点样来。电业局领导分摊负责，有筹措资金的，有协调沟通的，有跑林征地的，有牵头清理树障的……大家各忙各的，那叫一个不亦乐乎。

局党组积极转变发展方式，加强项目建设开发，聘请省电力设计院对该区域电网进行了系统规划，并纳入鹤岗地区电网统一规划和宝泉岭管理局经济社会发展总体规划之列。两年来，电业局开展新一轮农网升级改造，通过多方"化食"，争取电网建设资金 3.8 亿元，部分新建的变电所已投入使用。完成了 800 万元的新华和绥滨农网完善工程，新建与改造 10 千伏线路 46 千米、低压台区 29 个。电网装备水平和科技含量的提高，从根本上扭转了宝泉岭电网供电能力不足的局面。

2011 年,电业局新一轮农网升级改造工程又万事俱备,全面启动,投资 5 088 万元,将 35 千伏川南变、共青变提档升级为 110 千伏变电站,建宝农变 110 千伏一座,投资 1 900 万元改造与新建区域内的输配电线路。

电业局又自筹资金 230 万元,为江滨等 7 个农场安装主变、更换开关、调换主变压器,缓解供电压力,使超载电网得到"舒筋活血"。启动新建新华、普阳农场 110 千伏输变电工程。加速完成二九〇变电所 2 号主变临时过渡改造工作,增加主变容量 26 300 千伏安。

硬件上去了,软件不能下降。电业局一手建电网一手抓服务。

为满足农业用电需求,保障春灌农民用上放心电。电业局服务力量下沉,全力为水稻户撑起"电力安全保护伞"。成立了春耕保电领导小组,制定保电预案,对需要报装增容的客户开动了"特、简、短、快"的特事窗口专办、办电手续简化、施工时限缩短、送电速度最快的直达顺畅的"春灌保电列车"。15 个农场的"护农帮办小分队"起早贪黑地活跃在田间地头,一边对排灌变压器及线路进行"义诊"解除疑难杂症,一边为新装客户装表接电。

两手落实两手抓,经电力建设者们的不懈努力——

黑土上凌空穿越的输配电"大动脉"运行畅通无阻,负荷高峰期间电力充足可靠。

看着邻居家清澈的泉水从电机井里汨汨地流进稻田,一会工夫就灌满一个池子,在阳光的照耀下闪着波光,而自己家用机器浇地得好几天,费时还费力。

想到这儿,水稻户老钱坐不住了,心里开始痒痒了。他在心里默默地告诉自己,看来这次宝泉岭电业局在农场建变电所确实是实实在为老百姓解决了用电问题。

"这回,俺这心可算托底儿了,把我家 28 公顷农田全部改为水田,也尝尝用电浇水灌溉的好处。"老钱心里想着,偷着乐了,脸上的老褶瞬间堆积得似一道道梯田,罗列成排。

(作者单位:宝泉岭电业局)

"老检修"的幸福事儿（小小说）

刘镜珍

刚在职工食堂吃过早饭，回宿舍的路上，"老检修"就催促妻子："快点收拾，今天活儿挺多，咱最好坐第一班通勤车到厂房。"

"看你猴急的，昨天晚上刚到现场，晕车劲儿还没过，不准备充分怎么完成此行'重任'。"妻子一边回答，一边抓紧上楼。

秋风和煦轻柔，蓝天白云飘逸悠扬。满载着检修人员的通勤车在检修驻地准时出发，十多分钟后就到了厂房。

才早上八点多，检修现场就像往常一样，大家早已在自己的岗位上忙碌起来了。

这是中秋节放假的第一天，除了参加机组大修的检修人员仍坚守在岗位外，其他班组工作人员已陆续放假回家了，厂房里显得有些空旷。

"小李，今天的检修任务是什么？"

"嫂子又来'慰问'了？"小李开了个玩笑，然后说，"我们这个班组上午的主要任务是帮助发电机班清扫设备，我们是分工不分家，忙完分内的再支援兄弟班组。"

"你们辛苦了！今天我就跟着你们，你们到哪儿，我就跟到哪儿。""老检修"的妻子一边从背包里取相机，一边对小李说。

秋高气爽，艳阳高照。厂房外，"秋老虎"威严地炙烤着正在进行机组冷却器清扫工作的发电机班成员；厂房内，各班组成员各就各位，有的在拧发电机上盖螺丝，有的在抡大锤，有的往外搬运不用的大件清理现场，不停地忙碌让他们大汗淋漓。检修现场不时传出口哨声、乒乒乓乓的敲击声。

接连几天，"老检修"的妻子不失时机地穿梭在各个检修地点，尽情地体味着检修人热火朝天的干劲与活力，真切地触摸着他们汗水与设备碰撞后所迸发出的激情与执着，"定格"了太多让人感动的工作瞬间。这位"特种兵"的加入，为紧张的检修现场增添了不少欢声笑语。

由于大修任务繁忙，"老检修"已经连续一个多月没回家了，就连结婚纪念日也错过了，已经错过好几年了。孩子不在家，"老检修"的妻子形单影只，感到了冷清……

当她看到检修人在平凡的岗位中努力实现着自身价值所表现出的那份真诚时，对检修人有了新的认识，有了不同于以往的感受……

"你看那些年轻人，在现场待了这么长时间，家里的孩子还得老人帮助照看，咱也没啥负担。""老检修"忙中偷闲，在路过妻子身边时说。

"快忙你的去吧。"妻子看着"老检修"和那些忙碌的修检人，以往的抱怨早已没了踪影。

刚才还坐在机组旁拆卸零件的"老检修"，转眼间回到了工作间开始加工备件，不一会儿又加入了变电所电缆沟盖板的刷油队伍。

本次机组大修是厂里一次综合性的检修。因工作忙，职工半个多月才能回家一趟，一些现场领导和重要班组的职工，大修开始就坚守在岗位上。女职工与男职工一样，跑上忙下，在清扫推力油槽、清扫转轮、滤油以及其他辅助性工作中发挥了应有的作用。

与往年相同,大修以来,陆续收到大修现场职工投来的稿件,一幅幅真实而火热画面的描写,让人有一种想上现场亲身感受的冲动。为此,单位领导就把采访重任交给了"老检修"的妻子,让她以"双重"身份完成"双重"任务。

为了让现场职工安心工作,厂领导对现场职工的吃、住、行以及检修现场服务等各项后勤保障工作做了细致的安排,策划了多项温馨服务。这不,分厂领导还专门把参加现场检修的职工家属接到了现场,让他们与家人一起共度中秋佳节。"老检修"的妻子就是这样"借光"来的……

"爸爸妈妈,结婚周年快乐,祝你们幸福,我爱你们。"一大早,在外地工作的女儿就发来贺电。

二十多年里,"老检修"和妻子与这些检修人和他们的亲人一样,总是聚少离多,虽然没有玫瑰和蜡烛,但并不缺少浪漫。像这样"难得"的"团聚",让他们的心贴得更紧……

近几年,"老检修"这个曾经被医生判"死刑"的重症患者,为进一步治疗顽疾,身体一下子进入了"大修期"。但是,只要和妻子说起从前那些在检修现场的经历,"老检修"还像当年结婚时一样幸福!

(作者单位:牡丹江水力发电总厂)

"调度"老徐（迷你小说）

李 靖

　　调度是多大的官,谁也说不清。说官不是官,说兵不是兵,顶多是个兵头官尾的虚衔,可电业局共产党员服务队的"调度"老徐,不仅"官"当得有滋有味,而且"权力"越来越大,上管局领导,下管各专业,为啥他这么"牛",就因他用"你用电·我用心"这把尚方宝剑,号令"三军"。

　　老徐本是电业局供电所的所长,在电业局不仅是元老级的人物,而且内线、外线、营销,里里外外一把好手。外线施工从放线、紧线到拉线制作,从时间到质量,全局没有一个人能超过他;配电盘布线,横平竖直,数百个线鼻子做下来,大小一致,如同定制的一般;增供扩销,他风里雨里往农户家中跑,没几年全供电区的农户都进行了"油改电",农民增收、企业增效,实现了"双赢"。就在他供电所所长干得风生水起的时候,国家电网公司的"三集五大"体系建设工作开始了,本来老徐做好了与年轻人一搏高低的准备,但是竞岗方案里超过55岁不参加竞岗,由企业另行安排的规定让他无缘竞聘。虽然心里不舒服,但是老徐又不愿意别人说他是个"官迷",所以在征求他意见时,还拍着胸脯说"共产党员一块砖,哪里需要哪里搬",要局领导放心,他没有思想包袱。当宣布他改任党员服务队调度的那天，老徐夜里还是失眠了。说是调度，其实就是个接电话的传令兵，用户报修、咨询由他负责登记转达，鹦鹉学舌的活谁不能干，让他心中有一百个不愿意。但是局里已做出决定，也只好走马上任了。

老徐本想，接听电话是个清闲的活，但是头一个工作日下来他就有点吃不准了，这服务电话咋比局长热线还忙？电机不转的、询问是否停电的……更多的是家里停电的，通知报修服务人员，一会儿城东一会儿城西地紧忙活。干活的累够呛，接电话的有苦难言。以前当领导也没听说有这么多的事啊！都说服务无小事，咋轮到他老徐当"调度"，这活就来了呢？他百思不得其解，休班的时候就跟值班的同志一起参加报修服务工作。用户报修的内容，他认真地记录，一个月下来，还真是满满地记了一大本子。没事的时候他就一遍一遍地看，时间久了，发现了其中的一些窍门。家中停电的，有一些是不需要上门服务的，欠费的、漏保跳闸的、保险丝熔断的……他把这样的故障报修一统计，结果吓了一跳，占接听报修电话的30%左右，这可不是个小数。再一分析，这些用户大部分是今年棚户区改造新入住楼房的用户，对安全用电的知识比较缺乏，所以一些正常现象也被当作了故障。找到顽症，就好对症下药了。老徐向局里一汇报，领导当即发话："你有什么想法，我们一定支持，各专业配合你开展工作，只要能把供电服务做好，工作质量提高就行。"并且还给了老徐报修服务工作可以直接找主管局长和各专业负责人协商的"特权"。

"电业局提示您，因新建楼房安装的是集抄电度表，电费日清日结，欠费立即停电，为了保障您家正常的生活秩序，请您根据自家用电情况及时缴纳电费，以免因欠费停电给您带来不便。"一张充满温馨的通知出现在所有棚改小区的公告栏上，提醒广大居民注意自己家的用电负荷情况，及时交费。这是由老徐亲自撰稿，电费结算中心同志发出的通知。

"不要将大功率家用电器同时使用，多个电器电源不要插到一个插座上，家中停电首先要检查一下漏电保护器是否跳开、刀闸上的保险丝是否熔断……"供电所、计量所、党员服务队的同志利用到社区、林场、学校开展报修、抄表、计量校验等工作的时机开展安全用电知识的宣传活动，老徐有时间就参加，还利用报修电话现身说法，很受用户欢迎。

慢慢地，老徐的电话铃声开始减少了，有时一个上午也没个电话，但是老徐仍旧坚守在他的电话机旁。用他的话说，供电服务无止境，"你用电·我用心"的日子还长着呢！

（作者单位：鸡西东方红林区电业局）

箸头上的家风（小小说）

李忠梅

箸，即筷子，是中国汉族发明的非常具有民族特色的进食工具。最常见的是木箸、竹箸。古人的奢侈品中有银箸、象牙箸。不论是什么材质，箸都不改其作为进食工具的初衷，两根筷子既分开又合作。近年来，出现了一种木质的机制方便筷子，筷子稍分开，筷子根部连在一起，但使用时也要掰开分成两根。两根筷子通过手的操作，能够把长的、圆的、方的、扁的、干的、稀的各种食物灵巧地送进嘴里。不得不佩服我们祖先的聪明才智。

在我家，筷子不单是进食工具，还有一个作用是"正家风"。

从我记事起，我们家的饭桌就是会议桌，每到家人聚在一起吃饭时，父母就开始行使他们作为家长的权力，说这个教那个。那个年代父母经常加班，不是学习就是开会，特别是父亲，晚上我们都睡着了他才回家。我们见父亲就是在饭桌上，孩子们的一切行为信息都是在饭桌上被通报的。饭桌成了父母教育子女的唯一场所，我们也习以为常了。

父母教育我们的独特方式就是用箸头打头。吃饭时把正在使用的筷子瞬间倒手翻过来，用带楞的那头打在头上，脑袋立时嗡的一下，脖子缩到领子里。箸头在我们眼里极具威慑力。孩子们在外面淘气、惹祸，母亲知道了就用箸头打我们的头，说让我们长长记性。

大哥九岁那年被父亲打了一箸头，是因为写字时握笔的姿势不对。大哥握笔的姿势和使筷子一样，五个指头一齐掐住笔杆，写字用的力太大，把方格本都戳坏了，字体歪歪扭扭。父亲检查作业时一看就知道是握笔不正确写出的字，所以吃饭时就用筷子比划着教他握笔，大哥不以为然，被父亲一箸头打在头上，从此大哥记住了握笔的姿势。大哥楷书写得非常漂亮，后来毛笔字写得也相当不错，书法大赛上必有大哥的作品获奖。

母亲是个勤劳智慧的知识女性，深知箸头上节俭的道理。在那个物资极度匮乏的年代，她想尽一切办法让我们吃饱。有了特殊的吃食，她都是要留着全家人一起享用。那时能攒下一些钱，都是在箸头上省下来的。

一次居委会发肉票，妹妹起早就去副食店排队，买回来二斤肥瘦相间的猪腰条肉，俗称"五花肉"。我们都想吃一顿红烧肉解馋，可大哥下乡在知青点，捎信人说一时回不来，母亲就把肉用绳子拴好吊在院内的小井里，惹得我们姐弟几个一天去井台上趴着看好几遍。吃饭时母亲用箸头挨个轻敲我们的头，嗔怪地说："这些馋猫，好东西得一家人一起吃，少一个都不行。"

那几年父亲在农村包队蹲点，教育子女的重任就落在了母亲身上。记得有一部电影叫《向阳院的故事》，家喻户晓，我家那片也办起了向阳院，我和十岁的妹妹都参加了宣传队，每天放学后在房前的空场上宣传。有一天宣传工作结束得早，我和妹妹没写作业就去学校操场踢格子玩。母亲非常生气，吃晚饭的时候，箸头就飞上了我们的头。饭后，母亲把我俩叫到炕沿儿，把她那收藏了多年、粗糙发黄、两面写字的作业本拿给我们看，讲她上学时的艰苦，现在我们的学习条件好了，要发奋学习，等等，就像居委会召开的忆苦思甜会。从那以后我们无论有什么理由，都要完成好家庭作业。

童年时我家住南街，那一片孩子成群，疏于管教，弟弟就和他们学得很顽皮。那年秋天，邻居家的一棵沙果树结满了果实，红黄相间的沙果把树枝都压弯了，弟弟垂涎欲滴，和几个淘小子偷偷爬上树，摘了一大捧沙果用单帽兜回家。母亲一下班就闻到了沙果的清香，正要问时，邻居的孩子就高声嚷着来找家长。母亲赔了邻居孩子一毛钱，好生把人劝走了。接下来的事可想而知，那一箸头打得弟弟额头上隆起两道红印子，一周都没下去。就因为这件事，父母商量一晚上，为了给孩子们一个好的成长环境，决定把家搬到北街。

小时候，邻居夸我们、长辈夸我们，唯独父母不夸我们。是他们像管理小树一样时时修理，才让我们在正道上成长起来。

可是长大后我又挨了一次箸头，那次挺狠，给我的教训最深。那是我刚结婚不久，因为爱人不做家务，我下班回来见他躺在床上不干活，就和他小吵了几句。爱人在家中是老小，婆婆很娇惯他、心疼他、护着他，我一生气就回了娘家。一进门刚好赶上吃饭，母亲看出我不高兴，就问我缘由，我就滔滔不绝地述说爱人的"种种劣迹"。按说女儿在婆家受了委屈，母亲应该替女儿出出气，至少也得安慰女儿几句。可是母亲听完后脸色大变，一箸头打过来，我一歪头想躲，箸头正好打在脸上，火辣辣的。母亲训斥我不懂事、不知礼，刚结婚怎能让婆婆操心？知书达理的门风，嫁出门的姑娘没这么丢人的！她没让我吃饭就把我赶回了家，让我向婆家人认错赔礼。从此，我再也不敢耍小性子了，三十多年来与家人和睦相处，没有红过脸。

几十年来，我们兄妹四人在父母的教导下，在文明、和谐、正直的家风熏染下，成长为国家干部、企业管理人、团队带头人，为国家、为社会尽绵薄之力。

　　家风是什么？家风是我们立身做人的行为准则，是社会和谐的基础。

　　父母箸头正家风，正出了我们做事清清白白、做人堂堂正正。

（作者单位：大庆供电公司）

胖丫（小小说）

岳宏巍

　　胖丫的父亲是村上的一名民办教师，热爱生活，尤擅长撒网捕鱼。在胖丫刚有记忆的时候，就听家里长辈念叨："你出生的那天，你爸爸网到了一麻袋的虾。"一头天生卷发的胖丫瞪着乌溜溜的大眼睛，不明所以。直到长大了才明白，自己差一点因为这一麻袋虾，而取名"红霞（虾）"。幸好有睿智的祖母，及时阻止了父亲的任性。

　　胖丫从小淘气，比男孩子还要野，上树爬墙、下河游泳，凡是男孩子的游戏，她都喜欢。最为过分的是，有一天她居然捉了只田鼠带回家。晚上睡觉时，田鼠从胖丫的衣服兜里钻出来，害得胖丫挨了母亲大人的一顿暴打，据说新买的笤帚都打散了。不时就有邻居找上门，状告胖丫去他们家地里挖了还没长大的红薯、拔了正在生长的大葱，这让身为教师的父亲哭笑不得。胖丫聪明好动，好奇心强，满头卷发下面长着颗好奇的小脑袋，她想知道为什么红薯是在土里长出来的，更想了解大葱为什么只长叶不结果。

　　父亲担心胖丫过于贪玩惹祸，于是每到节假日有空出去打鱼的时候，一定要带上她。打鱼的地方与村子有一段距离，没有父亲的自行车，小小的胖丫是到不了这个世外桃源的。清澈的江水、丰茂的水草、透明的鱼虾、调皮的蝌蚪、叫不出名的花，胖丫深深地爱上了撒网捕鱼的日子。撒网前，父亲要先往水里放鱼饵，静候半个小时，然后开始捕鱼。这个间隙，胖丫捉蜻蜓、抓蝴蝶，最开心的事是采一大把不知名的小花，让父亲帮她编织成花环戴在头上。每当这时，胖丫那稚嫩的小脸上也会难得地见到小女孩的娇羞。"这才像个小姑娘！"父亲温暖的大手拍着胖丫肉肉的肩膀，由衷地说道。

终于到了期待的撒网时间。胖丫屏住呼吸，悄悄地跟在父亲身后，看父亲整理渔网、撒网、拉网。伴随着阳光下一条条银色的鱼儿的跳动，胖丫欢呼着、雀跃着。鲤鱼、鲫鱼、鲢鱼，长时间的打鱼经历，让小小的胖丫几乎认全了家乡的冷水鱼。只要看上一眼，就能分辨出鱼的品种，这让胖丫特别自豪。多年以后，胖丫工作了，认鱼的本事还被同事们津津乐道，凡是遇到不认识的鱼，都来请教她。

夕阳拉长了胖丫父女的身影，最后一网鱼顺利上岸。胖丫提着重重的一篮子鱼，坐在父亲的自行车上，心里乐开了花。

（作者单位：黑龙江省电力公司）

元宵节里会"情人"（微型小说）

李　靖

现代人在生活里总想寻找浪漫的色彩。这不，当有人发现2014年的元宵节和西方的情人节巧合为同一天的时候，东西方文化的不同元素就会带来问题。作为一个普通家庭的户主，王木享受的是解决问题的整个过程，无论是情人节里闹元宵，还是元宵节里会情人，他说生活就是舞台，每一天都要有不同的精彩。

据说元宵节在中国已经有2 000多年的历史，但是情人节这个舶来品，也是势不可挡。王木不禁感叹，国人何时变得对洋人的节日也如此重视。本来以前元宵节和情人节并不冲突，各过各的，一天一个很自然，现在要一天过两个，以哪个为主就要有个说法。

在"绝对"民主的王木家，讨论过节是节前序曲早已"法定"化了。王木是一个既传统又现代的人，传统是尊崇中华民族的传统习俗，现代是对新事物也有发现惊喜的尝鲜儿的愿望，他说这并不矛盾，只要妻子愿意、儿子喜欢，自己随大流，何乐而不为呢？儿子是现代高中生，流行语、流行色都逃不过他的耳目，情人节，说他不懂，自然是掩耳盗铃。高见自然也要发表一番的，但是说和做是另一回事，毕竟学生以学业为主。阅读和收藏名著是他的最爱,为这王木已经有近万元的小金库资金被儿子以各种名目"盗取",妻子还笑着说是周瑜打黄盖,一个愿打一个愿挨。其实王木心里最清楚,那些名著最大的受益者是自己,要不自己的文采能让领导赏识,从生产班组一下子给提升到办公室工作。那小金库也是日常爬格子得来的稿费,想怎么花就怎么花,妻子无权干涉。妻子是达人加潮人,赶时髦从不吝啬,一次旅行,她非要吃西餐,还学着电视里的台词,牛排要七分熟的,结果吃坏了肚子,但仍是痴心不改。

"元宵节怎么过啊?"王木笑着对妻子和儿子说。"老爸,你说错了,应该是情人节和元宵节怎么过啊!""咋过,元宵、红酒、玫瑰花、巧克力一样不能少。"妻子似乎对王木的态度有些不满意。"我不喜欢那些东西,给我买套'三言''二拍'。"儿子提出了自己的想法。"过年你挣足了压岁钱,要书自己买去。""高三了,还有几个月就要高考了,等高考结束了,拿着你的压岁钱,想干啥就干啥去。"听着父母的话,儿子吐了一下舌头不吭声了。妻子杏眼紧盯着王木:"户主同志,你有啥想法?"王木自知逃不过这一劫,连忙说:"夫人的意见必须重视,但是……是否可以变通一下,那红玫瑰是否可以改为糖葫芦,玫瑰中看不中用,糖葫芦看完还可以吃,颜色一样红。"王木舍不得花上十几元买一支花,心想十几元还可以买斤肉呢!"你就是个吃货,属猪的就知道吃,一天到晚就琢磨吃……十九年两个节日才碰到一起,多难得啊!下一个十九年你我都七老八十了,就是有这想法都没这心情了,你就一天混吃等死吧!"妻子不高兴了,王木只好故技重演,说些好话,说过节费用全部负担,才让妻子、儿子满意。

作为一个普通家庭,王木很知足,别看日常总有不同的声音,但是他很有幸福感。妻子有性格,但家里家外从不让他劳心费神;儿子从小就懂事,喜欢看课外书,学习成绩中等偏上,也不让父母操心。在家里王木是个和事佬，只要让他做自己喜欢的事情，除了违法的事情以外，其余干啥都行。

元宵节这天王木买来礼物，玫瑰和巧克力送给了妻子，享受西方人的浪漫；购书卡送给儿子，几个月后高考结束，他就可以去买自己喜欢的"三言""二拍"了，多看点书没啥不好，要鼓励；还有几只糖葫芦他留给了自己，王木坚信，在冰箱的帮助下，糖葫芦一定能战胜红玫瑰，他要给妻子点忠告，吃是实惠，看是浪费。晚上一家人围坐在一起，吃着元宵，说着各自的情人节礼物，妻子说儿子赚大了，说王木太抠了；王木说妻子装"萌"有点傻，说儿子光知道要书有点"呆"，儿子和妻子说王木花钱不讨好，下次过节还宰他。王木幸福地笑道："为啥受伤的总是我！"

（作者单位：鸡西东方红林区电业局）

短信（微型小说）

何　佳

　　钻坑机飞转的钻头与坑里坚硬的石头"对峙"着，摩擦出闪闪的火花，却迟迟不见深入。石田镇供电所所长黎晖眯着眼睛，思忖片刻后，向负责钻坑的师傅说："师傅，咱们再换一个大号钻头试试。"身上落满石头粉的师傅张了张嘴，欲言又止，开始更换钻头。

　　石田镇因地质坚硬，地表下有大片石头而得名。这里也因沙土地的性质，栽种的西瓜皮薄起沙，香甜可口，吸引了四面八方的客商。今年，石田镇政府为了增加村民收入，扩大"石田"西瓜的品牌，增大西瓜的种植面积，申请架设一条抽水供电线路。眼看着就要春耕了，此时架线路，不仅时间紧，而且难度大。黎晖反反复复琢磨了半宿的施工方案，在实践中还是遇到了意想不到的困难，他抬眼遥望远处的大地。据当地气象部门预测，今年石田镇春季降水量比正常少三成，在五六月份将有干旱的可能。其实，从现状来看，大地土壤的表层已有了轻微旱象。

　　"1.5 千米供电线路，27 基电杆，现在只完成了 8 基电杆坑，这样的进度，能按期完成任务吗？"黎晖在问自己。"嗡嗡"，黎晖的手机响了一下。紧蹙眉头的他，实在担心工程的进度，所以他没有理会。"嗡嗡",黎晖的手机又响了一下。他从兜里摸出手机,看了一眼,是弟弟黎明发来的一条短信,但没有内容,他用手点了下一条,也是弟弟发来的空短信。

小自己两岁的弟弟黎明从小就爱说爱笑,所以街坊四邻、父母都喜欢他。憨厚的黎晖知道身为长子,就要有担当和度量,所以他从未计较过,而且弟弟从小到大也总是哥长哥短地"黏"在身后。对于弟弟,黎晖是满心的喜欢和关爱,可在今天,他实在没有这份心情。于是,收起目光,敛起思绪。

"黎所长,钻坑机又不动了。"员工赵庆元大声喊着。

"师傅,还能换钻头吗?"黎晖一边说着,一边跑向钻坑机。负责钻坑的师傅钻到机身下面,随后,钻坑机又发出了轰隆隆的声音。可没过几分钟,刚换的钻头又磨秃了,钻坑师傅双手举着磨秃的钻头,直直地瞅着黎晖,一脸的无奈。

"就是用手抠,咱们也得按期架上线、通上电。"一身泥土的黎晖用线手套狠狠地擦了一下左脸,拿着锤子、铁钎子跳进了坑,用劲地搓着手。突然,他的手机再次"嗡嗡"地响了一下。此时,阴沉的太阳终于露出了半边脸,同时也带来了弥漫的风沙,打着旋在大地上盘旋着。33岁的人了,没事闲着发短信,黎晖看了一眼短信,果然是弟弟发来的,这回,有一个"35"的数字。

看着大地上飞扬的尘土,想着眼下的工作,黎晖愤怒地按下弟弟的号码,在嘟嘟几声后电话接通,他迫不及待地吼道:"黎明,你一天闲成这样吗,有时间你……"

"晖儿,是妈……"黎晖的母亲被黎晖的高声吓了一跳,小心翼翼地问道,"晖儿,妈耽误你工作了?"

"啊!妈,没……没有。"黎晖也感到了自己的鲁莽,便结结巴巴地问道,"妈,您……您有事呀?"

"晖儿,今天是你生日,妈打电话怕影响你工作,所以用你弟手机学了发短信,可前两次都没写上字,老人略微停顿一下,'儿子',你今年'35'了,今后工作再忙,也要注意身体……"话筒中传来老人慈爱的声音。

瞬间,黎晖的心如针刺一般,别人发多少条、多长内容的短信他都可以熟视无睹。可在"重男轻女"家庭长大的母亲,从未上过学堂,就用繁重的劳动换来廉价的收入。如今,70岁的她,为了儿子竟然学发短信……

"妈……"黎晖重重地喊道。

(作者单位:佳木斯供电公司)

"棋子"人生（小小说）

李　靖

"我像是一颗棋，进退任由你决定，我不是你眼中唯一将领，却是不起眼小兵；我像是一颗棋子，来去全不由自己，起手无回，你从不曾犹豫，我却受控在你手里……"

进入不惑之年的一段时间里，王木总有一种伤感在思绪中交织，总觉得"绩"不如人，生不逢时。于是常去听周华健的歌曲《棋子》。本想在歌声中寻找安慰和启迪，却没有想到这首歌让自己更加忧伤。想起从少年、青年到中年，自己难道不正是一枚棋子吗？被人掂量着、算计着，有用时"日拱一卒"，不用时要不默默无闻，要不"随时献身"，有用、无用全都在他人的掌控之下。一时间，委屈、伤感、颓废的精神元素占据了大脑的主流地位，一天不知该做些什么。妻子看王木整天萎靡不振，就对他说："你看谁不是一枚棋子，谁不是一个卒，关键是你要正确认识自己，找准自己在人生棋盘上的位置。找准了，就是一盘活棋；找不准，就是一盘死棋，死棋、活棋不在他人，在于自己的态度。"

妻子平时话语不多，日常与王木争论也顶多是一句"好汉子争气，赖汉子争食"。突然一下说这么多，的确让王木感到惊异，埋藏在内心深处的男子汉的正能量一下子被激将了出来。王木反问自己,棋子走死走活难道全由他人? 难道一个"卒"就不能有自己的风采,就不能享受鲜花夹道、前途无量? 妻子说:"昨天的卒和今天的卒不一样,今天的卒已经走过了坎坷和障碍,已经见证了'人生棋盘'上的'血雨腥风',已经寻找到明天成功的捷径,新的战绩将融入崭新的'棋子'人生。"想想妻子的话语,看看镜子里那成熟的脸,自己已经不是当年那个青涩的"小年轻",在流逝的岁月中看到了人生变幻的风景,虽然有喜有泪,但是自己毕竟不再是温室中的幼苗,已经可以独自沐浴风雨了。即使现在仍是小卒一个又何妨? 如果没有小卒,哪里来的将领;没有绿叶,再美的鲜花也会凋零。

妻子与王木一样,都是单位基层的小职员,但是与王木不同的是妻子那永不服输的"日拱一卒"精神。作为客服经理,天天西装革履,标准的发髻,戴着胸卡,甚至有时还对着镜子练微笑……王木说妻子是宾馆的标准服务员,引导用户报装、缴费、填写客户用电申请单、用电登记契约书,"您好、请、谢谢"一天说个不停,最后还要加上一句"请您多提宝贵意见"。大人小孩特别是上了年纪的人没有人不夸她服务态度好,上半年光表扬信就收了三封,还接待了好几位到客户服务大厅讨个说法的用户,最后这几位用户不仅火气没了,大家还都成了朋友,用同事的话说,妻子是出了名的"老好人"。妻子说,她恪守供电服务的要求,把用户当亲人待,在复杂的人际关系中,只想快乐地工作、生活每一天。王木不知道妻子想不想当元帅,但是他知道妻子即使是最普通的小卒,也是一枚最有价值的棋子,而不是周华健歌中的那种"棋子"。王木知道卒子的用处是不同的,中国象棋中的"卒"战到最后仍是个兵,但是国际象棋中的"卒"攻到棋盘底线就有机会变成团队中任何一个重要的角色,甚至是权力最大的"后"。同样是"卒",但是最终的结局却不同。

从妻子的话语中,王木的思想受到了一次来自心灵深处的洗礼,"要承认自己就是一个卒,然后才能努力地当好一个卒,要在与其他棋子的相互配合中执着追求,要有百折不挠、锲而不舍的精神,直到实现自己的理想,成为棋盘中最有价值的一颗棋子。"如今王木依然喜欢听《棋子》这首歌,只是欣赏的心情已经截然不同,用王木的话说,"棋子相同,走法不一,命运自然迥异",这就是棋子人生的哲理。

(作者单位:鸡西东方红林区电业局)

一个人的空战（短篇小说）

马天龙

我叫风度瑞，1950年入伍，经过航校严格培训，以全优成绩毕业后加入现役，又经过部队3年的锤炼，成长为新中国第一批全天候飞行员。1958年随中队秘密驾驶国产歼-5（米格-17）长途转场福建长汀机场，准备给不断骚扰我领空的美蒋F-86佩刀以严厉而出其不意的打击。

佩刀，机如其名，锋利无比，尤其是其水平性能十分出众，盘旋操纵灵活，机动性强，不易捕捉目标，即使套入瞄准器，留给我们开火的时间也仅有0.1秒的时间。而米格飞机的优点是加速快，尤其是纵向性能好。

在朝鲜战场，我们的米格-15比斯和佩刀较量过，基本上是1:1的平局。我们飞行员的总体飞行小时数远逊于对手，平均飞喷气式20小时，而美国飞行员都是平均2 000小时以上的二战老油条。他们吃亏在于F-86投入朝鲜战场较晚，前期是以F-84（油挑子）为主，在速度、机动上，F-84都不是米格-15比斯的对手，尽管我们训练不够，双机、中队、大队配合不行，但我们每名战士都有空中拼刺刀的勇气，敢于单机挑战敌人中队以上规模的机群。我最敬佩的老前辈之一罗沧海，就一个人干过敌人一个中队，一个横切半径动作，从距离 325 米处开火一直打到 195 米，一口气一个战术动作，接连击落敌人一个中队四架 F–84 中的 3 架。可惜他老人家在转场飞行时坠机牺牲。张积慧、刘玉堤、韩德彩、孙生禄、王海……一位位空战英雄都是我崇拜的偶像。美国人倒是早早把 F–86 卖给了中国台湾，牵制、骚扰大陆。

经过朝鲜战场的教训，我们的训练得到了加强，飞行《操典》越来越完备。我们开始特别注重双机、四机、大队的整体空中配合训练。作为僚机飞行员，我牢牢地记住了我是长机的警卫、挡弹板……熟悉了长机的各种机体语言，3 年来的磨合，我与长机间的配合已经极其默契。我能够贴着长机的翅膀距离 15 米飞，不论长机急转、加速、横滚……我都能保持这个距离不变。

终于有仗要打了，这是我盼望已久的。

进驻长汀机场后我们马上投入战斗值班。在值班室里，我发现经历过朝战的"长机"不停地来回踱步。他是后期入朝，虽然也经历过几次战斗起飞，但他在空中没看见过敌机的影子。他想战斗的心情可以从他踱步的忽急忽慢和一直紧张地准备接收起飞警报的耳朵上看出来。几年的一起训练，我太了解他了。我不如他的就是耳朵，他的耳朵会动，而且灵敏，一丁点声音他都会做出反应。我的长项也是我的弱项，我平时看近处的东西有点模糊，在入伍检查视力时最大的一行我看着反倒吃力，而最末的犹如蚂蚁的一行我却看得清清楚楚，甚至有时还能看出空军视力表最末一行的印刷质量问题。我感觉到我有问题，但我迫切地想驾驶银燕翱翔在祖国蓝天的梦想使我隐瞒了这个事实，医生只是吃惊的发现我看得见最后一行，鉴定上写下了视力 1.5＋，我们那时视力极限标准是 1.5，而医生多给了我一个"＋"号。

进驻机场好几天了，敌机却不来了，我有时甚至怀疑我们是不是泄密了。睡不着觉时，我就背《操典》，有时不自觉就想起了从国民党投诚过来的飞行教官上《操典》课的样子。

他是个一丝不苟的老飞行员,已经戴了花镜,背已经有点驼,但走路的姿势一看就是行伍出身。我一进航校就听说当年的八一四空战把日本鬼子揍得屁滚尿流的事儿有他的份儿,他们当年驾驶的应该是美国的霍克－3飞机。枯燥的《操典》课我最不爱上,那些条条框框简直要把人限制死了,而教官说《操典》上的每个字都是鲜血换来的教训。我经常梗着脖子斜视着窗外柳树上的麻雀,心里想未必。《操典》上规定歼－5的飞行高度上限是17 000米,我就在前年夏天偷偷飞过17 100米,我猜想,我这架歼－5的双引擎就像我的眼睛一样,与其他的飞机不太一样。

见一再强调《操典》的重要还不能把我的目光从窗外柳树上的麻雀那儿拉回来,教官大怒,食指与拇指轻轻一弹,一颗花生豆大的粉笔头呼啸着径直射向我的脑门,"啪"的一声,不偏不倚,正打在我的眉心,随即传来教官的怒吼:"风度瑞!""到!"我惶恐地大声报告,同时起立、立正,带得课桌上的三角板、飞行图稀里哗啦掉了一地。同学们有的幸灾乐祸捂着嘴笑,有的向我做鬼脸,有的大气不敢出把头扭向别处。"回答我一个问题!"教官怒气冲冲地提问。"是!"我高声回答,但不敢直视教官的眼睛。"你知道张思德吗?"教官几乎是吼着问我。同学们和我几乎都愣了,一脸诧异。

"回答我,你知道张思德吗?"

"知道!"

"他是怎么死的?"

"为人民服务!"

"是的,为人民服务,重于泰山。可是什么原因他就死了呢?"

我的思路跟不上,遂无语。

"是违反《操典》,是违反烧炭《操典》……"

我的脑子有点乱,但从此不敢再在他的课堂上分心,不过也从此知道了违反《操典》可以名垂青史。

回想着航校的生活,有时不自觉地微笑就会挂上我的嘴角,即使是在战斗值班室这样紧张的地方。我的"长机"有时就莫明其妙地看着静静坐在那里的我微蹙眉头,他就加急了踱步的步伐。

"呜!呜——"

刺耳的警报终于响了,在第一声警报还没结束时,我的"长机"就一个箭步蹿出了值班室。我紧随其后,三步两步跑向停机坪,一边跑一边听到长机的命令:"注意保持无线电静默,看我的动作行事,隐蔽接敌。"我只大声回答一个"是"!这是我们不远千里来此的目的,早在丹江机场就已经定下的新《操典》。

启车、预热,引擎轰鸣。地勤向我摆手示意已经打开牵引板,我和长机随着中队长一起滑向起跑线,四机编队呼啸着加速刺向蓝天。敌机从海上来,惯常是超低空从山口飞进来,以尽量减少被地面雷达发现的几率。但我们有的是民兵,以最原始的通信方式迅速传递了敌机的架数、方向等信息。按照预案,我们要迅速爬升至7 000米至10 000米高空,发现敌机后以老鹰捉小鸡的方式向敌机俯冲而下,打它个措手不及。

棉絮一样的云彩擦着翅膀刷刷而退,我的高度表显示我们已经到达预定高度和设伏空域,改平后,我立马发现下方9点方向的四个小黑点迅疾向我们机场而来。就在同时,长机随着中队长晃动右翅膀,并开始抛掉副油箱,这是示意我随着他向9点方向俯冲攻击。就在我抛掉副油箱也准备进入俯冲角度的时候,我瞥了一眼3点高空方向,不由得大吃一惊,那个方向分两层各4个更小的黑点正在迅疾扑向我们。片刻犹豫,我已经掉队了,中队长和他的僚机以及我的长机都已经抛掉了副油箱并进入俯冲。

按照《操典》，我必须保护我的长机的安全，时刻陪伴在它的身边，按照临时《操典》，在距敌1 000米以外而敌机尚未发现我机时，我必须保持无线电静默。但情况突变，来犯敌机这回竟分了3批次，玩起了螳螂捕蝉黄雀在后的把戏。我必须违反《操典》了，于是首先打破了无线电静默，高喊着："3点方向，3点方向。"随即不是压推操纵杆，而是拼命往怀里拉操纵杆，利用歼–5优异的纵向性能猛往高里蹿，现在保护我9点方向的中队长，他们是我更大更新的《操典》了。

我的呼叫马上引起了敌机的警觉，9点方向敌机掉头便跑，而3点方向8架敌机则恶狠狠地向我扑来。

中队长他们眼瞅着9点方向飞机改向3点方向山口，打开加力燃烧室绝尘而去，而他们已经丧失高度优势，并冲出去很远。我咬着牙，知道自己至少要用5秒钟爬到15 000米高空，然后再俯冲、缠斗，顶120秒。而敌机是8架，我的左右两炮各备弹55发，中炮备弹85发，在我平时训练中，这些炮弹最多打6次就会告罄。顾不上这些了，先对付高层再对付中空，只能这样了。敌机开炮了，炮弹从机尾处呼啸而过，我庆幸国民党的飞行员还不真正了解歼–5的纵向性能，他们按照F–86的纵向飞行速度射击可让我捡了个大便宜，不经意间，我的飞机竟然已经蹿上了17 500米的高度，比我偷偷尝试违反《操典》规定的17 100米还高出了400米。我迅疾改平，哈哈，高层4架敌机已经都蹿到了我机头的前下方。现在看我的了，我一推操纵杆，呼啸着俯冲而下，两架敌机右转拉起爬升，两架敌机左转拉起爬升，这是想包饺子啊。我迅速钻进一片云层，重新拉起操纵杆，并反扣横滚，改平，这样当我从云层中拉出来时，机头将调转180度，与敌机同向，如果速度合适，我将正好可以冲着敌机机尾，从而处于咬尾、射击的最佳位置。就在我要冲出云层时，前方云层中爆出一团橘红色的火花,后来解密的 F - 86 音频是这样的:"×! 撞上了!!!"
"轰"……

想避让开烟雾都不可能了,我的飞机冲过了残骸、烟雾、云层,引擎因吸入大量爆炸烟雾而"哮喘"起来,机身剧烈抖动不已,马赫数急速下降,高度更是抖降 5 000 米,双引擎几乎同时高空停车。我索性继续违反《操典》,一压操纵杆,继续急降2 000 米高度,以高度换速度,想用高速气流迅速冲掉已经呛入发动机的烟雾。

我成功了,引擎转数正常后,我意外地发现我来到了中空,而且前面正好就是中空的四架敌机,与我同向。耳机里一片吱拉吱拉的杂音,这是他们也不知道高空发生了什么而高频率通话的声音。而我的耳机里传来地面塔台久违了的呼叫:

"031、031,打得好,打得好,四架! 四架!"

"注意! 注意! 前面还有四架,你的位置最好,开炮,快开炮!"

然而我太紧张了,忘了把扳机翻转 270 度,我抖动着臂膀,可是炮口一点儿火光都没有,急得我大喊着"×! ×! 打不出去!打不出去!"

就这样,我眼睁睁看着四架敌机充分利用 F - 86 的水平性能,左拉右转,加速返回海上,消失在地平线深处。

打开减速伞,平稳降落在停机坪后,满脸大汗的我接受了中队长、"长机"的拥抱,接着我看见师长从塔台向我们跑来,拥抱之后,狐疑地问我怎么叫另四架敌机白白跑了。我的脸红了,而这时翅膀下传来机械师的惊呼,他一炮未打!

我退役了。退役前,部队医生和我的教官来看我。部队医生告诉我,我是高度远视眼,加上地球曲面的原因,在高空实际视力可能超出地面雷达探测范围,所以能先发现敌情。但心理素质太差,所以不适合在空军再服役。

教官告诉我,《操典》改了……

我回到了老家,平安地度过了"文革",安心种我的地。偶尔抬头看看南飞的群雁……

（作者单位:牡丹江供电公司）

回老家（短篇小说）

王　锐

公历 2017 年 2 月 15 日,春节刚过,心里有一种说不出的忧伤和无奈无处排解,感觉还是随便写写东西吧,也许能平复一下难过的心情!

丁酉年的整个正月都是一家三口过的,吃啥用啥倒是不缺,但总感觉差那么点劲儿。思来想去因为啥,年过的是啥? 老人和孩子呗,家里老人没了好多年了,孩子也长大成人了,哥姐们都天各一方不在一处,年的味道自然淡了很多! 对新年的企盼早就在内心打了折扣,体会年的过程也是轻描淡写,像是迷迷糊糊的一场梦。稀里糊涂就把年过了,更没啥难忘的印象,只能靠着那点最初的记忆去体会过去的年味吧。

1976 年,也就是四十一年前,临近新年的头两天,我和我妈回老家。当时我六周岁,正是刚刚记事的年龄,对老家的一人、一事、一物、一景都有着很深的印象! 没错,就是鲁迅先生《社戏》中描画的那种感觉。火车一到巴彦县,一个一米八的大个儿将我从车厢里抱下来背到后背上。我妈开始向我介绍:"你管他叫长海,这是你老赵大姐家的,论辈分是你外甥,你是他的舅舅。"我也是懵懂的,我这么小就有这么大的外甥了? 后来知道,长海那年三十岁。

下了公共汽车,看到县东头的公路上有很多人在敲锣打鼓扭秧歌,好一番热闹。远远地又过来个"姐姐",长得眉清目秀,现在回想,有二十七八岁吧。"三姨姥,你们到了,长海你也累了,快把老舅交给我!"说着就将我背在后背上,看样子这个人也是比我小一辈。妈让我管她叫"大芹子",后来才知道,长海是哥,大芹子是妹,都是老赵大姐家的孩子。没过两分钟,大舅家的三哥也匆匆赶过来接站,大伙热热闹闹往家走。

姥姥家的屋里南北大炕,中间很宽的过道都是直接露着土,人走过会有灰尘泛起,小孩子们跑过时都是一溜烟。两侧的炕应该就是东北满族人的习俗吧,东西通炕、南北相对。炕上面都有一个大火盆,火盆通常都是用黄泥加谷草糊成,有隔热和防燃功能,这样不至于把炕席给燎着了。终日里热坑头、火盆烟火不断,里边都是草木灰炭火,让屋内热气不断,淘气贪嘴的孩子会不时塞进去一个土豆。姥姥家的人们称土豆为山豆子。我也塞进去一个,跑出去疯了一圈回来扒火盆,却怎么也找不到土豆了。后来才知道,因为我不懂那儿的习惯,谁放的土豆未必谁就能吃得到,这里客流量太大,小孩子又多,随时都可能有人翻火盆找吃的。

我和我妈一到姥姥家,坑上地下就围过来几十人,人多得就像公社开大会一样。"这个是你大姨,那个是你二姨,这是你大舅,那是你大舅家大哥、三哥、四哥,你老姨夫、你舅妈、你两姨姐和你两姨弟弟……对了,那个是老孙家你三姐夫……"这种介绍令人眼花缭乱,需要花很长时间去消化才能记得住。大伙七嘴八舌,你一言我一语地拉家常。我姥爷没得早,姥姥就是家里的"老祖宗"了,是个典型的农村老太太,人很精明,说话做事逻辑性很强,人长得也很标准,八十多岁的人,身体超级棒,她称我妈为"三老王",这是一种极特别的称谓。过去,女人几乎没有一个真正的姓名。出嫁后随夫姓,夫姓在前,本姓在后,再在最后加个"氏"字,比如夫姓李,本人姓栾,就称为"李栾氏"。到我母亲那个年代这个规矩早就打破了,母亲有个堂堂正正的名字叫"娄清贤",这个名字真是应了我妈一生——一辈子清清白白、清苦贫寒,永远贤淑!但姥姥更喜欢叫她"三老王",我猜是因为姥姥始终很传统,也因为我妈在娘家排行老三,又嫁给了我们王家才这样称谓,否则,还不得叫成"王娄氏"?

大舅妈是个很有意思的人,矮矮的个子,却叼着一杆两尺长的烟袋,小脸盘儿,一双黑豆子一样的小圆眼,长着一对鼹鼠般的牙齿。她不笑你都想笑,她一笑你就笑岔气儿了。这里对她绝没有亵渎成分。舅妈待我特别好,农村穷,但她会不时给我惊喜,一个煮鸡蛋或是半根麻花,或者几块糖,让我高兴到不知说什么才好。我听说我家三姐当初很能为难这个"小老太太"。有一次,舅妈和二姨带着她回屯子,路上走得太远,三姐不想走了就让舅妈背着她走,老太太当然不肯:"你都五六岁了,自己走。"想几句话把三姐打发了。三姐从来就不是吃素的:"如果你不背着我走,那我就把你刚才说我姥和我大舅的坏话全告诉她们。"吓得老太太一口气背着她走了两里多地,二姨跟在后边愣是没敢吭声。

大舅是个表情很平淡的人,只是偶尔有一些微笑浮在脸上。我至今惊叹他竟然上过私塾。现在想想依然很令人费解,不管当时我和别的孩子有多淘气,他都能找准时机把我拽到身边附耳传授机宜:"我教你《三字经》,人之初,性本善……"背着背着,没多大工夫,我就乖乖地睡着了!

刚去姥姥家时还很快乐,没多久闹心的事就来了,因为不服水土,我的双腿长满了葡萄大小的水泡,走路时常常磨破,疼痛难忍。我妈急得团团转,说来时带了家乡土,却怎么也找不到。气得我姥姥直骂她"三老王啊三老王,你这心咋这么粗呢"。过去没有自来水,人们饮用的都是家乡的深井水,外地人来了都有可能出现水土不服症状。所谓家乡土就是家里的"花园土",园子里的黑土能解除在外地的水土不服之症,到外乡去带上一捧,一旦出现水土不服现象,一则可以放入水中冲服,二则可以直接将其抹在脓疮部位,有很好的疗效。这下我遭罪了,老姨夫每天都要带着药箱给我扎针,装有青霉素的针管子一推,那叫一个疼啊!我有一次忍不住骂了他一句:"你就是一个大坏蛋。"他笑了笑什么也没说,收起药箱走了,明天他一准还会来,脸上依然挂着善意的笑。

最难忘记的是到香兰大队的一位姨姥家去做客,我给他们画了张《孙悟空大闹天宫》,人人都喜欢。正逢过年,就当是年画给贴在正墙上了。之后,大伙就说啥也不让我走了,七大姑八大姨围了一坑。锅里的主打菜是酸菜炖大骨头,透过门缝一闻,那真叫一个香,作为客人还要装文明,不能表现出特别想吃,想尽办法掩盖"馋涎欲滴"的表情。前些年大舅家的大哥来大兴安岭做客,说那张《大闹天宫》的画还在呢,让人不由得心生物是人非的感慨!

姥家侧身有个很长的土坡,冬天是孩子们的乐园,上面一层冰,成群结队的孩子从上面打爬犁。下方斜对着一家的板障子,有时爬犁冲下来撞在障子上,孩子们光知道玩了也顾不得疼。大芹子一直陪着我,不让别的孩子欺负我。她每次都是让我坐在爬犁前方,她坐在正后方用整个身体做我的护卫,紧跟着我们就呼啸着冲了下去。过去在东北有一种说法,叫作"东北四大怪":大姑娘抽烟袋、盛水用麻袋、住房子有冻害、生个孩子吊起来。说的是女子可能会早早地学着大人盘腿在火炕上吧嗒吧嗒抽烟袋;盛水用麻袋是因为冬天里麻袋沾水就冻硬了,而且不会漏,能当水桶提水;遇上冻害可就难办了,热涨冷缩的原因,再好的房屋都容易被冻裂,只能等夏天用新泥巴重新抹上;至于为什么要把小孩子吊起来,是因为农忙时农活多,都要准备个"悠车子"哄孩子睡觉,就是木制带护栏的小童床,比较轻,可以结结实实地吊到天棚上,推来推去像荡秋千,小孩感觉舒服就不哭闹了,家人有急事出去一下小孩不会出事,又安全又好用,小时我睡过这种"悠车子"。但是看到大芹子盘腿在炕上抽烟袋还真是感觉挺好奇。姑娘家出门疯来疯去、吆五喝六的本来就很不淑女,这会工夫又叼着烟袋,简直就是"芹大爷"了!

说起舅舅家的二哥,他可是个有本事的人,双手抓过肥猪的两只蹄子顺势就能将其掀翻在地,三下五除二就把那猪给解决了。杀年猪要的就是快手和好活儿。吃年猪肉当然要最新鲜的,新鲜的猪血肠、香透的大骨肉和有嚼头的炒猪肚都能让人大快朵颐。四里八邻的都会围过来尝个鲜,好这口的,有一盘扣肥肉或是熘肥肠就能从中午喝到半夜。吃年猪是新年的一大景观,至于冻猪肉,那就算不得真正意义上的年猪了。

我姥姥始终是个淡定的人,说话利索,口齿伶俐,但绝不浮躁!我哭闹时,她从来不直接说我,她会喊我妈:"三老王,你快看看你儿子吧,又开始了!"她是想说我又开始不消停了。小孩子总是让大人上火着急不省心,姥姥家的孩子们多,辈分也杂乱,真像《社戏》里说的,七岁的舅舅被十五岁的外甥给打了,或是同龄的外公和外孙撕打起来,那都很正常。大人回屋时,常常能看到孩子们在地当间儿滚成一团。此时,有告状的,有大哭的,有拌嘴的,乱哄哄,你方唱罢我登场。

走过乡间后山,有一片黑土地,空旷处方圆百里之大,有人在冻土地上放风筝,很古典的那种龙头蜈蚣风筝。我能清晰记得那样子,龙头的眼睛始终眨着,远远就能听到风哨在蜈蚣的嘴边鸣响,龙头的正前方有只蝴蝶顺着风筝线扇着翅膀飞下来。由于风的作用,系上一挂鞭炮后,蝴蝶又会飞回蜈蚣那里,香燃到火燃处,鞭炮在空中炸开,象征春天的惊雷。

我母亲是一个能吃苦、很坚韧的女人,她的思想充满理性,这一点最像我姥姥。尽管过去家中穷困潦倒,人口多,她却从未让一个孩子吃过一顿冷饭。她常说的一句话就是:"咱吃不到好的,但一定不要吃凉饭,到啥时也不能伤了咱这胃!"就因为这一点,我们兄弟姐妹没有一个得胃病的。过去穷,我们家兄弟姐妹有六个,母亲从来都是最后上桌,吃我们剩下的菜。

1976 年这年回老家,那是我过得最开心,又是最伤心的一个春节,在我的记忆里永难磨灭。

由于考虑年的气氛,就把这段放在了最后说。其实我们回老家不是单纯为了省亲过年,是因为我老姨病重,又赶上正月,我妈当即决定,无论如何也要回去一趟,怕去晚了看不到这个娘家里最小的妹妹。老姨排行老四,和我母亲感情最深,我们家穷得揭不开锅时,都是老姨和大舅出手相助,而老姨付出更多,常常给我们现金、布料、米、面等救命的东西。你可以想象,穿着破衣烂衫,衣不遮体的时候,远方的亲人给你捎来了一块布料;就连硬硬的黑面野菜饽饽都吃不饱的时候,老姨给捎来了玉米面;正是缺东少西的时候,有亲人寄来了钱……

那种在你最艰难的时候有人送来救命草的感受一辈子也不会忘掉。我听说我大姐和老姨的性格很相像,虽然我没见过老姨,但通过我姐我能想象这个人,一定是在这个家举足轻重的人,是一个了不起的人!

由于我和母亲主要目的是看看病重的老姨,所以一路上心情始终很沉重。当大秧歌队走过来时,热闹的场面让我的心情稍有一丝缓解,毕竟是过年了啊!艰难的岁月里,人们积压了一年的劳累、愁苦和伤痛，都想在这一刻释放出来。走到秧歌队前，母亲突然收住脚，迫不及待地问："你老姨现在咋样了？"看看已经快到姥姥家了，三哥才肯道出实情："我老姨没了，就在前些天……"我虽然还小，听了这噩耗也如晴天霹雳，这一路上的压抑心情突然间上升到了极点，一种绝望袭来！我这辈子最受不了母亲哭，那种撕心裂肺的恸哭与周围的秧歌队火热气氛形成强烈的对比和反差，而作为生命中最重要的人的离逝给她带来了难以承受的痛苦和绝望！"我的老妹妹呀……"

周围人的劝解和宽慰于事无补，我和母亲瞬间感觉像要窒息，像掉到了无底深渊。此时，这个热闹的场面和原本很喜庆的春节似乎跟母亲和我毫不相干。锣鼓声、唢呐声越是欢快，我和母亲的悲痛就越强烈！整个世界此时已经不是我们的世界，我们的世界只有痛苦和绝望，恸哭声和锣鼓声相交织，一对可怜的母子在异乡的公路上哀号。

时隔多年，我又忍不住抽泣了，因为我仿佛看到了绝望中的母亲……

母亲在十多年前离开了我们。我怀念过去，也是在新一年里纪念一下她老人家，其实让我纪念的人很多，但深深的母爱是我内心唯一的寄托和追思！

（作者单位：大兴安岭供电公司）

以血还血（中篇小说）

张兴华

楔 子

秦时明月汉时关,万里长征人未还。

但使龙城飞将在,不教胡马度阴山。

——唐·王昌龄《出塞》

1932 年 1 月 28 日午夜 11 时 30 分,日本驻中国上海派遣军司令官盐泽幸一命令军队突袭上海,震惊中外的"一·二八"事变爆发了。

蒋光鼐、蔡廷锴二将军率领国民革命军第十九路军奋起抵抗,重创日军——盐泽被撤职,调回了日本本土。日本侵略军立即增兵,达到 12 万人,出动航空母舰和飞机,狂轰滥炸,妄图迅速占领大上海。十九路军 3 万官兵如铜墙铁壁般屹立在上海,保卫着赤县神州的东方门户。恼怒的日军不能如意,只好走马灯般调换司令官——野村吉三郎、植田谦吉,遭到的是同样的下场。最后,日本陆军大将白川义则走马上任,发毒誓要拿下上海这座中国最大的城市。

2月下旬的一个深夜,没有一丝春意,寒气逼人。十九路军司令部内灯火通明,副总指挥、军长蔡廷锴伏下身子,凝视着桌上的军用地图出神。

"请王司令到这里来。"总指挥蒋光鼐向副官吩咐道。

这王司令指的是王亚樵。此人是中国近现代史上叱咤风云的人物,辛亥革命时是同盟会会员,武昌起义后担任过安徽副宣抚使。"一·二八"事变的第二天,他将3 000名部众组成抗日义勇军,同十九路军并肩作战,为中华民族立下了赫赫战功。

"蔡军长,你……"王亚樵惊呆了,只见蔡廷锴军容齐整,正肃穆地盯着自己,两行热泪顺着脸颊淌了下来,嘴唇抖个不停。

十九路军总指挥蒋光鼐大步跨到王亚樵面前,紧紧握住他的手,激愤地说:"蒋介石拒发救兵,我军弹尽粮绝,伤亡惨重——上海,恐将失守!"

在王亚樵发愣之际,蔡廷锴递给他一张纸:"这是军政部的命令,上海……完了!"

王亚樵仔细阅毕,朗声念道:"十九路军有3师16团,建制完整,战斗力强,尽可支持,各路将士非得军政部命令而自由行动者,虽意出爱国,亦须受抗命处分!"

"蒋介石,你这王八蛋!"王亚樵切齿怒骂,"'四·一二'背叛先总理遗训,如今东北已经沦丧,上海危急,你不发一兵一卒,反而集大军剿共打内战,真该千刀万剐!"

王亚樵最痛恨蒋介石。20世纪20年代初,王亚樵组织了上海劳工总会,会众10万,劫富济贫。黄金荣、杜月笙、张啸林,人称"上海三大亨",这样的人对王亚樵也要惧让三分,王亚樵名震上海滩。他对蒋介石叛变革命非常不满,先后多次派人行刺老蒋,都被狡猾而多疑的蒋介石躲过去了。1931年7月,王亚樵又组织行刺国民党要员宋子文,但只在上海火车站打死了宋子文的秘书。1927年的八一南昌起义,蔡廷锴以叶挺部下第十师师长的身份参加,虽然临阵犹豫退出,但此举还是颇令蒋介石猜忌的。蒋最器重的是他一手扶植的黄埔系年轻将领,而蔡则是保定系的,又有民主思想,这样蔡一直被蒋视为眼中钉。但蒋介石又怕担上排斥异己之名,而蔡又的确是一位不可多得的骁将,故蔡才被蒋留用下来。现在打淞沪战争,蒋认为这是削弱十九路军的极好机会。蒋介石不但不给十九路军补给军用物资,还派人暗中给日寇提供上海地图,这更令王亚樵义愤填膺——国家给这样一个人领导,焉有富强之日!

1932年3月1日,日军趁十九路军疲惫无援之际,在浏河强行登陆,上海沦陷。白川义则得意忘形,高呼"大日本帝国万岁""天皇隆下万寿无疆""大日本皇军战无不胜"。

十九路军被迫撤出战斗,放弃上海,日本侵略军鱼贯而入上海城。

正是同仇敌忾抗倭寇,釜底抽薪愧华胄。

欲知后事如何,且看下回分解。

第一回 怀孤愤运筹"桃园里"

飒飒西风满院栽,蕊寒香冷蝶难来。

他年我若为青帝,报与桃花一处开。

——唐·黄巢《题菊花》

1932年4月22日午后,春光明媚,暖风徐徐。

上海沐浴在大自然例行公事的爱抚之中。然而,在桃园里40号的一幢石库门房子里,却是厚帘掩窗,阴沉晦暗。

王亚樵身着曳地睡衣,倒剪双手,伫立窗前,闭目沉思。他个子不高,背微微有些驼,头发已经显得稀疏——完全看不出这竟是一位挥戈战场、纵横捭阖的虎贲英雄。

"大哥,我们来啦!"这清脆的女高音把王亚樵吓了一跳,他赶紧回过头来。

"是你啊,阿绣!捣蛋鬼!"王亚樵又招呼道,"述樵,来,这边坐。"

王述樵是玉亚樵的幼弟,才26岁,是沈钧儒先生的高足,后深造获得法学博士学位,是上海滩大名鼎鼎的高级律师。被称作"阿绣"的女郎,是王述樵的女友顾边绣。

"大哥,什么事这么急迫?"王述樵冷静地坐进沙发。

王亚樵面色冷峻,低沉而有力地说:"日方已派公使重光葵抵沪,和国府代表就淞沪战争一事谈判。他和白川义则商定,于本月29日在虹口公园举行阅兵式,对咱们中国人演示武威!我准备在那天……"

快人快语的顾边绣抢过话头:"大哥要给日本鬼子来个下马威?"

王亚樵赞赏地看了顾边绣一眼:"正是此意!"

王述樵鼓掌大呼:"太好了!如今日本人气势正盛,国人士气低落,此举有抑敌扬我之功!"

"不过",王亚樵踱到幼弟身边,"4月29日是日本裕仁天皇的生日,乃日本人的'天长节',日方规定任何中国人不得进入虹口公园,我们行事要困难得多。"

"大哥的意思是……"王述樵探询地问道。

"上海有不少高丽爱国志士。"

一句话提醒了在一边观赏盆景的顾边绣,她回头插言道:"我认识一位朝鲜朋友,叫张浩永,肯定是合适的人选。"

王述樵向长兄投去征询的目光。王亚樵点了点头,坚定地说:"述樵,你出面去会张浩永!"

夜幕降临,上海不愧为"不夜城",虹霓彩幻,气象万千。王述樵无心欣赏夜色,和顾边绣急匆匆地走在亚尔培路上。

"蒋介石真该杀!"王述樵说,"张治中将军自请增援率部十九路军,老蒋无奈,只得让他带领第五军赴上海抗日。后来,这蒋介石就不发粮草救兵了,所以张治中的部队对上海来说也只是杯水车薪,没帮上十九路军的大忙。不过,蔡廷锴军长倒是对张将军的爱国热忱大加赞誉,两人还成了莫逆之交——哎,阿绣,这张浩永是什么样的人?"

"我的大律师,您这回可孤陋寡闻啦!"顾边绣揶揄道,"他可是传奇人物,朝鲜的徐锡麟呢!"

"他是光绪元年(1875年)生人。嘿!属猪的,比你这匹骏马大31岁。"她调皮地嬉笑起来。

"阿绣,别胡闹! 快说说张浩永的情况。"

顾边绣收敛了笑容,一板一眼地讲了起来。

此时的中国正是灾难深重、民不聊生的时候。东北已经全境沦陷,清废帝溥仪在长春甘当日寇的傀儡,改长春为"新京",重新做起了皇帝梦。关内军阀割据,大肆搜刮民脂民膏……蒋介石对日本帝国主义者的侵略行径一再妥协姑息,一方面召开"国难会议",要"对日交涉";另一方面,又叫嚣要"全面剿共",调集大批军队,"围剿"江西红色根据地。而以毛泽东、朱德为首的中华苏维埃共和国政府,提出了坚决抗日的主张。对此,蒋介石是一概充耳不闻,置之不理。

上海是远东第一大城市,工商业的发达程度首屈一指,早令日本垂涎三尺了。上海落入日本手中,对中国的打击是相当大的。如果日军以上海为桥头堡,溯长江而上,则华中腹地危在旦夕！蒋介石清醒地认识到了这一点，"一·二八"事变爆发后的两天，1月30日，国民党南京政府就狼狈地迁都洛阳，直到12月份，才又还都南京。如果日军沿津浦路北上，则山东、华北处于日军的南北夹击之下，北平（今北京）、天津等重要都市也将陷落。如果日军南下，那么，闽、浙、粤、桂也是朝不保夕——这样，东北、华北、华东、华中、华南……将会被日寇逐个占领，中国面临亡国灭种的险境！

王亚樵下决心要对日本人做什么？朝鲜人张浩永是什么人？1932年4月29日张浩永在上海将扮演什么角色？王述樵律师能请出张浩永吗？好戏连台！

正是：豺狼貔貅舞淞沪，鲲鹏鹰隼出浦江！

欲知后事如何，且看下回分解。

第二回　灭敌威杀寇安岳城

男儿何不带吴钩，收取关山五十州？

请君暂上凌烟阁，若个书生万户侯！

——唐·李贺《南园》（其五）

1895年7月23日，日本侵略军占领朝鲜首都汉城，控制了整个朝鲜半岛。

翌年深秋的一个黄昏，天空彤云密布，汉江的万顷碧波在鸣咽。一条爆炸性的新闻震惊了朝鲜半岛——日本占领军陆军大尉士田破门闯入汉城的王宫，侮辱了朝鲜王后！

朝鲜人民在恼恨王室腐败无能和引狼入室的同时，对倭寇的野兽行径更是愤恨到了极点，火山即将爆发！

黄海之滨的黄海道安岳城内一条幽僻的小巷里，从"仁和春"妓馆晃出一条彪形大汉。他歪戴着军帽，敞开军装扣子，醉醺醺地哼着淫调——他就是士田。

"吱呀"一声,妓馆的朱漆角门开了一条缝,从里面探出一个脸上擦满脂粉的妓女的头来。她媚声叫道:"士田君,明儿可要早点儿来呀!"

"唔……"士田打着饱嗝,回头艰难地应道,"一……一定。回去吧,小乖……乖!"

他踉踉跄跄地走到大街上。这时,从阴影里出来一辆黄包车。士田不由分说,一脚踏了上去,歪到车上,命令车夫道:"去……大日本皇军……兵营!"

车夫一声没吭,呼呼地跑了起来。

过了约有半个时辰,士田在蒙眬中睁开醉眼,发现车还在飞驰,心中一惊,酒也醒了一半。他慌忙问道:"怎么还没到?"

"到了!"随着话音,那车夫一扬手,黄包车底朝天扣到了地上。士田仿佛一只澳大利亚大袋鼠一般弹出很远,重重地摔到了泥潭里。

"八嘎!你找死!"士田捂着淌血的脸,狂怒地咆哮起来。

黄包车车夫摘下斗笠,抛到一边,双手叉腰,威严地喝道:"士田倭狗,明年的今天就是你的忌日!"

"啊?"士田这才弄清楚自己陷入了怎样的境地。

他环视四周,发现这里是一个小山坳,松涛阵阵,方圆几十里看不见人烟。士田一阵恐慌,挣扎着拔出手枪,哆哆嗦嗦地将枪口对准了这个车夫。

"啪"的一声,手枪突然落到地上,士田捂着右手杀猪般地号叫起来。

原来，他的手上中了一支亮银镖。车夫一愣神儿，只见从树上飘下一个人来，身轻如燕，履地杳然。

车夫定睛一看，不禁瞠目结舌，这竟是一位玄衣女子！车夫又气又恼，疾步上前，手似鹰爪，钳住士田的咽喉。顿时，士田口吐鲜血，一命呜呼。车夫返转身体，向飞镖女子一抱拳："多谢相助，敢问高姓芳名？"

那年轻女郎莞尔一笑："朴境姬！"

原来，当年朝鲜甲午农民起义后，日军便占领了朝鲜全境，又宣布解散除国王卫队以外的所有朝鲜军队。朝鲜全国官兵拒不服从，奋起抵抗日军，兴起了著名的"义兵运动"。金刚山一带活跃着一位令日寇闻风丧胆的女将，她就是眼前这位朴境姬。

士田死后的第二天清晨，一队日本巡逻兵在安岳城外发现了吊在大树上的士田的尸体，在他的衣袋内有一纸短笺，上书：

"大韩乐土，国富民殷。无道倭夷，践踏吾邦！国土为之沦丧，臣民为之被殃！猪狗士田，竟敢欺吾国母，侮大韩之民心，天理难容！今愤而诛之，以儆兽军！"

这封信的落款处苍劲地写着三个大字——"张浩永"。

王述樵听得出了神，顾边绣捅了他一下，问道："喂，你说张浩永够不够格？"

"够！我们和他有共同的敌人，那就是日本侵略者！张浩永是好样的，正是我们的好朋友。"

顾边绣笑着说："张浩永的事迹真像传奇小说，几天几夜都讲不完。这么着吧，我给你挑主要的说说。"

正是甲午中朝双被难，唇齿相依戮倭顽！

欲知后事如何，且看下回分解。

第三回 刽子手暴尸哈尔滨

红树醉秋色,碧溪弹夜弦。

佳期不可再,风雨杳如年。

——唐·湘驿女子《题玉泉溪》

西行的列车轰鸣着,在山谷中奔驰。

车厢内靠窗的座位上坐着一位中年男子,他面庞清癯,留着连鬓络腮胡须,由于戴着墨镜而看不清他的眼睛。他头上的巴拿马草帽帽檐压得很低,盖到了挺直的鼻梁上方。张浩永没有料到,朴境姬这位女英雄会深深地爱上自己,而且达到了崇拜的程度。时光飞逝,电光石火,猛然进入了新世纪——1909年了!回想起火车站上境姬带着6岁的小儿子春植与自己告别的情景,张浩永这条硬汉的双眼不禁泛起了阵阵微潮。生离死别啊!这次和黄海道的同乡、好兄弟安重根到中国东北的哈尔滨去,要执行一项特殊的使命。

哈尔滨真是一座美丽的城市,称之为"东方小巴黎""东方莫斯科",没有丝毫的夸张。然而,除归当时的滨江县管辖的道外地区外,哈埠大部都沦为沙俄的殖民地了。

1909年10月26日上午,在哈尔滨火车站将举行隆重的欢迎仪式。哈尔滨的沙俄官员和各国领事齐集站台,毕恭毕敬地迎候一位来自日本的大人物——伊藤博文。沙俄财政大臣科克甫佐夫站在欢迎队伍的最前端。车站外,沙俄军警宪特倾巢出动,三步一岗五步一哨,如临大敌。

张浩永和安重根衣冠楚楚,混杂在欢迎的队伍中,手执小小的日本太阳旗,俨然大和新贵。

9时25分左右,远远地传来了列车汽笛的长鸣声。人群开始

— 223 —

涌动，沙俄宪兵们忙着维持秩序，张浩永向安重根使了个眼色，两人开始轻轻往前移动，拉开大约 50 米的距离。

由于不知晓伊藤博文所在车厢的准确位置，张、安二人事先商定了这样的行动方案：距伊藤博文最近者开枪射杀他，远者进行策应，安排撤退路径。

提起伊藤博文，那可是世界闻名的人物。他年轻时赴欧洲考察，为日本选定了普鲁士式的军国主义道路。他堪称日本军国主义的鼻祖。从 1892 年起，伊藤博文四任日本首相，真个是纡青拖紫、服冕乘轩！甲午战争中，日本占领了中国领土台湾。日军进兵朝鲜，伊藤博文成为中朝人民的共同罪人。1895 年，伊藤博文迫使朝鲜李氏王朝同日本签订了《乙未保护条约》，使朝鲜沦为日本的保护国。1906 年，伊藤博文被日本天皇封为公爵，担任驻朝鲜总督。第二年，他又逼迫朝鲜政府签订了《丁未七款条约》，从此，朝鲜的高级官吏均须经伊藤博文任命，日本对朝鲜的奴役更加深化了。现在，他已不担任朝鲜总督了，乘坐轮船来到中国大连，准备经由长春、哈尔滨去俄罗斯进行"私人旅行"，而实际是要同沙皇密商，争取沙俄对日本占领朝鲜的支持，并化解 1904 年日俄战争带来的仇隙。朝鲜民众对伊藤博文恨之入骨。

列车徐徐进入哈尔滨站，高音喇叭里传出了用俄、日、英、满、汉、朝、蒙七种语言发出的威严的命令："立——正！"

全体欢迎者肃立不动。

列车停稳了，车门洞开，首先跳下 8 个威风八面的马弁，分列两侧，而后，方缓缓走下微露笑容的伊藤博文。这个杀人不眨眼的恶魔。乐队高奏日本《君之代》，科克甫佐夫率领众达官贵人上前和伊藤博文握手。

伊藤博文下车的地方距安重根约 20 米，距张浩永有 70 多米，站在人群中的张浩永暗暗着急。

时针指向 9 时 30 分。这时,火山爆发一般发生了石破天惊的事情,安重根厉声狂喊着冲出欢迎队伍,扑向伊藤博文!

自杀性冲击!

伊藤惊呆了,马弁们吓傻了,几乎所有在场的人都被这突如其来的举动弄得大脑一片空白。

"砰!砰!砰……"安重根将一梭七连发手枪子弹中的六发准确地发射到了伊藤博文的身上,这个刽子手胸部和腹部中弹,顿时浑身血流如注。他痛苦地望了望安重根,口袋似的倒在了血泊中。

人群骚动,乱成了一锅粥。张浩永见大功告成,忙趁乱向安重根招手,示意他赶快撤走。然而,安重根已经杀红了眼,似乎忘记了张浩永的存在。他迅速换好子弹,继续向各国领事射击。清醒过来的军警们蜂拥而上,枪弹如雨点般扫向安重根——他重重地扑倒在站台上。两个沙俄军警狠狠地将安重根压在身子底下。张浩永心痛得咬紧牙关,也顾不得许多了,飞速跃上一列刚刚启动的货车,最后望一眼受重伤被俘的战友,火速离开了哈尔滨火车站。

伊藤博文这个双手沾满中朝人民鲜血的刽子手,被沙俄军警抬进车厢,经随从医生紧急救治无效,30 分钟后,终于身死异乡,得到了他应有的可悲下场。

正是天下英雄谁敌手?生子当如孙仲谋!

欲知后事如何,且听下回分解。

第四回　图大业埋名吴淞口

待到来年九月八,我花开后百花杀。

冲天香阵透长安,满城尽戴黄金甲。

——唐·黄巢《不第后赋菊》

1932 年 4 月 24 日傍晚,张浩永应王述樵律师之邀,来到上海沧州饭店。

在二楼的一个雅座里,共有 5 个人:王述樵、顾边绣、张浩永,还有两位年轻的朝鲜流亡者——尹奉吉、安昌杰。

宾主寒暄之后,纷纷落座。王述樵双手击掌,不一会儿,侍应小姐鱼贯将肴馔端上。王述樵手指着其中的两样菜,笑问张浩永:"张先生久居上海,不知还能识此菜否?"

张浩永朗声大笑:"游子在外,安能忘本?这个菜叫'高沙利',原料为山中的蕨菜。将它与小海燕鱼、尖椒之类一起煸炒,吃起来仿佛炒鳝鱼丝,香辣可口,和中国的川菜异曲同工。"

顾边绣赶紧夹了一箸,塞到口中:"哟,好辣哟!"

她吐了吐舌头,逗得满座都笑了起来。两个年轻的朝鲜人也很快消除了拘谨。

尹奉吉指着另一盘菜介绍说:"这叫'道拉吉',在中国叫桔梗。本是药材,既健身,又增食欲。日本人称它是'第二人参',每年都从朝鲜的山里往回抢运许多。"

王述樵见话题引到日本人身上,趁机面向张浩永:"日本人真是贪得无厌!敢问张先生到中国多久了?"

张浩永长叹一声:"辛亥年刺杀日本驻朝鲜总督寺内正毅未遂,至今整整 20 年喽!可怜桑梓仍在日寇铁蹄之下!如今'知天命'之年已过,依然流落申城!"

"久闻当年张先生刺杀士田,又同安重根一道在中国东北哈尔滨击毙伊藤博文,但不知寺内正毅之举为何?望赐教一二。"王述樵问道。

张浩永道:"皆是匹夫之勇,说来惭愧!安重根 1910 年死在旅顺监狱的刑场上,才 32 岁呀!干掉了伊藤博文,日本天皇又派寺内正毅去当朝鲜总督。此人比他的前任更凶残！不才辛亥那年与诸同志伏击他，事却没成。这家伙1916年当上了日本首相，疯狂镇压朝鲜独立运动。"

"是啊！"王述樵唏嘘不已，"寺内正毅是'二十一条'的执行者，也是我们中国人民的大罪人！"

顾边绣补充道："当时的日本陆军大将田中义一，就是后来搞臭名昭著的'田中奏折'的日本首相，他1922年去菲律宾时，途经上海，张先生还给了他几枪呢！"

张浩永连连摆手，说："这又是一桩憾事！当时距离太远，没有击中他，又让他多做了几年事恶！好在1928年关东军炸死张作霖以后，田中内阁垮台，这个日本佬心脏病发作猝死——也算恶有恶报！"

王述樵愤怒至极："这家伙别有用心地向日本天皇提出'欲征服中国，必先征服满蒙；欲征服世界，必先征服中国'的'大陆政策'，是个极其危险的阴谋家。"

谈到"一·二八"淞沪战争，群情激昂。最后双方达成协议：朝鲜方面这3个人4月29日去虹口公园刺杀白川义则，而后由王亚樵提供4万块银圆交给朝鲜志士当经费，并派人护送张浩永等人回国抗日。

4月28日，王亚樵的徒弟张玉华制成一枚白金壳炸弹。这种炸弹具有超强的杀伤力，其弹片爆炸后坚硬锋利，类似霰弹的功效。他在炸弹上安装了定时器，加上投掷引爆器，使之成为特制的高功率"手榴弹"。然后用一只普通的篾壳暖水瓶，巧妙地把炸弹藏在夹层里。一场震惊中外的"四二九"事件，就这样策划好了。

张浩永以箸为乐器，击打酒杯，唱起了中国唐代郭震的《古剑篇》：

"君不见昆吾铁冶飞炎烟,红光紫气俱赫然。良工锻炼凡几年,铸得宝剑名龙泉。龙泉颜色如霜雪,良工咨嗟叹奇绝。琉璃玉匣吐莲花,错镂金环映明月。正逢天下无风尘,幸得周防君子身。精光黯黯青蛇色,文章片片绿龟鳞。非直结交游侠子,亦曾亲近英雄人。何言中路遭弃捐,零落漂沦古狱边。虽复沉埋无所用,犹能夜夜气冲天!"

正是贩夫走卒荡浩气,引车卖浆亦豪杰。

欲知后事如何,且看下回分解。

第五回　杀人狂饮弹上海滩

十年磨一剑,霜刃未曾试。

今日把示君,谁有不平事?

——唐·贾岛《剑客》

大上海真是个好地方!曾经有骚客赞曰:"沪上钟天地之灵气,毓日月之菁华,终年生常青之树,四季盛开不败之花。"这座远东第一大城市,不仅日本人看中了它,欧美列强也在这里辟有大片租界,以为侵略中国之跳板。

1932年4月29日,是日本昭和天皇裕仁的生日,在日本叫作"天长节"。这天上午8时30分,从江湾镇开出了浩浩荡荡的日本军队。但见坦克隆隆,战马萧萧,兵车辚辚,日本侵略军颇有得胜者趾高气扬之情态。日军队伍中,骑在一匹绛红色日本大洋马上的军官十分显眼,此人身穿华贵的将军礼服,腰悬军刀,足蹬马靴,挺胸瘪肚,耀武扬威。他就是日本关东军司令官、淞沪战争的第四任日军指挥官、陆军大将白川义则。9时15分,日军到达虹口公园,接受公园大门口数百名身着和服的日本侨民的欢迎。这当中,有3位身裹和服的不显眼的特殊"侨民",他们是朝鲜爱国志士张浩永、尹奉吉和安昌杰。

"植田君,部队入场!"白川义则对身边骑在一匹白马上的日本陆军中将植田谦吉命令道。

植田谦吉抽出军刀,向半空中高举三下。日军开始向虹口公园迈进。军队全部入园之后,欢迎他们的日本侨民也跟随入园,张浩永等人不费吹灰之力便大摇大摆地走进了戒备森严的虹口公园。

白川义则登上检阅台,和早已迎候在那里的日本公使重光葵、日本驻上海领事村井仓松、日本居留民团行政委员长河端贞次以及欧美列强驻上海领事等人一一握手,并把自己的部下介绍给他们。当白川介绍到植田谦吉时,他故意加重了语气:"这位是植田君,皇军陆军中将,为大日本派遣军第三任淞沪之战的司令官——今天阅兵式的总指挥官!"

植田谦吉显得很尴尬。"一·二八"战争中,他的指挥舰被中国敢死队员潜水炸伤,自己狼狈地被解除了日本派遣军司令官的职务。重光葵注意到了植田谦吉的神色,轻轻用胳膊肘触了白川一下。白川义则不以为意,他哪里把重光葵当回事,仍旧傲慢地吹嘘着自己的战功。

这时,张浩永等3人已经挪到了离检阅台最近的人群中,尹奉吉还煞有介事地从暖瓶里倒出一杯水,悠闲地喝着,眼睛则紧紧盯住检阅台左侧的张浩永,等候他的行动。日本人出门带暖水瓶,这在当时的上海是很时髦的事情。尹奉吉他们的计划是,由张浩永和安昌杰吸引检阅台上人们的注意力,而后尹奉吉将装有白金炸弹的暖瓶投掷到白川义则身上。

外滩的巨钟已经沉闷地敲了10下,白川还在大吹大擂:"各位女士、先生们,这位是皇军海军野村中将,是我军攻打上海的第二任司令官,'功勋卓著'!"

野村中将脸上的横肉抽搐了一下，异常气恼地瞪了白川一眼，心里骂道："你祖宗的八嘎呀路！"。

重光葵实在看不下去了，但碍于各国使节在场，不好说什么，只得耐住性子，悄声提醒白川义则："白川君，现在已经 10 点钟了。"

"噢！"白川猛然惊觉，手一挥，"植田君，阅兵式开始！"

植田谦吉早已等得不耐烦了，怎奈胜者王侯败者寇，自己此刻又是他白川义则的部下，心里那个窝火劲儿就甭提了。这时，听到白川发布命令，他如释重负，急忙纵马奔向演兵场，大声传达阅兵式开始的命令。尹奉吉趁机又向检阅台靠了靠，张浩永也机智地游动到了检阅台的台阶下，紧挨着白川的卫队。

为了这次对中国上海人民演示"威武"的"武运长久"大阅兵，日军着实卖力地准备了一番——出动了陆军 3 个团、海军陆战队一个团、炮兵一个团、运输兵一个连以及坦克装甲车、重炮、榴弹炮各一个联队，大约 1 万人，斗折蛇行，迤逦排出好几里地。直到下午 1 点半，日军队伍才从检阅台前走完。

阅兵期间，检阅台四周的日军卫队一律面向观众，监视外面，不能看检阅部队，以便处理随时发生的意外情况。张浩永等人一时难以下手，尹奉吉可急坏了，握暖瓶把的手心都沁出了细密的汗珠。

"现在"，植田谦吉扯开嗓子，高声宣布，"请诸位观赏大日本皇军航空兵的战斗机群特技表演！"

人们纷纷抬头仰望苍穹。远处天空传来马达的轰鸣声，渐渐地，18 架日本战斗机出现在虹口公园上空。

台下的日军卫队可能见仪式接近尾声而平安无事吧，便放松了绷紧的神经，得意地观看起飞机的表演来。

机会来啦！张浩永拔出匣枪，冲天射击，人群大乱。枪声就是命令,尹奉吉旋即举起暖瓶,向全神贯注用望远镜观看飞行表演的白川义则抛去——惊天动地的爆炸声在全场回荡,检阅台顿成一片火海。

日本侨民哭爹叫娘,乱作一团。半空中的飞机编队可能是飞得太低的缘故,突然乱了阵脚,两架战斗机撞在一起,拖着浓烟,尖叫着向远方扎去。尹奉吉的目标当然太大,被日本宪兵当场抓住,张浩永等两人则趁乱悄悄扔掉和服内的手榴弹,混在日本侨民当中,迅速离开了虹口公园。

正是金风未动蝉先觉,暗送无常死不知。

欲知白川义则等人性命如何,且看下回分解。

尾 声

角鹰初下秋草稀,铁骢抛鞢去如飞。
少年猎得平原兔,马后横梢意气归。

——唐·王昌龄《观猎》

1932年5月初,从上海日本占领当局统计的有关"四二九"血案伤亡数字里,我们得知日本陆军大将白川义则被炸成了碎片,河端贞次立毙,重光葵公使右腿被炸断,植田谦吉中将胳膊被炸断,野村吉三郎中将左眼失明,村井仓松腹部重伤,右足折断。几乎所有参与占领上海的日本罪魁都得到了应有的下场。

黄海,一艘客轮驶向北方,远处显现出朝鲜东北海岸的轮廓。张浩永仁立在甲板上,深情地眺望着久违了的祖国……

1935年11月1日,王亚樵的徒弟孙凤鸣乘国民党召开六中全会之机,以记者身份刺杀蒋介石未遂,把汪精卫击成了重伤。

汪妻陈璧君怀疑是蒋介石指使人干的,对蒋破口大骂:"你想要兆铭死就明着来呀,这算什么!"蒋介石恼羞成怒,限戴笠3个月内破案!同时,悬重赏通缉王亚樵!后来,国民党元老李济深得知王亚樵欲率众投奔延安,便给好友周恩来写信推荐。1936年10月21日夜,一群国民党军统特务将王亚樵乱刀戳倒,把他的脸皮残忍地揭去!一代枭雄惨死广西梧州。

"一·二八"事变后,十九路军副总指挥蔡廷锴被蒋介石调往福建"围剿"红军,而一心抗日的十九路军则同红军订立了反蒋抗日协定。1933年11月,蔡廷锴同李济深、蒋光鼐、陈铭枢在福建成立"中华共和国人民革命政府",宣布与中国工农红军合作,准备北上抗日。后蔡廷锴任国民革命军第六集团军总司令,在两广出生入死,同日本侵略军浴血奋战。1946年,蔡廷锴同李济深在广州共建中国国民党民主促进会。新中国成立后,蔡廷锴历任中华人民共和国中央人民政府委员、政协副主席、国防委员会副主席、国家体委副主任、民革中央副主席。蔡廷锴于1968年逝世,享年76岁。

本文主人公张浩永,人物原型为金天山,又名金九。他是朝鲜著名的爱国志士,青年时代起便从事抗日救亡运动。他在上海法租界成立了"大韩民国临时政府",担任这个流亡政府的"总理",积极组织抗日活动。如今的大韩民国(简称"韩国")国名由此而来。金天山于1932年炸死白川义则后回国抗日,后参与韩国建国。

尹奉吉,韩中抗日同盟会会员,是金天山的得力助手。他被捕后,于1932年11月18日被日军押解到日本本土。同年12月29日,尹奉吉在日本金泽英勇就义,时年仅24周岁。

植田谦吉,1934年晋升为日本陆军大将(日军将军分少将、中将、大将三级,无上将)。两年后,他担任日本关东军司令官、驻伪满洲国全权大使,成为日本侵略者在中国东北事实上的最高统治者,傀儡皇帝浦仪都得唯其马首是瞻。可以说,植田谦吉双手沾满了中国人民的鲜血。1939 年 5 月,日苏诺门坎开战,日军惨败于苏联红军,植田被撤职,成为预备役军人。植田谦吉对待伪满高官傲慢无礼,时刻以征服者的姿态自居。由于他是日本天皇的代表,便强迫溥仪也拜祭"天照大神"。"天照大神"是日本传说中的开国之祖,朝拜日本的神灵,连孱弱无能的溥仪都义愤填膺。

重光葵,被炸致残后回日本养病。1945 年 8 月日本战败投降后,参与"密苏里"号美舰上的投降签字仪式,1946 年被远东国际军事法庭判处 7 年徒刑。

（作者单位:黑龙江省电力公司）

剧本

梦圆职场(情景剧)

陈大友

人物:英子——女,应届电力大学毕业生

明明——男,英子同学兼男友

妈妈——英子的妈妈

爸爸——英子的爸爸

时间:现代

地点:第一场:英子的宿舍客厅

第二场:某毕业班拍毕业照现场

第三场:英子的家门口

第四场:大山深处

第一场 少女梦

(幕启:英子的宿舍客厅。一个茶几、两把椅子)

英子:(手拿镜子在化妆,门铃响)等一下,马上就来……(开门)怎么是你?

明明:(戴着深度眼镜,慢条斯理地)好快啊,明天就要毕业了。

英子:(没好气地)毕业不毕业,和你有啥关系?

明明:(讨好地)你还在生我的气?

英子:哪敢哪! 你省政府有人,一个电话打过去,哪还有我们小老百姓的活路?

明明:我知道你还在生我的气。

英子:你知道就好!

明明:我知道你有梦想,我何尝没有?

英子:你也有梦? 没看出来! 我看你一天天就知道傻傻地学习,就不知道在自己的前程上下点功夫。

明明:我是有个拐弯的亲戚在省政府当厅长,你想托他把咱俩弄进省政府机关大楼,可是,你知道,这里是有潜规则的,(用手做点钱状)这个你懂的!

英子:有潜规则怎么了? 这是大势所趋,不花钱弄到手的工作不是好工作!

明明:花钱? 你家有还是我家有?

英子:谁说我家没有? 我爸我妈为我准备的嫁妆有几万呢!

明明:你以为好几万就是钱啦? 告诉你,在潜规则里,连个零头都不够!

英子:不够怎么了? 不够咱慢慢凑,我就不信,活人还能让尿憋死! 再说了……(手机响)哦,哦,好,好,知道了,明明在我这里,我俩马上就过去,好,拜拜!

明明:谁的电话?

英子:还有谁? 班长呗! 走,过去照毕业照!

(幕落)

第二场　母亲梦

(幕启:学校教学楼阶梯上)

英子:(拍完毕业照刚一解散,手机响,彩铃音乐《吉祥三宝》,

接电话)喂,我是英子,(惊喜地)妈妈!是,明天毕业,妈妈,别再磨叨了,我不想回山沟供电所。

　　妈妈:(手机里传出画外音)我的宝贝,咱们家这里不是山沟,是国家森林公园。

　　英子:森林公园还不是在山沟里?

　　妈妈:(手机里传出画外音)英子,妈妈的宝贝,咱们家这里现在的变化已经是翻天覆地了。

　　英子:妈妈,你所谓的翻天覆地的变化还不是在山沟里瞎折腾?

　　妈妈:(手机里传出画外音)英子,你不想回家,想到哪里就业?

　　英子:妈妈,我想托人到省政府机关大楼给谋个职位,你给我准备一笔钱,我想潜规则一把。

　　妈妈:(手机里传出画外音)英子,咱家我和你爸都在供电所挣死工资,哪有钱送给你去打水漂?

　　英子:妈妈……

　　妈妈:(手机里传出画外音)英子,回家吧,你读的是电力大学,咱家乡需要懂电的人。

　　英子:妈妈……我不想回去……(抽泣)

　　妈妈:(手机里传出画外音)英子,妈妈的宝贝,回家吧,妈妈也有梦,妈妈的梦就是你,妈妈的梦就是希望你用学到的知识,为家乡的乡亲送一片光明!听妈妈一句话,回家吧!

　　英子:妈——妈——你别激动,好,妈妈……我回去……

　　(幕落)

第三场　电网梦

　　(幕启:英子家的门口,英子妈和英子爸在向路口张望)

妈妈:(手搭凉棚跷脚)老头子,咱闺女咋还没回来?

爸爸:老婆子,你也太心急了,俗话说,心急吃不了热豆腐,再等等!

妈妈:老头子,咱闺女不能变卦吧?

爸爸:老婆子,你问我还不如问大腿,咱闺女变卦不变卦我哪知道?

妈妈:我就知道你是废物点心一块,除了懂得导线杆塔、送变电运行维护,啥也不懂!你就不会琢磨琢磨咱闺女的心思?她到底能不能回来?

爸爸:能懂得导线杆塔、送变电运行维护那叫真本事,花里胡哨的弯弯肚子和花花肠子咱弄不明白,要是说起导线杆塔、送变电运行维护的事,你老头子可绝不含糊!整个电力系统没有不知道咱这一号的,你就偷着乐吧!

妈妈:你就别吹了,咱俩在电力系统干了一辈子,如今退休了,几十年来穷得叮当响,也就是给闺女攒了几万块钱的嫁妆钱,你还有脸吹?

爸爸:咱俩在电力系统干了一辈子,我没后悔过。如今咱闺女英子和未来的女婿明明学电力的大学生一回来,咱家这叫事业后继有人!

妈妈:老头子,看,咱闺女英子和未来的女婿明明回来了。

爸爸:老婆子,走,咱去接咱家事业的未来!

(幕落)

第四场　夫妻梦

(幕启:夫妻变电所值班运行室)

英子:(用毛巾擦汗)明明,来喝口水!看,大热天的,你都热成啥样了。(走过去替明明擦汗)

明明:咱在深山老林夫妻变电所值班运行,是苦了点,但是值。咱电力大学毕业一年多来,咱俩负责的变电所设备,从来没出现过事故,四百多个日日夜夜,咱容易吗?

英子:是啊,咱们负责运行维护的深山老林夫妻变电所,爸爸是所长,妈妈是所里唯一的员工,附近不通汽车和火车,他俩全靠两条腿,一年下山背几趟米面油盐酱醋茶,吃着自己种的菜,喝着山泉水,一辈子没出过事故。如今他们退休了,轮到咱们接着负责运行维护这深山老林里的夫妻变电所了。

明明:对,如今我是所长,你是所里的唯一员工,咱要像爸爸妈妈一样,巡好每一寸导线,盯紧每一个螺丝,让变电所里的设备安安全全运行,让每一缕光明从咱的眼皮子底下安安全全地送进千家万户。

英子:明明,我现在终于理解爸爸妈妈了。

明明:是啊,他们一辈子在乎的是中国梦,他们一辈子割舍不下的是电网情。

英子:明明,这里的空气多清新,这里的环境多和谐,我们生活在这里,就是生活在世外桃源。你现在就是拿鞭子赶我,我也不会离开的。

明明:我也有同感,等咱有了自己的小宝宝,不管是男孩女孩,长大了都送到电力大学去,毕业后再拐一个回来接咱的班,三代人的夫妻变电所,多美呀!

英子:哎呀,你还别说,我已经一个月没来那个了。

明明:啥?

英子:这个,你懂的!

明明:你有了? 你有咱们的小宝宝了。(上前抱起英子转圈)

英子:你轻一点……

明明:是、是……英子,我在这里盯着,你去做饭,多加几个菜,咱爸咱妈说是今天要来看咱们,咱要把这个好消息告诉两位老人,也让他们高兴高兴!

英子:好,你盯紧了,千万别出事故,我去淘米做饭。(下场)

(舞台灯光渐暗,幕落,演员谢幕)

(作者单位:牡丹江供电公司)

国网"半边天"的 N 次方（情景剧）

任海霞

角色设定:1. 新入职实习女大学生;2. 变电运维女值班员;3. 变电检修高压绝缘专责女工程师;4. 营业所女营业主任

第一场:四个角色依次入场。

女大学生首先介绍:"春天,枯黄的原野变绿了,新绿的叶子在枯枝上长出来,阳光温柔地对着每个人微笑,鸟儿在歌唱飞翔。我是一名刚入职实习的女大学生,伴着和煦的春风,我步入了自己梦寐以求的工作殿堂,成为一名国网人,真骄傲!"

变电运维女值班员接着介绍:"我是一名变电运维值班员,参加工作 4 年了,与市区变电运维站的同事们一起,担负着市区 3 座 220 千伏变电站和 11 座 110 千伏变电站的运行维护和倒闸操作。工作格言是,只有企业大家庭安全了,咱个人的小家庭才会幸福!"

变电检修高压绝缘专责女工程师介绍说:"我是一名高压绝缘专责工程师,从事高压试验工作 28 年,带出了 4 名徒弟,看着徒弟们成长起来独当一面,是我这当师傅最开心的事情。"

营业所女营业主任介绍说:"我是一名营业主任,参加工作 20 年,我要求工作人员要有阳光心态,以良好的职业道德和规范的服务行为,时刻向客户展示供电部门的素质和形象,以自己的真诚展示国网人的形象。"

第二场:大家分别介绍完毕,变电运维女值班员、变电检修高压绝缘专责女工程师、营业所女营业主任纷纷走到新入职实习女大学生的身边,与其热情地打着招呼。

变电运维女值班员说:"欢迎你的加入,有什么需要帮助的地方,尽管和我们说,千万别客气! 一定要记住,咱们可是一家人哟!"

四人合说:"对,咱们是一家人!"

第三场:(话外音响起)迎着清晨的第一缕阳光,新入职女大学生与变电运维女值班员一起走进 110 千伏碾子沟变电站的春检现场,学习和熟悉变电站的运行设备与倒闸操作的步骤。

"将 10 千伏纤维乙线 72426 断路器'远方/就地'开关切至就地位置。"变电运维女值班员手里拿着倒闸操作工作票开始唱票,实习女大学生边复读一遍操作内容,边将 10 千伏纤维乙线 72426 断路器"远方/就地"开关切至就地位置。

"咱们的工作怎么这么枯燥,就弄这些开关停来停去。"实习女大学生脸上露出不耐烦的表情,小声地嘀咕着。

"我们今天仅停电所需操作的项目就有 180 项,每操作一项,第一监护就要唱一项,操作人就重复一遍,然后再进行实际操作,避免出现误操作。"变电运维女值班员听到大学生的话后,便认真地对大学生介绍说。

"咱这运行维护和倒闸操作的工作,看似枯燥乏味不刺激,但是责任却很重。这一天下来,工作人员要围着变电站院子走上几百个来回,留下几万个脚印。工作时,必须时刻紧绷着注意安全的神经,对各专业工作过的现场认真验收核查,确保每一位工作人员的现场安全。"

　　此时,变电检修高压绝缘专责女工程师与另一位变电检修试验人员(由女营业主任换装扮演)一起手提着试验工器具来到现场,准备对变电设备进行绝缘保护试验工作。恰巧听到二人的交谈,便走上前去与二人打了个招呼,并也加入谈话中。

　　"革命工作分工不同,每项工作都有着必然的重要性。春检工作需要各专业相互配合工作,每个环节都是<u>丝丝入扣</u>的,缺一不可。你的工作是安全的第一道防护网,每一步操作都关系着后面工作人员的人身安全,你此时还感觉工作枯燥吗?"变电检修高压绝缘专责女工程师语重心长地说。

　　女大学生听到这些话后,顿时感觉到了身上的责任。"谢谢你们的耐心教导,使我懂得了越是简单的工作越要用心去做,这样才能更好地发挥自己的作用。"听完女大学生的话,三人相互微笑一下,又开始认真地工作。(边操作着边退到幕后)

　　第四场:(话外音响起)新入职实习女大学生顺利地通过了生产战线的实习,又转战到营业所里熟悉营业员的工作。话音落……)一位脸带怒色的老大娘手里拿着一张缴纳电费通知单,大声吵吵着要找购电大厅的领导,还差点跌倒。紧随她身后的新入职实习女大学生边解释着,边用手去搀扶老大娘。

　　"大娘,我刚才已经和抄表员核查过您家的电表数,是2749,没有错。您再好好想一想,是不是家里上个月增加什么用电设备,所以才用了480度电呢?"女大学生略有些委屈地询问着。

　　"你们就是乱抄表收费,我不和你说,我要找你们的领导。"老大娘根本就不给女大学生解释的余地,直奔营业主任的办公室。

　　听到大娘的吵闹声越来越接近自己的办公室,营业主任忙停下手头上的工作,起身出门微笑着将老大娘迎进门,并请她坐下稍缓和一下心情。"您是这里管事的人吗?我可不想和不管事的人废话。"老大娘见女营业主任很热情地迎接自己,稍微露出一些平和的表情。

"这位是我们的营业主任。"女大学生也跟着走进了营业主任的办公室里。

营业主任见老大娘坐好，忙转身为她沏上一杯茶水，双手送上，并接过老大娘手中的电费缴纳通知单。向女大学生简单地了解一下情况后，便开口向老大娘询问："大娘，您家里一直是几口人用电呀？上个月家里是不是来什么亲戚朋友了？我们抄表员已经重新核对了您家的电表数，应该是没有错误。您老再好好回想一下。"

"上个月……"情绪稍有些缓和的老大娘听了营业主任的话后，便仔细回忆着，"哎呀！我孙女生完孩子后在我家坐的月子，家里为了保暖用了一个多月的电暖气。这可不就是上个月的事情呗！"

"瞧，我这老胡涂。可真是委屈姑娘你了呢！"弄清楚自家电费突然使用过高的原因后，老大娘不好意思地对女大学生说。老大娘的举动让女大学生有些手足无措，心里的委屈一下涌上来，不知道该说些什么好，只是尽量控制着眼里的眼泪别流出来。

"老大娘，咱把事情谈开了就好。我们很愿意为您服务呢！"营业主任看出了女大学生的心思，带着微笑帮她一起把老大娘送出了营业大厅。

第五场：四个角色依次返场。

女营业主任说："作为一名合格的营业员，就是要以诚信服务为基石，以规范服务为依托，以客户满意为归宿。用自己的微笑、甜美的声音、温情的话语，化解一个个凝结在客户心头的疙瘩。"

变电检修高压绝缘专责女工程师说："我要与我的徒弟们一起，再多做出几项工作成果来，多解决一些现场试验疑难问题，并把自己多年来通过实践积累的工作经验全部传给徒弟们，让他们以后带出更多的好徒弟,为企业发展做贡献。

变电运维女值班员接着说:"千万次的巡视、千万次的核对、千万次的操作、千万次的平安。我要像变电运维老前辈们一样,每一次的倒闸操作,都要提前进入现场进行设备巡视,确保工作安全顺利地完成,把安全的接力棒好好地传递下去!"

新入职实习女大学生说:"实际工作,不是想象的那样一帆风顺,会遇到许多的困难与问题。但是,我在你们的身上学到了'干一行,爱一行,钻一行'的刻苦精神。对于今后的工作,我一定要认真对待,争取在平凡的工作岗位上,创造出不平凡的价值!"

(作者单位:牡丹江供电公司)

这一年（相声）

赵新宇　韩凤军

甲乙分别从舞台两侧入场

甲：（握手）你好！

乙：（握手）你好！

甲：最近忙什么呢？

乙：这不快到年底了，正在抓紧写《筑梦中国》观后感呢！

甲：是你亲自写的？

乙：是呀！

甲：不是从网上 download 的？

乙：咱哪能干那事呀！不，你什么意思呀？

甲：那我问你，《筑梦中国》一共多少集？

乙：一共七集。

甲：每一集都叫什么名？

乙：第一集《风雨如磐》、第二集《中流击水》、第三集《正道沧桑》、第四集《伟大转折》、第五集《世纪跨越》、第六集《发展新镜》、第七集《圆梦有时》。

甲：还不错嘛，你再说说……（乙阻止甲）

乙：打住。别老问我，我也问问你。

甲:请,你随便问。

乙:那我问你,《筑梦中国》是谁拍摄的?

甲:由中央组织部、中央宣传部、中央电视台、国家博物馆联合摄制。

乙:主演是唐国强吧,他演毛主席像极了。

甲:《筑梦中国》是历史文献纪录片,没有演员。你到底看没看呀?

乙:我当然看了。我问你,第一集的结尾引用了哪几句诗?是谁在哪首诗里写的?

甲:第一集的结尾引用了两句诗,"长夜难明赤县天"引自毛主席的《浣溪沙和柳亚子先生》,"风雨如磐暗故园"引自鲁迅的《自题小像》。

乙:中国梦是何时何人何地提出的?

甲:2012 年 11 月 29 日,习总书记在国家博物馆参观《复兴之路》展览时,第一次阐释了"中国梦"的概念。

乙:那你再说说什么是中国梦。

甲:大家都在讨论中国梦。我认为,实现中华民族伟大复兴,就是中华民族近代以来最伟大的梦想。

乙:(鼓掌)看来还真难不住他。

甲:这都是小儿科。

乙:同志们,给他加难度,怎么样? 如果他的回答大家满意,给他奖励;如果大家不满意,就打屁屁。

甲:怎么,你这还带体罚的呀!

乙:你敢不敢?

甲:这有什么敢不敢的,请提问。

乙:好,请听题:你观看《筑梦中国》的最大感受是什么? 同志们,这题可大呀,这题可难呀,谁有劲,准备开打。

甲：慢着、慢着，我这还没答呢，怎么就开打了呢！

乙：不管你答啥，我们都不满意。咋的？

甲：不带这样玩的。

乙：好，给他个机会。

甲：这还差不多。我观看《筑梦中国》的最大感受是，我党、我国的重大历史事件都发生在下半年。

乙：真新鲜，上半年就没有吗？

甲：上半年都没有下半年重大。

乙：为什么？

甲：因为下半年比上半年长，所以发生重大历史事件的几率就大。

乙：谬论，这绝对是谬论。

甲：真理，这绝对是真理。就我这研究成果，党史专家都没人知道，全国第一人。

乙：全国第一人？我看你是全国第一云！

甲：什么叫全国第一云？

乙：全国第一云就是全国第一个能白话的人！

甲：嗨！你还别信，咱们就说一说、比一比。

乙：好，咱们就比一比。

甲：党的一大和二大分别是在 1921 年和 1922 年 7 月召开的。

乙：党的三大、四大、五大、六大、七大和九大都是在上半年召开的呀，6：2。

甲：别高兴太早。党的八大、十大、十一大、十二大、十三大、十四大、十五大、十六大、十七大、十八大以及今年召开的十九大都是在下半年召开的，13：6。

乙：你也别高兴太早。

甲：南昌起义是 1927 年 8 月 1 日，秋收起义是 1927 年 9 月 9 日。

乙:但是,可但是,井冈山会师是 1928 年 4 月,扳回一局。

甲:中央红军开始长征是 1934 年 10 月,红军三大主力会师,长征胜利结束是 1936 年 10 月。

乙:但是,可但是,决定红军命运的遵义会议是 1935 年 1 月召开的,又扳回一局。

甲:抗战胜利是 1945 年 8 月,三大战役是 1948 年 9 月开始的。

乙:但是,可但是,三大战役是 1949 年 1 月结束的,再扳回一局。

甲:新中国成立的日期是……

乙:1949 年 10 月 1 日。怎么我替他说了!你别说,确实是下半年的大事多。不过你说的都是解放前的,解放后的就不一定了。

甲:解放后也一样呀,抗美援朝是 1950 年 10 月。

乙:西藏和平解放是 1951 年 5 月。

甲:我国第一颗原子弹爆炸成功是 1964 年 10 月。

乙:我国第一颗人造地球卫星发射成功是 1970 年 4 月。

甲:党的十一届三中全会是 1978 年 12 月。

乙:改革开放的春风是 1979 年春天开始的,(唱)春天的故事……

甲:别唱了。香港回归祖国是 1997 年 7 月,澳门回归祖国是 1999 年 12 月。

乙:停、停,别说了。咱说说今年的大事。今年上半年已经发生了几件大事。

甲:哪几件?

乙:4 月 1 日,党中央决定设立雄安新区。

甲:这是千年大计,国家大事。

乙:4 月 26 日,第一艘国产航母下水。

甲:强大的海军指日可待。

乙:5 月 3 日,世界第一台量子计算机问世。

甲:这以后得多先进呀,啥时候弄一台玩玩儿。

乙:5 月 5 日,国产大飞机 C919 首飞成功。

甲:这将打破外国的垄断,以后出差旅游就坐 C919,那多自豪呀!

乙:5 月 10 日,我国在南海首次开采可燃冰,获得成功。

甲:世界能源难题,中国有望给解决了。一块可燃冰,汽车能跑 5 万公里。

乙:5 月 14 日,一带一路国际合作高峰论坛开幕。

甲:停、停。一带一路是习总书记在 2013 年 10 月和 11 月提出的,我也扳回一局。下半年,我国的大事比上半年还多。

乙:你说说看。

甲:7 月 1 日,香港回归祖国 20 周年,习总书记亲到香港参加活动。

乙:香港的明天更美好。

甲:8 月 1 日,建军 90 周年,在朱日和举行了盛大的阅兵式。

乙:习总书记亲自检阅。

甲:9 月,具有完全自主知识产权、达到世界先进水平的中国标准动车组——“复兴号”首先在京沪高铁运营,时速 350 公里。

乙:中国高铁,世界第一。速度那叫快呀!

甲:9 月,具有世界先进水平的歼 - 20 战斗机已经列装战斗部队。从首飞到装备部队,歼 - 20 仅仅用了 6 年时间。

乙:中国空军威武啊!

甲:10 月,在贵州建成的世界最大的射电望远镜——“中国天眼”接收到一个来自外太空 4 光年外的信号,并发现了银河系内的 6 颗脉冲星,引发了全球的关注。

乙:神秘的宇宙之门正缓缓打开。

甲:11 月,中国国电集团和神华集团完成重组合并,标志着总资产超 1.8 万亿元的能源"巨无霸"——国家能源投资集团将正式起航。

乙:煤电联合已上升到国家战略,煤电一体化有利于企业稳定、投资和发展,同时减少重复投资与建设,行业整合提高效率。

甲:12 月,全球首条高速光伏公路在济南建成,实现并网发电。电动汽车在上面行驶可以自动充电,还可以自行融化路面积雪。

乙:电动汽车充电难题有望解决。

甲:12 月,国家电网公司按期全面完成公司制改制工作。公司由全民所有制企业整体改制为国有独资公司,公司名称由"国家电网公司"变更为"国家电网有限公司"。

乙:改制工作的圆满完成标志着国网公司深化改革正式进入新的阶段。

甲:最重要的是,举世瞩目的党的十九大已经胜利闭幕,中国进入了习近平中国特色社会主义新时代。

乙:一个崭新的中国巍然屹立在世界的东方。

甲:我来总结一下吧。上半年是因,下半年是果。没有鲜花盛开的艳丽,哪有硕果累累的秋季。

乙:说得好。让我们满怀豪情,认真学习贯彻十九大精神,把各项事业推向前进。

甲:锁定胜局。奖励在哪里?

乙:(打甲屁屁)找领导要去。

(谢幕)

（作者单位:检修公司、技培中心）

我要感谢你（小品）

陈 达

时间：上午

地点：供电局营业厅

引导员——车晶晶

登记员——李宁

男客户——齐旭东

女客户——王清平

大厅主任——王哲吉

（男客户匆匆走进服务大厅。）

引导员：（鞠躬）先生，您好，请问有什么可以帮您？

男客户：（惊讶）哎呀，还真有礼貌啊！哦，我要办块电表。

引导员：（引导手势）您这边请。

（登记员站立示意）

登记员：您请坐。

（引导员向登记员打一增容手势，登记员点头明白）

男客户：（看见手势心里疑问）你这是？

（引导员转身，给观众看手势）

引导员:这是牡丹江供电公司营业厅新推出的创新举措——服务手语,例如增容、减容、暂停等业务,通过手语可以向业务员进行提前告知。

(引导员退下)

登记员:请问您是要办理新装业务呀?

男客户:是的

登记员:您是要为自家还是单位办新装业务呀?

男客户:我给单位办块电表。

登记员:请您先填写用电申请书。(起身将申请书、示范样本双手奉上,手拿三分之一处,有字一面朝向客户)这是申请书样本,请您参照填写。

男客户:(拿起来细看)好的,我看看。

(填写完毕,将申请书交给登记员)

男客户:你帮我看看那,填的对不对。

登记员:(双手接过)我跟您核实一下填写的信息:您要办理380伏的动力用电,申请用电容量为30千瓦,一台22千瓦电动机、4台2千瓦的空调,用电地址为通江路68号,您的联系电话是1234567……请您按照用电申请所需资料清单提供相应的资料。

(登记员双手奉上用电申请所需资料清单)

男客户:你们要的资料我带来了。(边说边拿出资料递给登记员)

登记员:(翻阅资料后)您的资料齐全,符合规定。请您保持电话畅通,我们会在7个工作日内为您勘查现场并答复供电方案。如对我们的服务有不满意的地方或想查询业务的办理进度,请拨打95598供电服务热线。

男客户:满意、满意,还打什么95598呀。

(男客户起身离开)

登记员：先生，再见。

（女客户匆匆而上，男客户看见了）

男客户：老妹子，你咋又来了，整天闹腾个啥呀。

女客户：（推了一下男客户）你咋知道我又来投诉啊？就不行我找领导有事呀。

引导员：（鞠躬）您好，请问有什么可以帮您吗？

女客户：（语气急）我要找你们领导。

引导员：（引导手势）您这边请。

男客户：（跟在女客户身后）供电公司的服务多好啊，你总瞎投诉个啥啊，真愁人。

大厅主任：（站立）您好，请坐，请问有什么可以帮您？

男客户：（起身拉走大厅主任）领导，我们家的事情我来说。我妹妹他讲歪理，一天到晚瞎投诉，给你们添了不少的麻烦，你们千万别和她一般见识。

女客户：（生气状）哎呀，你知道什么呀。（站起）这上级领导讲和谐，主管领导讲妥协，咱们老百姓，哼，干吗不讲威胁。不光供电公司，牡丹江市哪个单位，我都平蹚——

王主任，你不认识我常有理吗？（坐下，仰脸朝天的）

大厅主任：（站立）认识、认识，我们是老相识了。我们工作如有不周到的地方，还请您多提宝贵意见。您的批评会帮助我们早日改正缺点，更好地为牡丹江市民服务啊！

女客户：（得意）哎哟，这话我爱听。

引导员：（奉茶）女士、先生，请喝茶。

女客户：（站起，一惊一乍）哎哟，你这一上茶，我差点忘了来干啥来了。

男客户：你能干啥？闹人呗。（推女客户）快——快——和我回家，别在这丢人现眼了。

女客户:(拉住男客户)我的亲大哥啊,昨晚下大雨,咱家停电了,咱爸他差点没憋死啊!

男客户:(一愣)老妹,这么大的事,你咋不给我打手机?

女客户:(不理男客户)昨晚的雨下得是哗哗的呀,雷打的是咣咣的呀。这偏偏又停电了,我打物业电话,物业不管,没招了我就给95598打电话。

男客户:(急迫)咱家可不能断电啊,电一停,咱爸的吸痰器可就不好使了啊,吸不了痰,咱爸还不憋出个好歹啊。

女客户:可不是吗,快急死我了啊! 但95598告诉我,按产权划分,这事不归人家电业部门管。当时我就想,我以前把电业局的人都得罪了,这是乘机刁难咱们啊!

(同时,男客户边摇头边无奈地点指女客户)

女客户:(转身指着大厅主任,发狠)如果我爸有个三长两短,物业、电业局,我跟你们没完……(生气坐下)

男客户:(紧跟女客户)你快说,咱爸最后咋样了?

大厅主任:别着急,慢慢说。

女客户:这时,咱爸的痰又上来了,眼瞅着吸不上来,把咱爸脸憋得不是个色啊,妈急得呜呜哭啊! 但我把咱家的情况和95598一说,他们当即表示要马上派人过来。

大厅主任:我们电业局的事故抢修是24小时服务的,遇到紧急情况,电业也会帮助您的。

大厅主任:(关心地问道)常女士,抢修工作人员什么时候到的?

女客户:(兴奋)真快,不到10分钟就到了。也没管什么产权不产权的,来了就检查,一会就来电了。

男客户:(站起)妹子,你说打哪个电话,来得这么快?

女客户:95598供电服务热线。

男客户:(重复)供电服务热线。

(音乐《感动天感动地》响起)

男客户:(转身面对大厅主任,哽咽)王主任,谢谢,谢谢你们了。(忽然跪下)

大厅主任:(马上扶起客户)别、别,这都是我们应该做的,不要放在心上。

女客户:(哽咽)王主任,你们是我爸爸的救命恩人啊。(忸怩地忏悔)我以前的不对,你们千万可要原谅我啊!

大厅主任:不要客气。为客户提供合格的电力是我们的责任。您用电,我用心。

男女客户:(疑问)您用电,我用心?

大厅主任:(肯定)对,您用电,我用心。

(引导员、登记员上)

大厅主任:(上前一步)您用电,我用心!

全体站成一排:(齐)对,您用电,我用心!

(作者单位:牡丹江供电公司)

抢修（情景喜剧）

陈大友

时间：除夕夜

地点：某居民家

人物：丈夫——某政府部门公务员，简称"夫"

　　　妻子——某政府部门公务员，简称"妻"

　　　班长——某供电局抢修班长，简称"班"

　　　内线员——某供电局抢修班抢修人员，简称"员"

（幕起：屋内一张桌子，桌上有电话，桌边两把椅子，妻子扎着围裙拖地）

妻：一年一度元旦到，俺的心情贼拉好。女儿今日上银屏，祖坟青烟一劲冒。我闺女在歌舞团，今天在元旦晚会上要露一小脸，你问啥节目？中央电视台今年元旦晚会有个歌舞节目，我闺女演的，那是相当的邪乎！

夫：（拿着酒瓶子边喝边上场）白话啥呢，咱家就这点机密大事，让你这张漏风的嘴都给泄了密了。要是左邻右舍都知道了，要是左邻右舍都给咱闺女打电话，要是左邻右舍一唠起来没完没了，那咱闺女得多花多少钱的电话费呀！

妻:傻冒,咱闺女的手机是单项收费,往外打电话要钱,接电话不要钱。

夫:那也不行,接电话不得费唾沫星子,费唾沫星子不得喝水,喝水是要花钱的,我是说喝饮料是要花钱的。

(电话铃声响)

妻:(接电话)哎呀妈亲哪,不,你是俺妈,不对,闺女,俺是你妈,看俺都乐糊涂了。你爸呀,他在,俺俩身体好着呢。啥,你问你爸喝不喝酒了?(看丈夫,丈夫摇手,把酒瓶藏身后)你爸他不喝了。

夫:(抢过电话)闺女,俺是你爸,放心吧,嗝,中,俺不喝了,酒伤身体。闺女,长途手机费太贵,俺撂了。(放下电话)

妻:(拿起电话)喂喂喂,咋没声了呢?你咋回事,俺还没唠完呢,你咋就撂了呢?

夫:妈亲哪,这老些电话费,能买好几杯酒喝,白瞎了,嗝。

妻:你是水平不高、文凭不高,只能是喝完酒血压升高。一大早起来,你是除了喝白酒就是灌猫尿。

夫:咋的?俺是手里握着火柴杆,大小也是根棍,嗝,你瞧不起俺是咋的?

(某供电局抢修班长和内线班抢修人员上)

班:(按门铃)请问,屋里有人吗?

妻:(对门外)来了来了!(对丈夫)快进屋,瞧你喝得醉醺醺,丢人现眼!(开门)

班:(脱鞋,穿袜套进屋)您好,同志,请问刚才是不是您家打的抢修电话?

妻:没有啊。

员:同志,您家是雪城冰溜子小区5栋楼201号吗?

妻:对呀,没错,我家是雪城冰溜子小区5栋楼201号。

员:同志,请您再好好想想,您是不是打了供电局的抢修电话。

妻:我实话实说,真的没打供电局的抢修电话。

夫:(拿着酒瓶子边喝边上场)这是谁啊,平空蹦出两个人?啥事?

妻:你是咋说话呢? 快进屋,瞧你喝得醉醺醺,丢人现眼!

员:先生,您好,是这么回事,刚才我们接到雪城冰溜子小区5栋楼201号客户打来的电话,说是家里没电了,让我们来抢修。

夫:电话是我打的,咋的吧!

班:先生,请问,您家是哪个屋没电了?

夫:都晚上10点多钟了,我家哪个屋没电你管得着吗?

班:先生,是我接的报修电话。到现场后,我和小王打开电表箱,发现一切正常。

夫:(醉醺醺的)有时灯一闪一闪的,就打电话找你们,咋能没毛病呢? 给你们打电话你们就得给我来,啰嗦啥! (一把抓住班长的衣服领子)

班:(一动不动地)先生,请您把手松开! 你喝多了,你打我也不能还手,等你醒酒后我再和你唠。

妻:(拉丈夫的手)松手,人都被你丢尽了!

班:(从客户的手中挣脱)先生,对不起,打扰了,您家既然没有停电故障,那我们走了,再见! (班和员下)。

夫:(得意扬扬地)10年前,电业部门当"电霸"的时侯,没少折腾我,这回他们当"电小二"了,我到政府部门当公务员了,我要好好折腾他们!

妻:得了吧,说话昧不昧良心? 谁折腾你了? 还不是你动不动就窃电,经常让人家给抓住,人家依法追补电费,并处以相应的罚款,你咋属猪八戒的,倒打一耙。

（突然没电了）

夫：电咋没了呢？

妻：你再给供电局打个抢修电话，让他们帮忙给查一查。

夫：得了吧，你也不搬块豆饼让我照照，我有那么大的脸吗？我进屋睡觉了，你打电话吧。

妻：德行，你也要脸啊！（打电话）喂，供电局吗？我家是雪城冰溜子小区 5 栋楼 201 号，我家突然没电了。啥，你刚走下楼，马上上来。好，谢谢你了！（放下电话）他们马上来！

夫：刚才是我错了，我进屋了，一会他们来，你替我向他们道歉！

妻：想道歉就拿出点诚意来，走，咱们出去迎一迎供电局的两位师傅！

夫：那走吧！（夫妻同下）

（作者单位：牡丹江供电公司退休职工）

杂

文

"一颗马蹄钉"倾覆《北平无战事》

张兴华

万人争睹,趋之若鹜! 日前,由著名作家刘和平编剧,荟萃了焦晃、王庆祥、陈宝国、倪大虹、程煜、董勇、廖凡、祖峰、刘烨"九大影帝"的历史正剧《北平无战事》,高擎"反腐大戏"旗帜,生动传神地讲述了国民党政权在溃败过程中的垂死挣扎。本剧涉及政、军、警、宪、特、商、学……故事耸人听闻,情节波谲云诡,表演精彩绝伦,创造了历年国产剧的收视最高峰。

如此大饱眼福、愉悦心灵,笔者自然不能放过这个机会——且慢,在深入观赏过程中,不禁目瞪口呆!

你道为何? 请看《北平无战事》第 34 集,何其沧老先生在背诵了《国王的演讲》中英国国王乔治六世的经典演讲之后,随即向谢木兰提问,清纯幼稚的女大学生谢木兰自然回答不出来。于是,何其沧郑重地向这个晚辈讲述起乔治六世的生平。仔细聆听后,谢木兰恍然大悟地表示,乔治六世的哥哥不就是乔治五世吗,是那个"不爱江山爱美人"的温莎公爵! 剧情发展到这里,笔者还以为是刘和平编剧故意让谢木兰将历史事实说错,以达到用谢木兰的知识浅薄来衬托何其沧的文化底蕴深厚的效果。孰料,接下来让人大跌眼镜的情节发生了——何其沧竟然顺着谢木兰的话题,认认真真、堂而皇之地讲起这个乔治五世,并且也口口声声、信誓旦旦地说"乔治五世就是乔治六世的哥哥"!要知道,这个何其沧老先生早年留学美国,时任燕京大学副校长,是权威学者、著名的经济学教授、"国民政府"的经济顾问、司徒雷登大使的挚友。何其沧老先生何以浅陋至此?只有鬼才相信!

荒诞在继续!《北平无战事》第 35 集开篇,何其沧又同中央银行北平分行行长方步亭的妻子程小云谈起了乔治五世。还是第 34 集中的论调,长篇大论,洋洋洒洒,神采飞扬!如此看来,这两集肯定是刘和平编剧异常得意的台词和桥段喽。

事实是,乔治五世是爱德华八世和乔治六世的父亲,而爱德华八世才是乔治六世的哥哥、闻名遐迩的温莎公爵!

乔治五世,1910 年成为英国国王。第一次世界大战期间,他为了安抚民心,放弃了自己的德意志姓氏,将英国王室改称"温莎",温莎王朝由此得名。1936 年,乔治五世逝世。

爱德华八世是乔治五世的长子、乔治六世的亲哥哥。自 1936 年 1 月 20 日即位到同年 12 月 11 日退位,爱德华八世共执政 325 天。他演绎的"不爱江山爱美人"的故事世人皆知,这里不再聒噪。他是温莎王朝的第二位国王。退位后的爱德华八世成为著名的温莎公爵。

乔治六世是乔治五世的次子、退位的爱德华八世的亲弟弟。他的功绩是作为国家的象征,同首相丘吉尔一道领导英国人民战胜德、意、日法西斯,成为第二次世界大战的胜利者。著名影片《国王的演讲》,讲述了口吃的乔治六世奋发自强的故事。《国王的演讲》获第 83 届奥斯卡金像奖 12 项提名,并最终拿到最佳影片、最佳导演、最佳男主角、最佳原创剧本 4 项大奖。乔治六世的女儿就是现任英国女王伊丽莎白二世,英国王储、威尔士亲王查尔斯王子是他的长外孙。

　　乱吗？一点也不乱！一般来讲，西方人的姓名结构是名字＋父名＋姓氏，西班牙人、葡萄牙人还要在最后加上母姓。他们强调个性自由，着意突出自己的名字，而名字只能从《圣经》《古希腊神话》《古罗马神话》等极少的典籍里筛选，故此，西方人重名现象特别严重。好在有姓氏加以区分！西方君主即位，其称号用自己的名字。如果发现名字与先代君主重合，就以"世"来区别。例如，"乔治六世"之所以得名，是因为在他之前已经有从"乔治一世"到"乔治五世"等国王；"爱德华八世"之所以得名，是因为在他之前，已经有从"爱德华一世"到"爱德华七世"诸位国王。明晰其理，以此类推，就不会闹出"乔治五世是乔治六世的哥哥"这样低级的笑话了。

　　让我们做一个大胆的假设：如果英国女王伊丽莎白二世逝世，那么，作为王储的查尔斯王子即位，将成为"查尔斯三世"（因英国历史上有"查理一世""查理二世"两位国王，"查理"是"查尔斯"的旧译）；在"查尔斯三世"之后的王储是威廉王子，如果他登基的话，将成为"威廉五世"（因英国历史上有从"威廉一世"到"威廉四世"等国王）；"威廉五世"之后的王储是襁褓中的乔治小王子，如果他继承大统，将成为"乔治七世"——哈哈，又和他那老祖宗"乔治六世"有了瓜葛！

　　非常遗憾的是，在电视连续剧《北平无战事》中，何其沧这个角色用的是配音！否则，以"话剧泰斗""莎剧王子"焦晃老师的精深戏剧知识，是绝不可能将温莎公爵的身份张冠李戴的。那么，作为著名作家、资深编剧，刘和平就难辞其咎了！

　　这还不够，错误在继续发酵！在《北平无战事》中，所有提到国学大师陈寅恪的角色，通篇都读其名字作陈寅恪（kè）。其实,熟知国学的人都知道,陈寅恪的"恪"字的正确读音应该是 què!

一般来说,"恪"的确应读作 kè,以"恪守"组词。然而,由于陈寅恪是客家人,客家话转音到普通话,"陈寅恪"必须读作 Chén Yínquè。陈寅恪自己这么讲,中国所有大学都这么讲!笔者当年读大学时在中文系,所有的老师也都这么讲授!由此引申开来,标识不能读作 biāoshí,正确的读音是 biāozhì(标志);济南的济要读作 jǐ,不读 jì。这个词源于"济(jǐ)水",于是我们知道,济南、济宁、济阳的"济",都读作 jǐ。祖国文字博大精深,来不得半点含糊、曲解,甚至南辕北辙。

由电视连续剧《北平无战事》,忽然想起《一颗马蹄钉亡了一个帝国》的故事:失了一颗马蹄钉,丢了一个马蹄铁;丢了一个马蹄铁,折了一匹战马;折了一匹战马,损了一位国王;损了一位国王,输了一场战争;输了一场战争,亡了一个帝国。这是真实的历史,出自英国国王理查德三世的史实。1485 年,他在波斯沃斯战役中被击败,失败的诱因是战马缺少了一个马蹄钉,强盛的帝国亡于细节。由此,戏剧大师莎士比亚叹息道:"马,马,一马失社稷!"

《北平无战事》以大量的笔墨描摹中国当时的知识精英,剧本毫不吝惜地到处引经据典,以"掉书袋"著称于中国知识界。但是,细节决定成败,这两处致命的错误导致了《北平无战事》知识结构的浅陋和脆弱,一部本来极其优秀的电视连续剧,被"一颗马蹄钉"无情地倾覆,成为大西洋中悲怆的"泰坦尼克"号……

《北平无战事》"无知者无畏"也好,"大意失荆州"也罢,其功败垂成的教训不可谓不深刻。它让我们牢记:小事成就大事,细节成就完美。成功者无论从事什么工作,都绝对不会轻率鲁莽,机会往往隐藏在细节之中,成功的奥秘也都在细微处。当你身边的人不断前行,而你却在原地踏步甚至倒退中频频抱怨"生活是多么不公平"的时候,还是检视你自身是如何处理细节的吧。请仔细品味这句话:"并非我有多高的水平,而是你很多常规的活儿没做到位!"

（作者单位：黑龙江省电力公司）

《鲁滨逊漂流记》

——影响我人生的一本书

徐　静

在喜爱阅读的父母的影响下，我很小便加入了他们的阅读行列。

要说对我人生影响最大的一本书，首推《鲁滨逊漂流记》。第一次阅读《鲁滨逊漂流记》这本书，我只有十几岁，起因是父亲读这本书，我呢，当时只是跟着看热闹。因为很多字还不认识，总是吵着父亲讲给我听。我那时只是感慨，一个人孤独地在荒无人烟的小岛上生活，多没意思。

而后的岁月里，这本书，或是勾着我的好奇心，或是在生活中遇到难题，我总是一遍一遍地阅读它。

耐心细致是一个好习惯

刚参加工作时，我做二次线专业。控制屏里的电缆通向现场的各个部位，一颗线芯接错，都会导致某个执行机构不动作，或者显示屏指示有误差。接线时，成千上万的线芯要按照图纸一根一根核对。刚开始面对这些电缆和线芯，头大如斗，心乱如麻，从何入手呢？太难捋顺了。

　　晚间回到宿舍,我烦恼地翻着自己的小书箱,《鲁滨逊漂流记》映入我的眼帘。随手翻开,是鲁滨逊制作陶器那章。在找到陶土后,鲁滨逊做了无数次实验,一只陶胚因陶土太软没做成,一只陶胚因温度太高而爆裂。摸索了两个多月,他终于做成了两个大瓦器,还有许多小型器皿,这些陶器都是靠日光暴晒而成,所以,不能装流质,也经不起火煮。一次偶然的机会,他发现某个破泥制的器皿被烧得像石头一样硬,于是鲁滨逊开始研究烧陶的火力,最后终于烧成了3个瓦锅、2个瓦罐。

　　这一切,让我深深感悟到耐心细致的重要性。次日上班来到现场,我静下心来,细细研究图纸,思考电缆布线,按端子排捋顺线芯的排序,反复校对线芯的正确性,并告诫自己,要耐心,要细致。几日下来,我抛开烦躁,信心十足,最后圆满地完成了这项工作。

顽强的毅力很重要

　　自1997年起,我便独自带女儿生活。工作的压力、生活的艰辛、数不尽的困苦不言而喻。每当我遇到难以逾越的难题时,鲁滨逊总是出现在我的眼前。在与世隔绝的情况下,他能一个人在远离文明的荒岛上生存下来,在岛上种植大麦和稻子,自制木臼、木杵、筛子,加工面粉、烘焙面包,捕捉并驯养野山羊,建养殖场,做独木舟,建"乡间别墅",等等。

　　这一切,无时不在鼓励着我用积极乐观的心去看待世界,对明天抱有美好的期待与信念,用顽强的毅力创造出精彩的人生。如今,20年过去了,我的人生也完成了华丽的蜕变,女儿已经结婚,定居南方一线城市,有一份她喜欢的稳定工作;我呢,工作顺心、生活惬意,悠哉游哉。

不断地学习带来惊喜

鲁滨逊只身漂流到荒岛之前,除了航海的梦想,基本上什么也不会做。然而,在荒岛上,他要学会解决食物、饮水的基本问题。鲁滨逊偶然翻到一只小布袋,发现里面有一些尘土和谷壳。他顺手把尘土和谷壳抖在岩石下的围墙边。一个月之后,奇迹出现了,地上竟长出了绿色的茎干,原来是大麦和稻子!他非常惊喜,就开始学习种田,并很快成了种田好手。后来他又利用这些粮食磨制面粉、烤制面包,经过多次的试验和失败,他又学会了做奶油和干酪。他不断学习,给自己的生活带来了惊喜。

说实话,从学校毕业后,如果再学新东西,真的很难。然而,鲁滨逊这种学习新知识、新技艺的精神,提示着我,学习是改变人生的一条道路,并能因此提升工作与生活的水准。多年来,我从未放弃对新知识、新技艺的学习。阅读书籍、游览网页、看电视、玩微信、业余时间听公益课,甚至利用参加各种专业培训的机会,增加自己的知识储备,我相信,丰富的知识能填补心灵上的空虚,并能提升自身修养,对我的工作也大有益处。此外,我也注重各类技艺的学习,女红方面学编织毛衣、刺绣、十字绣,烹饪方面学习各类菜肴的做法,烘焙方面学各类蛋糕、面包的烤制。这些不仅给我的生活带来许多乐趣,还让我的生活变得丰富多彩。

冒险的乐趣

冒险,是人人心中都有的梦想;挑战未知,这是人类共同面临的问题。

一次,单位组织人员到一家拓展训练营参加活动,面对着登山攀岩、高架绳网、跳跃抓杆等种种磨炼意志和体能的冒险项目,我心里暗暗地打着算盘:是加入队伍,还是做一个旁观者?此时,脑海里忽然出现鲁滨逊，他可以冒险航海，我就不能体验一下这些刺激的项目吗？于是，我毅然加入训练队伍。

这是一次心理和体能的双重挑战。高高的空中，站在直径只有20厘米的小圆盘上，心在颤，腿在抖，我还是咬着牙，跳向前方的横杆！刹那间，有一种飞翔的感觉，美妙极了。那一瞬间，我的感悟是，没有冒险就没有成功，只有不畏艰险的人，才能享受冒险的乐趣。

人生是一个不断成长的历程。在这个成长的历程中，总有一些人和事，或多或少地影响着我们。在我的人生历程中，书占有重要的位置，那些阅读过的书籍对我的成长产生了启蒙、引导、领悟、指导等深远的影响。不可否认，《鲁滨逊漂流记》直接或间接地决定了我的思考方式、为人处事以及工作态度。这本书告诉我，即便是在荒无人烟的小岛上，即便孤独地一个人生活，也要坚韧不拔，也要乐观向上、自立自救，勇敢地战胜艰难困苦。

（作者单位：牡丹江水力发电总厂）

《解忧杂货店》之让你取暖

段晓蕾

偶然在书店看到了东野圭吾的《解忧杂货店》，了解日本作家东野圭吾是因他的推理名作《嫌疑人 X 的献身》和《白夜行》，这个以精巧细致著称的本格推理天王，文字鲜加雕琢，叙述简练凶狠，情节跌宕诡异，故事架构匪夷所思，擅长从极不合理处写出极合理的故事。所以看到这本书，我理所当然地认为这该也是一部推理小说吧！

回来仔细看了看简介，"不是推理小说，却更扣人心弦"，勾起了我的兴趣，于是我极为罕见地一口气读完了这本小说，掩卷后我陷入了沉思。

僻静的街道有一家杂货店，只要写下烦恼投进卷帘门的投信口，第二天就会在店后的牛奶箱里得到答案。三个刚刚犯事的青年闯入了这个老旧废弃的杂货店，却意外地在店里的瓦楞纸箱中找到了一封带着困惑的求助信，继而打开了一扇连接过去与现在的时光之门。一封又一封的信件不断而来，有因为身患绝症的男友而想要放弃奥运会，徘徊在爱情与梦想之间的女孩；有想要成为音乐家但却一次一次被现实打败，挣扎在音乐梦想与家庭责任之中迷茫的男生；有不知如何决定自己的人生方向的陪酒小姐……多年以前的求助信件一封封地投递入此刻的信箱,由现在的他们来解决过去的困惑和挣扎。

而在同一地点的杂货店,以这种方式为素不相识的人答疑解惑的创始人浪矢爷爷也在一封封地认真解答着不同的人的不同烦恼。那个曾经问出"怎么才能让试卷打满100分"的小孩子,那个陷入第三者纠缠之中意外怀孕的女子,那个因父母负债而被迫放弃自己喜爱的乐队的唱片甚至要背井离乡、浪迹天涯的男孩,面对浪矢爷爷的回信的同时,冥冥之中也注定了他们未来的道路。而书中的各色人物也因这个神奇的杂货店和神奇的信箱联系在了一起,时空交汇,彼时他们是从未谋面的陌生人,而此时他们却被命运之手牵在了一起,温暖了彼此。

"如果能回到过去……"相信每个人都曾经有过这样的幻想,如果能回到过去,面对曾经幼稚、彷徨、不知所措的自己,你会说些什么呢? 改变命运? 改变结果? 甚至改变自己,让自己更完美? 不! 我们能够记得并怀念过去,不仅仅是那些美好,更多的是因为那些缺憾。而此刻与你擦肩而过的陌生人也许曾在过去的某个时刻与你的命运息息相关,正如读者评论的那样:"有时伤害,有时相助,人们总是在不经意的时候与他人的人生紧密相连。"也许正因为未知,未来才如此精彩吧!

书的最后一页,面对一张白纸的信,浪矢这样回复:"如果把来找我咨询的人比喻成迷途的羔羊,通常他们手上都有地图,却没有去看,或者不知道自己目前的位置。你的地图是一张白纸,所以即使想决定目的地,也不知道路在哪里。正因为是一张白纸,才可以随心所欲地描绘地图。一切全在你自己。对你来说,一切都是自由的,在你面前是无限的可能。"不论是过去还是现在,不论是书中还是书外,这是杂货店最后的解答,我想也是对每个人内心的疑惑所做的最好的回答。

完全没有推理和诡计，却依然打动人心，很久没有读到这样温暖的小说了，同时也完全体会到了作者东野圭吾在封面上所写的"站在认识的岔路口，人究竟应该怎么做？我希望读者在掩卷时喃喃自语：我从未读过这样的小说"。牛奶箱中的一个个答案，如手边那瓶每天送到的牛奶，带着香气和热度，温暖着我们的早晨，温暖着我们的人生。

给予你温暖的东西很多，一杯热牛奶、一双手、一首歌、一本书、一个拥抱、一个眼神，或者一封来自《解忧杂货店》的写给自己的信，它们触手可得，只等你发现；它们给你力量，助你前行！

（作者单位：黑龙江省电力公司）

读《红楼》小人物 品人生大智慧

薛 红

四大名著之一《红楼梦》，可谓家喻户晓，尽人皆知。书中人物繁多，性格迥异，个个栩栩如生。其中作者对多个主要人物倾注了大量的笔墨，如描写黛玉思维敏捷、多愁善感，宝钗博学多才、深谙世故，凤姐贪婪凶残、八面玲珑……大量的章节浓墨重彩、深刻地勾勒出不同人物的处事原则和性格特点。

然而，在对关键人物重点描写的同时，曹雪芹这个文学巨匠，对小人物也是精心锤炼，短小的篇幅，使得每一个小人物的所思所想、所作所为一览无余。

先来说说刘姥姥。凭借着和贾府有那么一点点的特殊关系，便得以三进荣国府。说白了，无非是想从大户人家那里捞点好处。但刘姥姥绝非等闲之辈，她深谙世故，能说会道，使尽全身解数逢迎权贵们。贾母摆宴吃酒，鸳鸯与王熙凤故意捉弄刘姥姥，让她作诗不成连喝三大碗酒，弄得刘姥姥当众出丑。当王熙凤和鸳鸯向刘姥姥道歉时，她却说："姑娘说哪里话，咱们哄着老太太开心，有什么恼的！你先嘱咐我，我就明白了，不过大家取笑儿。我要恼，也就不说了。"一个农村老太太，如果没有一点胸襟、一点城府，是很难做到如此大度的。由此感叹，人活一世，有太多的不得已,如果事事计较,恐怕很多事情会不如意。没有办法改变现实,只能改变自己,想得开、看得开、做得对,才能混得好。所谓"揣着明白装糊涂",正是为人处事的最高境界。试问,刘姥姥尚且能够修炼至此,难道我们还不如一个农村老太太?

再来说第二个人物——袭人。作为宝玉房里四个大丫鬟之首,袭人早已得到了王夫人的认可。但袭人却并没有因此骄傲自满,当管葡萄的老祝妈让袭人"摘个果子尝尝"时,袭人正色道:"这哪里使得,不但没熟吃不得,就是熟了,上头还没有供鲜,咱们倒先吃了。你是府里使老了的,难道连这个规矩都不懂了。"不但没有摘果子,袭人还将老祝妈狠狠地批评教育了一番,搞得老祝妈羞于礼节,哑口无言。可见,袭人得到贾母和王夫人的认可并非偶然,是她懂礼数、知规矩的结果,她能够摆正自己的位置,知道哪些事情该做,哪些事情不该做,这一点难能可贵。她为我们树立了一个榜样,一个单位也好,一个群体也罢,要想打开局面,必须要知行规,讲秩序,摆正位置,这样才能左右逢源,得心应手。达尔文的"适者生存"论,适用于任何阶层、任何时代。

再来说一说丫鬟红玉。虽只是大观园里的一个四等丫鬟,红玉却一门心思悦主向上,从不服输认命。在等级森严的封建制度下,红玉根本没有机会接触到上层人物。可巧有一次,凤姐没带使唤丫头,站在山坡上招手叫人,红玉立马弃了众人,跑至凤姐跟前,堆着笑问:"奶奶使作什么事?"凤姐笑道:"我的丫头今儿没跟我进来。我这会子想起一件事来,要使唤个人出去,不知道你能干不能干,能说得齐全不齐全?"红玉笑道:"奶奶有什么话,只管吩咐我说去,若说的不齐全,误了奶奶的事,凭奶奶责罚就是了。"事实证明,红玉凭着自己的办事能力,得到了主子的青睐,成了凤姐身边的人。机会总会出现,但也会转瞬即逝,机会来了,快速出手抓住,这本身就是一种素质和本领。有句话说得好,"机会总是留给有准备的人"，只有将内功修炼好了，一旦机会来临，快速出手，必有回报。

雪雁的故事更值得世人借鉴。黛玉从苏州老家带来的小丫鬟雪雁，在偌大的贾府，谈不上任何地位。但雪雁冰雪聪明，懂得明哲保身。赵姨娘为其兄弟送殡，赵姨娘又怕弄脏了自己的衣服，于是向雪雁借衣。雪雁拒绝道："我的衣服都是林姑娘叫紫娟姐姐收着，去取不是不可以，但是要请示紫娟姐姐，还要告诉林姑娘。我自己倒不怕麻烦，但是一来林姑娘卧病在床不敢以这些小事打扰，二来更担心来来回回反而耽误了您的事情！"雪雁婉拒了赵姨娘，却又让对方无话可说，这种做法着实值得我们称赞。生活中我们有太多的不好意思，有太多的不能拒绝，到头来麻烦的是自己，遭罪的是自己。行走世间，懂得拒绝真的是一件很重要的事情，该拒绝时就拒绝，而且拒绝得有理有据，还能取得对方的理解，这不能不说是一门学问。

《红楼梦》里的小人物还有很多，这些小人物尽管出身卑微、社会地位低下，但并没有影响他们对美好生活的追求。他们每一个人在自己的位置上，小心翼翼地生活，倾尽全力追求着自己想要的幸福。他们虽处于社会的最底层，只是微不足道的一分子，但却从没有停止过思索和挣扎，从未屈服于命运。在深深感叹的同时，我们也被他们积极向上的生活态度所钦佩，所折服。我们要学习借鉴他们为人处事的原则，更要增添一分自励自醒，以及积极向上的信心和勇气。这，或者正是曹公著此书的目的之一。

让我们继续细研深读《红楼梦》，更深层次地品味文学巨匠留给我们的宝贵财富吧！

(作者单位：宝泉岭电业局)

活好生命中的每一天

——读余华《活着》有感

杜伟华

从小到大,读过很多种书,包括散文、诗歌、传记、小说等等,不同的书在人生的不同阶段给了我不同的生命感悟和生活启迪。细数最影响我人生观、价值观的好书,当属余华的小说《活着》。

这本从同事手中借来的书,起初我只是对书名充满好奇而已,然而随着翻开书页,一行行读下去,从作者极其平实、近乎冷漠的故事讲述中,我却读到了以前从未有过的强烈触动和震撼,那是一种直击内心的声声叩问,一种关于生命本身意义的重新审视与思考。书中的主人公福贵是一个出生在中国旧社会的地主少爷,他悲惨苦难的人生遭遇,让我几度哽咽,泪湿眼眶,几次因为陷在悲痛的情绪中难以自拔,索性想扔下它不再去读,却几次被福贵、家珍以及他们的女儿凤霞、儿子有庆这一家人坎坷多舛的命运揪着心欲罢不能地读下去,直到心情沉重、含着泪水读完整本书,心中久久难以释怀。

读完这本书很久,我的脑海里仍时时浮现着书中的一幕幕情景:少爷福贵在给母亲求医的途中被国民党抓去当壮丁,在战场上死里逃生,被解放军解救才捡回了一条命。新中国成立后,田宅被霸占的福贵成为贫农,和家人相依为命,却拥有了最宝贵的亲情。福贵的妻子家珍是典型的旧式中国妇女,善良贤慧、任劳任怨,无论日子过得穷富,她都坚守着丈夫、老人和孩子。在挨饿的年代她从父亲那要来一点小米藏在胸口拿回来给一家人煮粥喝,她得了病走不动路,就让福贵把她背到地里去干活。福贵的儿子有庆饿得只剩一身皮包骨头,却舍不得吃自己亲手喂养的两头小羊,为了不磨坏鞋底,有庆每天中午放学光脚跑回来割草,就是这样一个善良苦命的孩子,命运却不肯垂怜,因为医生一次不负责任的过量抽血,生生夺去了有庆年幼的生命。福贵的女儿凤霞也是个苦命的孩子,6 岁的一场高烧让她变成了聋哑人,从此在静静的世界里卖力干活。她小小年纪就孝顺懂事,每天帮母亲干活,因为家里养不起被送人,她却连夜跑回家,再苦再难也要和家人在一起。吃苦耐劳的凤霞长大后找了个老实本分的男人结婚,本以为会过上幸福的生活,却不想因难产大出血死在了医院。

主人公福贵没有像他的名字一样大富大贵,相反,却一生穷困潦倒,苦难深重。发生在福贵身上的悲剧让人唏嘘哀叹、深深同情,父母、儿子、妻子、女儿、女婿、外孙,身边的亲人一个接一个因病、因意外相继死去,最终只剩下孤苦无依的福贵和一头也叫福贵的老牛相依做伴。悲剧的接踵而至,让人无法喘息。在外人看来,也许福贵的一生是磨难中苦熬的一生,可在福贵自己看来,也许并非如此。我们说他麻木地活着也好,说他乐观地活着也罢;说他挣扎地活着也好,说他坦然地活着也罢,总之福贵以他自己的方式经历着活着的人生苦难,哪怕生命里难得的温情被一次次的死亡撕得粉碎,他始终坚强地忍受、平静地活着。

"人是为了活着本身而活着,而不是为了活着之外的任何事物而活着。""活着的力量不是来自于呐喊,也不是来自于进攻,而是忍受,去忍受生命赋予人们的责任。"一遍又一遍咀嚼着余华的这些文字，深深思索着活着的意义究竟是什么。我们每个来到这个世界的人为什么而活？为谁活着？怎样才能活好生命中的每一天？感叹着福贵生活的那个动荡艰辛的年代，遭遇的难以忍受的困苦磨难，我心中蓦然被一束"感恩"的阳光所照亮。相比之下，我们生活的年代多么幸福美好，国泰民安、生活富足，不用为吃穿发愁，不用为生计奔波，家人健在、身体安康、和乐团圆，我们有什么理由不珍惜生命赋予的美好，生活给予的亲情、爱情和友情呢？因为没有什么比活着更好的事了。

实实在在、认认真真地活着，活好生命中的每一天，这是生命赋予每个人的责任和使命，也是生命本应有的尊严和神圣。为了自己，为了亲人，为了爱我们、关心我们的每个人活着，为了更加美好的明天、更加幸福的未来好好活着。人这一生难免遭遇一些波折和不顺，和福贵经历的巨大人生苦难相比，我们的工作、生活中偶尔遇到的小挫折、小失意，算得了什么呢？福贵经历了从少爷到贫农的穷苦潦倒、亲人相继离去的巨大悲痛，尚能乐观积极、平静无争地活着，我们在谈不上悲痛的小困难、小失败面前，有什么理由不重新振作、乐观自信地活着呢？

活着其实更是一种人生态度，不因失败而萎靡，不因过错而菲薄，不因眼前的疾风暴雨而看不到明天的阳光，不因雾隐楼台而迷失人生的方向。活着就要痛痛快快、坦坦荡荡地活着，就要勤勤恳恳、实实在在地活着，活出生命的质量和精彩，活出生活的品味和价值，因为活着远不止这些，就像小说结尾说的那样："我看到广阔的土地袒露着结实的胸膛，那是召唤的姿态，就像女人召唤着她们的儿女，土地召唤着黑夜来临。"黑夜不可怕，总会迎来黎明。

（作者单位：牡丹江水力发电总厂）

神州自此名扬四海

——央视热播连续剧《大秦帝国·纵横》漫谈

张兴华

　　气势恢宏,惊心动魄。合纵连横,波谲云诡! 这是我的至深感触。

　　话说姬周王朝到了幽王时代,此公独宠褒姒,为博美人一笑,不惜烽火戏诸侯,导致塞外犬戎蜂拥而入,大破国都镐京(长安)。其子平王无奈,只得迁都洛邑(洛阳),自此东周伊始。

　　本来嘛,开国之际,周公定礼,国势昌盛,天子获得极大尊重。谁想,经周幽王这么一折腾,朝廷式微,诸侯再也不把王室放在眼里。于是,齐桓公、晋文公、宋襄公、秦穆公、楚庄王等"春秋五霸"纷纷逐鹿中原,把偌大的"礼仪之邦"闹了个乌烟瘴气! 也有史家认为,"春秋五霸"是齐桓公、晋文公、秦穆公、楚庄王、吴王阖闾,或是齐桓公、晋文公、秦穆公、吴王阖闾、越王勾践,再不就是齐桓公、晋文公、秦穆公、宋襄公、吴王夫差。"春秋八霸"也好,"春秋诸霸"也罢,总之,东周称霸的诸侯特别多。历史上这么评说:"春秋无义战!"

嬴驷：站在巨人肩上

按照周制，天子为王，诸侯分为公、侯、伯、子、男五等爵位。而南方的吴、越、楚竟敢称王，与天子比肩，真是大逆不道！这还没完，数十个封国经春秋时代兼并战争，最后只剩下齐、楚、燕、韩、赵、魏、秦了，史称"战国七雄"。

诸侯纷纷称王，这可急坏了胸怀大志的秦孝公。他任用商鞅力推变法，在秦国率先废除了奴隶制——秦国在当年秦穆公的基础上更加强大了。商鞅自恃变法有功，日渐骄狂，一人之下，万人之上，得罪了以太子驷为首的少壮派。嬴驷一经即位，并成为秦国有史以来第一个王——惠文王的同时，立即冷酷无情地"车裂"了商鞅。请记住，"战国七雄"的国君，此时可都是"王"了，众叛亲离的东周天子在洛阳成了真正的孤家寡人。

秦惠文王嬴驷雄才大略、志向高远，突出表现是从谏如流、知人善任。在商鞅变法的基础上，嬴驷任用了张仪、白起等一大批才华横溢的文臣武将，采用相国张仪的"连横"之策（下文单述），和他的两个继承者一道，把秦国的地位推向了极致。

嬴驷堪称优秀的父亲，以因材施教、循循善诱的方式培养了两个极其出色的儿子。嬴荡（其母为魏女魏纾，宅心仁厚的秦惠太后）即位后为秦武烈王，擅长带兵，开疆拓土，武威八方，强秦益强。可惜好勇斗狠，在位不几年，竟然为显示"神力"举东周九鼎脉绝而死。嬴稷（其母为楚女芈八子，目光远大的秦宣太后）即位后为秦昭襄王，就是后世著名的秦昭王。他以白起为将，长平之战击败"纸上谈兵"的赵括，赵军全军覆没，赵国从此一蹶不振。秦昭王乘胜前进，一举灭掉了东周王室，把"西帝"的贵号扛在了肩头。

张仪:连横各个击破

《大秦帝国·纵横》的精彩桥段就是张仪、公孙衍两个同乡斗法,并以张仪之"连横"战胜公孙衍之"合纵"收官。其实,公孙衍只是"合纵"的首创者,苏秦后来居上,把"合纵"推到了顶峰。战国时代,"苏秦之口""张仪之舌",激辩天下第一。

苏秦、张仪是两位杰出的纵横家,却怀揣迥异的理想。张仪力主"连横",被秦惠文王嬴驷拜为秦相。他以三寸不烂之舌逼迫魏惠王献十五城于秦,成功瓦解强大的"齐楚联盟",夺取"南霸天"楚国的汉中等地,以"反间计"逼楚王放逐屈原,率秦军攻灭蜀、苴、巴三国——战功赫赫,获封武信君。苏秦起初怀才不遇,连妻子都青白眼相加,使他无地自容。继而,他刻苦攻读,不惜以锥刺股,终挂齐、楚、燕、韩、赵、魏六国相印,与强秦抗衡,成为著名的"纵约长",并被赵王封为武安君,挥洒一代风流。

"合纵""连横"缠斗,不仅公孙衍,苏秦依然是失败者,苏秦还遭遇了"东帝"齐国的"车裂"之刑。张仪则在斩获一连串成功,回到家乡魏国再任一年多相国之后含笑九泉。

屈原:孤愤无力回天

"连横""合纵"的牺牲品之一就是屈原,也从另一方面成就了屈原。

屈原实际姓"芈","屈"为其氏。此话怎讲? 原来,楚国国君是颛顼的后代,以其母族"芈"为姓。周初,芈熊绎被周天子封为楚国国君(当时只是子爵)。春秋时代,楚武王封其子瑕于屈邑,瑕的子孙便以"屈"为氏了。屈原即瑕的后人,在《离骚》开篇,有"帝高阳之苗裔兮,朕皇考曰伯庸"句,这高阳氏就是颛顼。秦汉以后,我国姓、氏合一。

担任楚怀王左徒(令尹的辅佐者)的屈原,力主联合齐、魏、赵抗秦,受到楚贵族子兰、楚怀王近臣靳尚和宠妃郑袖的嫉妒和谗毁,又中张仪"反间计",被放逐江南。在"西帝"秦昭王统率的秦军攻破楚都郢城之后,屈原"长太息以掩涕兮",于五月初五投汨罗江殉国。

屈原留下了"端午节"这一历史文化遗产,他是伟大的爱国诗人。

嬴政:傲视三皇五帝

到了秦王嬴政即位之时,秦国已经无比强大了。他继续采用"连横"之策,远交近攻,各个击破,首尾十年,摧枯拉朽,一举吞并六国,建立了中国历史上第一个统一的中央集权的封建国家。

嬴政截取"三皇五帝"中的"皇帝"二字,称"始皇帝"。他在全国建立郡县制,统一法律、货币、度量衡,重农桑,书同文,车同轨,行同伦,击匈奴,破百越,筑长城……奠定了中国两千多年封建王朝的基本格局。"百代犹得秦政法",秦始皇被史家盛赞为"千古一帝"。

遥想当年,秦王的祖先不过是周天子的"弼马温"!那个身份卑微的嬴非子为周孝王放牧马群有功,才获封于秦地。直到秦襄公护送周平王东迁洛阳有功,秦才被周天子正式承认为诸侯国(伯爵)。相反,六国国君哪个不是帝王贵胄?这可真应了陈胜的那句话:"王侯将相宁有种乎?"

再多说一句,自东周被秦灭掉到嬴政统一中国这段时间,"战国七雄"尚在,历史却无法纪年了。怎么办?聪明的史家便把灭周次年的秦昭王五十二年到天下一统之间的时段,以秦王纪年,完成统一后以始皇帝、秦二世纪年。两者叠加,史称"大秦帝国"。

余韵:国名流芳百世

我们称祖国为"中国",西方称中国为"China",无论音译还是意译,风马牛不相及呀! 就这么有趣,"中国"是我们的自称,在西方人眼中,中国虽然经历了那么多朝代,但名字从未更改,那就是"秦"!

奇妙吧? 古埃及、古巴比伦、古印度和古中国是世界四大文明古国,古印度孔雀王朝和古中国大秦王朝基本同期。古印度梵文称我国为"脂尼"(Chini)或"支那"(Cina),源于对"秦"(Chin,Cin)的音译。后来,阿拉伯人不仅把古印度人创造的"阿拉伯数字"带到了欧洲,同时,也将梵文对中国的称谓传到了欧洲,成为盛行于拉丁文中的"Sina"。由此可知,"新浪网"的含义,是从拉丁文中取的"中国"之意。英格兰人从拉丁文里翻译了中国名称,演变成"China"。到了近代,"大英帝国"号称"日不落帝国",英语一跃成为世界性语言,"China"就在全球被认同了。

大秦帝国对人类的贡献,可以说是世界性的。

(作者单位:黑龙江省电力公司)

读书，涵养好家风

——有感于《阅读与家风》

刘镜珍

　　《阅读与家风》，整本书图文并茂、通俗易懂，读后感觉这是一本实用的家庭工具书。

　　《阅读与家风》为我们提供了有效的阅读方法，帮助我们提高学习能力。我国文化历来重视家风的培育，强调制定和传承家规、家训、家约、家礼等伦理道德方面的劝谕和规范。作者是一位成功的女性，她在书中引用的经典历史故事与现实生活有机结合，也增强了可读性。

　　最美的家风是阅读。书可医愚，可启智。近代治家最为成功的当属清代名臣曾国藩，"好读书"让他位极人臣，"半耕半读，勤俭持家"的家风也让他的后代摆脱了"富不过三代"的铁律。读书，是一项好家风，可广见闻，可增知识，可与圣贤对话，可通古今大道。著名作家梁晓声曾说过："最好的家风，一定是有阅读传统的家风。一个家庭里面，如果人人都喜欢看书，喜欢思考，那么，善良、诚信、孝顺等等，这些良好品质也会自然而然地出现在他们的下一代身上。"

　　《阅读与家风》是我们的"良师益友",让更多的人将这本书里的学问运用到日常生活中,有着重要的指导意义。家风建设是润物无声的长期教化,它不仅包含着品德涵养、待人接物,还应该包括知识储备。如果说数千年来的一部中国阅读史是一部中华文化成长史,那么家风建设则关乎中华民族未来能够企及的高度。如果说父母的言传身教决定着家风建设的"定量",子女通过父母的言行可以学会待人接物,培养涵养、品德,增长智慧,那么阅读则是家风建设的"变量"。一个爱读书的家庭,子女能够获得的知识和智慧更是充满了无限可能。

　　2016 年 4 月,国家新闻出版广电总局举办了第二届全国"书香之家"评选活动,共有 959 个家庭入选。其中之一是个普通的乡村中学教师之家,虽然家庭经济状况并不宽裕,但这个乡村教师爱好阅读,业余喜欢写作,家里藏着万卷书,家中的男女老少也都爱看书。令人欣喜的是,在近 10 年中,共有十多个子侄考上了大学本科和研究生,有两人考上公务员,六人当上教师,两人成为省级刊物的评论编辑,他的家庭在当地被传为佳话。

　　在《阅读与家风》这本书中,作者王红旗会告诉我们应如何重视家风,以及阅读与家风的重要关系。书中将成功的故事及相关方法串联在一起,传输了注重家风的方式方法。古语云:"至乐无如读书,至要无如教子。"能把人生至乐与至要完美融合的,莫过于让阅读走进每个家庭,成为家风建设重要的一环。

　　2013 年,习总书记就提出建设良好家风,提倡全民阅读,建设书香社会。2016 年,总书记再次强调"要把家风建设摆在重要位置"。党的十八大以来,习近平总书记在不同场合多次谈到要"注重家庭、注重家教、注重家风",强调"家庭的前途命运同国家和民族的前途命运紧密相连"。总书记的讲话,把开展家庭家教和家风工作提升到了促进社会发展、民族进步、社会和谐的高度。中华民族自古以来就重视家庭、重视亲情。发扬中华民族传统家庭美德，促进家庭和睦，促进下一代健康成长，促进老年人老有所养，使千千万万个家庭成为国家发展、民族进步、社会和谐的重要基点。家风是一个家庭最宝贵的精神财富。培树好家风，代代相传，福泽子孙后代。

优良家风传统的传承和培育，既是国家社会的责任，也是家庭和个人的使命。有什么样的家风，往往就有什么样的世界观、人生观和价值观。重建家风，必须重建家庭观念，将家庭置于重要的角色定位。父母是孩子的第一任老师，家庭是孩子的第一课堂。每个人童年的熏陶往往重于长大之后，从生活中、从家庭中得到的体悟，重过从课本上所读到的东西。这些东西集合起来，就成为风气共识，成为村规民俗，成为一个地区、一个群体的文化素质。由此可见，建设和谐幸福的家庭，重在培树与传承好家风。

家风是国风的根基，家风正则国风清。倡导全民阅读，养成读书的习惯，不仅是一项全民的事业，也是一家一户的事业，更是我们每一个公民应切实肩负起的历史责任。让阅读走进家庭，让家长成为孩子阅读的榜样，让众多的人、更多的家庭为实现这一目标营造良好的氛围，让古今中外浩瀚无边的书籍典故丰润每一个家庭，提升每个个体的品性修养，成全每个家庭的和谐美满，一个又一个热爱阅读的家庭，就能造就一个美好的社会。

《阅读与家风》这本书涵盖了家风的精髓与阅读的核心内容，有知识、有见解，更有人生心得。我想，读懂这本书，让更多的人了解"阅读与家风"的重要意义并凝聚力量朝着预定的目标而努力，这应是作者的本意。

让我们在品味书香的旅程中涵养好家风，传承家庭美德，用阅读来传递良好的家风家教，带动更多家庭养成阅读的习惯。当全民阅读成为一种自觉的习惯后，人人读好书、好读书就成为一种新风尚，我们便能从书籍中寻求到真正的智慧和力量，从而有效助推中华大家庭的圆梦之旅！

（作者单位：牡丹江水力发电总厂）

让朗读融入生命

——观看央视《朗读者》有感

杜伟华

中央电视台近期播出的由著名主持人董卿首次担任制作人的大型文艺节目《朗读者》自播出以来，受到全国电视观众的强烈好评，甚至被网友首次评为"零差评"节目。它的关注度和喜爱度也再次触动很多国人心中的读书情结和文学情愫，重拾朗读，重温经典，让朗读融入生命，变得诗意而美好。

在当今浮躁的社会舆论环境下，各种综艺节目品质良莠不齐、泥沙俱下，《朗读者》在综艺节目中独树一帜、独辟蹊径，宛如一股山间清流，荡涤心灵的浮尘，滋润贫瘠的心田，为传承、弘扬中外优秀文化，开启全民阅读新模式注入了全新理念和文化清泉。

"总有一段文字，影响生命的成长；总有一个人在生命中，留下抹不去的痕迹。"伴随主持人董卿充满磁性的解说，《朗读者》以书海浩瀚的画面、书香弥漫的气息进入观众视野，邀请各个领域具有影响力的嘉宾来到现场，分享自己的人生故事，并倾情朗读精心挑选的诗词美文。节目以个人成长、情感体验、背景故事与传世文章佳作相结合的方式，用最平实的情感读出文字背后的生命价值和深意,展现有血有肉的真实人物情感,呈现出生命之美、文学之美和情感之美交相辉映的时代风采。

尽管每期的节目主题不同,从"遇见"到"陪伴",再到"选择",人物不同、经历不同、情感不同,但都是朗读者热爱生命、感恩生活,将读书与生命渐渐融合,相得益彰、感悟提升的过程。开篇中,主持人董卿深情讲述美丽的"遇见":"蒹葭苍苍,白露为霜,所谓伊人,在水一方。"这是《诗经》中撩动心弦的遇见。"遇见你之前,我没想过要结婚;遇见你之后,我结婚没有想过和别的人。"这是钱钟书和杨绛先生决定一生的遇见。这样美丽、美好的人生遇见,我们每个普通人似乎也都有着似曾相识的感觉,因为有了悠悠诗词之美、洋洋文字之美,才被定格成永恒的誓言和明亮的记忆,令人情丝缭绕,心中温暖,回味无穷。当著名演员、预防艾滋病形象大使濮存昕讲述小时候的故事,感恩遇见治好自己腿疾的医生,深情朗读老舍的散文《宗月大师》;当无国界女医生蒋励讲述在阿富汗的救援遇见,为3 000多个产妇接生的故事,朗读充满人道主义精神的《答案在风中飘落》;当联想创始人柳传志聊起人生首次失败的经历,感恩平凡家庭生活中的遇见,朗读他在儿子婚礼上的《写给儿子的信》;当一对相濡以沫20多年的夫妻携手深情朗读《朱生豪情书》,感恩生命中美丽甜蜜的爱情遇见;当著名翻译家、96岁高龄的许渊冲讲述因为翻译林徽因的小诗,与翻译界初次遇见,他的学生用中、英、法文现场朗读他曾翻译过的中国诗词经典和外国文学名著……一个个充满传奇色彩的真实人物,面对观众深情讲述生命中或感恩,或仁慈,或青涩,或甜蜜的遇见,并用一段段经典优美的诗词文章,再一次诠释了生命真挚热烈、厚重沉甸的丰富内涵,带给观众深深的感动和久久的思索。

无疑,《朗读者》通过可听可感的故事、细腻深刻的文字,拉近了普通民众与读书的距离。过去人们普遍认为,朗读是学生该做的事，或者只属于少数文化人的自娱自乐。据不完全统计，中国每年人均阅读量不足 5 本，远远少于法国 20 本、美国 50 本、俄罗斯 55 本的年人均阅读量。与近年来中国经济快速发展、居世界前列相矛盾的是，中国的国民素质普遍不高。"书籍是人类进步的阶梯。"提升国民素质、提升文化修养，应该从最基本的阅读做起，让读书成为大众的一种生活常态、一种必不可少的精神食粮。

林语堂说，读书使人得到一种优雅和风味。坐看云卷云舒，静听花开花落。在文字里感受生命的韵律，在书籍里品味生活的曼妙，谁说阅读不是一种简单的美好呢？正如董卿在谈到开创《朗读者》初衷时说的那样，"在这个世界上，没有什么比文字的力量更动人的了！"生命不在于你活了多少日子，而在于你记住了多少日子。就让我们走近书籍，亲近阅读，爱上朗读，多读书，读好书，在无声胜有声的文字世界中体会生命的真义。

（作者单位：牡丹江水力发电总厂）

浅议格局

刘文彬

当今,"格局"是个热词。褒亦"格局",贬亦"格局";成亦"格局",败亦"格局";是亦"格局",非亦"格局";文亦"格局",武亦"格局";雅亦"格局",俗亦"格局";男亦"格局",女亦"格局";官亦"格局",商亦"格局";老亦"格局",少亦"格局";喜亦"格局",悲亦"格局";赢亦"格局",输亦"格局";生亦"格局",死亦"格局"。对"格局"的诠释,可谓仁者见仁,智者见智。本人不才,刍议点滴,一吐为快,聊以慰藉。

"格局"一词最早见于宋代蔡绦《铁围山丛谈》卷三:"而后操术者人人争谈格局之高,推富贵之由,徒足发贤者之一笑耳。"此后,《金瓶梅词话》第二九回:"审格局,决一世之荣枯;观气色,定行年之休咎。"这两处的"格局",都指定格与合局。

清代黄宗羲《明夷待访录·奄宦上》:"汉、唐、宋之奄宦,乘人主之昏而后可以得志;有明则格局已定,牵挽相杂。"老舍《骆驼祥子》:"他已经很大很高,虽然肢体还没被年月铸成一定的格局,可是已经像个成人了。"这两处的"格局"谓结构和格式。

当代著名楹联艺术家、诗人、书法家、学者、思想文化建设者陈志岁《江南靖士诗稿·示女与婿》诗:"预成四计儿须会,吾老痛心书读迟。汝辈生资高过我,希开格局在新时。"此处的"格局"指境地。

"格局",百度解释:格是对认知范围内事物认知的程度,局是指认知范围内所做事情以及事情的结果,合起来称之为格局。不同的人,对事物的认知范围不一样,所以说不同的人,格局不一样。《现代汉语词典》解释为结构和格式。哲学解释为世界观→人生观→价值观→思想→行为→习惯→性格→命运。其他解释:格,就是指人格;局,就是指气度、胸怀。

百度词条注明,个人的格局和以下因素有关系:胆量、智慧、使命感、见识、爱心、责任心、眼光。

我认为,人生"大格局"要有以下元素:

明是、明非、明理;

求本、求真、求实;

知礼、知耻、知足;

敢做、敢为、敢当;

担责、担过、担咎;

吃苦、吃亏、吃气;

爱己、爱人、爱物;

不媚、不骄、不俗;

感谢、感激、感恩;

豁达、通达、畅达;

包容、宽容、从容;

淡然、傲然、超然……

讲"格局",要"情""智"兼顾,"表""里"如一,不以物喜,不以己悲,去留无意,宠辱不惊,以人气、人格、人品造就人生"大格局"……

(作者单位:大庆供电公司)

戮力同心奔小康　携手共圆中国梦

——观《厉害了，我的国》有感

孟繁勇

伴着五星红旗的飘扬和雄劲铿锵的乐声，我们随着《厉害了，我的国》一起回眸十八大以来伟大祖国走过的不平凡之路！从银蛇般蜿蜒于蓝色海面的珠港澳大桥，到白色子弹头似的迅疾穿越四季风光的京广高铁；从阡陌纵横、四通八达的道路，到"飞入寻常百姓家"的全覆盖信息网络；从低矮贫瘠的山区小屋，到宽敞舒适让贫困户搬得出、稳得住的拆迁新区……中国桥、中国路、中国车、中国网乃至中国人的日常生活正在发生着日新月异的变化！而这背后显示的正是在创新、协调、绿色、开放和共享的新发展理念下，我们党带领全国人民五年来砥砺奋进创造历程的缩影和成就展示！中国梦如春雨润物，再回首华夏旧貌换新颜！

很少有一部纪录片会引起全国广泛的热议和反响，时下纪录片《厉害了，我的国》就是观影热潮席卷全国这样一部影片。和同事走出影院的那一刻，互相交流那一刻的感想，千言万语竟然也只能汇成异口同声的一句话——"厉害了！我的国！"

厉害了，我的国！这看似亲昵调侃的一句问候里，蕴藏的是传承修身齐家治国平天下的中国人今天昂首走在新征程上自信的微笑,是中国走近世界舞台中央,呼吁共建人类命运共同体的责任和担当,是走进中国特色社会主义新时代的满腹豪情!

人民有信仰,国家有力量!脸色黎黑的小男孩对着镜头认真地说:"我的梦想是长大当一名宇航员!"没有人对这句童言产生怀疑,君不见坝上人用三代人的坚守筑起了世界上最大的人工林!昔日广阔寂寥的宁夏黄土地变成了硕果累累的葡萄园,国网人以高空凌波微步的身姿架起了世界第一的特高压电网国际走廊……小梦想像星光,大梦想像太阳!我幸运,我生在中国!我自豪,我是一名新时代的电力工作者!

家兴旺,国富强!同心同行奔小康!这是汇聚了无数中国人家国梦想的中国梦!它呼唤着新时代你我每一个热血儿女的戮力同心、携手同行!

(作者单位:九三电业局)

横看成岭侧成峰

——由电视连续剧《芈月传》说开去

张兴华

"横看成岭侧成峰,远近高低各不同。不识庐山真面目,只缘身在此山中。"这是笔者对电视连续剧《芈月传》的初步印象。如果说其当年的姊妹篇《甄嬛传》尚"闪耀着人性的光辉"的话,那么,现今的《芈月传》则让人"如堕五里雾中",颇有光怪陆离、莫名其妙之感!

且听我说——

无辜的春申君

众所周知,楚国的春申君黄歇是与齐国的孟尝君田文、赵国的平原君赵胜、魏国的信陵君魏无忌齐名的"战国四公子"之一。《芈月传》把他生拉硬拽成芈月的初恋情人,这么说吧,这编剧的胆子可真是够大的!

史家一般认为,黄歇(公元前314年—公元前238年)的成就在"战国四公子"中属于末位,但是,无心插柳柳成荫,他在中国历史上的最大功绩则是开埠上海。当年,楚考烈王熊完任命黄歇为楚国令尹(宰相),册封为春申君,采邑于"申",其辖区囊括当今上海全境。"申"地在春秋时代隶属吴国,战国时期先被越国占领,而后归于强大的楚国。到达封地后,黄歇勤于地方政事,疏浚过境大江,率众大兴水利,积极改造田亩——这条江就被称为"黄歇浦"或"春申江",也就是现在的黄浦江。上海简称为"申",即来源于春申君黄歇。至今,长江三角洲一带的人民对黄歇都怀有一种质朴的感念和膜拜之情。

回到《芈月传》。话说芈月成为秦宣太后时,其子秦昭襄王嬴稷已然19岁了。公元前265年,宣太后逝世。以宣太后主政秦国41年计,其最少活到了75岁。春申君黄歇是在宣太后去世后3年,即公元前262年成为楚相的,20多岁的年龄差,说宣太后是黄歇母亲一辈还差不多!这个账小学生都会算哦。乱点鸳鸯谱!

另外,《芈月传》剧中,爱国诗人屈原在朝堂向楚威王慷慨陈词,也颇为搞笑。屈原生于公元前340年,楚威王卒于公元前329年,也就是说,楚威王离世时,屈原才11岁!太过穿越了吧。后面的剧情里,屈原还要当芈月和黄歇的授课恩师!荒唐!也是,把楚国不同时代的几个名人堆砌在一起,也算是"艺术加工"了。

倒是有一点,在历史上,春申君黄歇和楚辞泰斗屈原的命运相同,都是遭遇奸佞构陷——黄歇惨遭李园所派刺客暗杀,屈原则在被放逐后投汨罗江而"魂归离恨天"!

神秘的"芈"姓

"芈"是古老而神秘的华夏"祝融八姓"之一,荆楚之国的王姓。相传楚国国君是颛顼的后代,本以其母族"芈"为姓。充满智慧的芈鬻熊曾为周文王师,受封于"祝融之墟"。当时,周天子以下,男子称氏不称姓,"氏以别贵贱"。因"祝融之墟"又被称为"有熊之墟",所以鬻熊就以其名字和封地为"氏"。此后,鬻熊以降的楚国国君便由"芈"改成了"熊",其后,鬻熊的曾孙熊绎被周成王封为楚国国君。故此,楚国君主为"芈姓熊氏"。

芈姓熊氏之外,楚国宗室有"屈、景、昭三大氏"。伟大的爱国诗人屈原本姓"芈","屈"为其氏。春秋时代,楚武王封其子瑕于屈邑,瑕的子孙便以"屈"为氏了。屈原即瑕的后人,在《离骚》开篇,有"帝高阳之苗裔兮,朕皇考曰伯庸"句,这高阳氏就是颛顼。因此,屈原为芈姓屈氏。同理,与屈原齐名的诗人景差为芈姓景氏;昭奚恤、昭鱼、昭雎、昭阳为芈姓昭氏;楚国名将项燕、武信君项梁、"西楚霸王"项羽为芈姓项氏;伍奢、伍尚、伍员(子胥)为芈姓伍氏;楚国贵族后裔、号称"杀神"的秦将白起为芈姓白氏。以上"芈"姓传人,在中国历史上谱写了诸多荡气回肠的传奇!由"芈"姓衍生出来的"氏"还有查氏、叶氏等。秦汉以后,我国姓、氏合一,统称姓氏。

"西帝"的母亲

芈月之所以名垂青史,其最大的成就在于和嬴驷一道,造就了人中之龙凤——秦昭襄王嬴稷。

秦国后宫分八个等级:皇后、夫人、美人、良人、八子、七子、长使、少使。芈月入秦宫后封"八子"。芈八子出生于楚国贵族家庭,并非楚王的女儿。其母改嫁他人,于是,芈月有了两个弟弟,一个是同母异父的魏冉,即司马迁《史记·穰侯列传》中的穰侯;另一个是同父的芈戎,获封华阳君。这两个弟弟战功卓著,都是芈月的强力拥趸。他们帮助芈月母子长期主政秦国,形成亲党专政的格局,打破了秦国一直以来重用客卿的惯例。穰侯魏冉、华阳君芈戎,与高陵君嬴市、泾阳君嬴悝并称秦国"四贵",芈、嬴两姓共同主宰秦国。

史书记载,秦国有史以来第一个称王的君主——惠文王嬴驷,有两个出色的儿子。其一为嬴荡(母为魏女魏纾,宅心仁厚的秦惠太后,并非《芈月传》杜撰的芈姝),即位后为秦武王,擅长带兵,开疆拓土,武威八方,强秦益强。可惜好勇斗狠,在位不几年,竟然为显示"神力"举鼎脉绝而死。其二为嬴稷,在舅舅魏冉的帮助下,嬴稷(母为楚女芈月,目光远大的秦宣太后)即位后为昭襄王,就是后世著名的秦昭王。

如果说秦惠文王嬴驷能使秦国初步强大,自己顺势称王,是得益于其父秦孝公任用商鞅变法图强,同时,采用了纵横家张仪的"连横"之策,那么,更为庆幸的是,秦昭王嬴稷得到了睿智的策士范雎和无敌的勇将白起。"昭王五跪得范雎"的典故,就是先秦版的"三顾茅庐"!更为传奇的是,魏国先后有两位名士被秦王任命为相国,一是张仪,二是范雎,而任用张仪、范雎的秦王正是惠文王嬴驷和昭襄王嬴稷父子二人!范雎继续运用张仪的"远交近攻"之策,收到了神奇的效果。秦昭王嬴稷派兵攻打强盛的赵国,赵国老将廉颇在长平深沟高垒,坚守不出。秦军围攻数月没能攻下长平,粮草逐渐供应不上了。范雎巧用反间计,派人以重金收买赵国权臣,散布廉颇"年老怯战,秦国最怕赵奢之子赵括出战"的流言。赵王果然中计,深信"廉颇老矣,尚能饭否",起用毫无作战经验的赵括替换廉颇任赵军主帅。秦昭王嬴稷以白起为将,采取诱敌深入、分割包围的战法,使赵军腹背受敌。白起率秦军在"长平之战"中一举击败"纸上谈兵"的赵括带领的赵军,赵军惨败,全军覆没。可叹的是,45万士兵被白起"坑杀",这可能是历史上规模最大、最残忍的屠杀了!赵括也凄惨地死于乱军之中。秦军一鼓作气,攻破赵国的太原郡,赵国从此一蹶不振。秦昭王乘胜前进,以为其哥哥嬴荡复仇为名,一举灭掉了东周王室,由"王"跃升为威震华夏的"西帝"(齐湣王则为"东帝")。而此时,由秦国来统一华夏已经不是什么悬念了。

作为"大秦统一中国"这列战车上的重要链条,秦宣太后、楚女芈月可谓功不可没。这是《芈月传》的真正价值。然而,戏说成分太多、人物关系错乱、过分迷恋宫斗,极大地削弱了《芈月传》的可信度。若要温习那段惊心动魄的历史,建议您欣赏电视连续剧《大秦帝国》。

乱谱战国鸳鸯劫,颠倒黑白谑黄歇。朝秦暮楚堪无畏,美人宫斗类蛇蝎。这是笔者对电视连续剧《芈月传》的总体评价。

（作者单位:黑龙江省电力公司）

做敢于逐梦的微时代"囏"人

——观青春励志话剧《微时代之"囏"人》有感

任海霞

"囏"音 jiān，是"艰"的古体字。囏人，这是一个让人很喜欢的生存状态：艰难但坚持，总会有希望和曙光。

由电影《微爱之渐入佳境》编剧顾伟及优秀编剧陈希执笔，根据顾伟千万点击率小说《微信时代的文艺爱情》改编，"亚洲影响力"新锐导演王伟、青年导演葛袁亮执导的青春励志话剧《微时代之"囏"人》，走进了牡丹江的大剧院。得知首场演出时间，我便同女儿一起走进剧院观赏这部网评非常棒的话剧。

这部作品以生活状态为基础，将写实与写意的创作手法相结合，讲述编剧沙果、演员黄小瓜和房屋中介马呆三个年轻人艰辛逐梦的故事。这三个年轻人在追梦之路上所遭受的困难与艰辛，兄弟之情、个人私心、梦想的美好和现实的残酷，都在欢笑和泪水中一一呈现。三个"囏"人演绎了繁华都市里小人物的励志人生，他们是即使身处黑暗却仍能看到黎明，在流过泪后仍能笑着前行的一批人。与剧中人物一起哭过、笑过、经历过之后，我联想到不抛弃不放弃的生活状态。

"迷惑不挡其行，艰辛不弃其爱"，追梦之路不易，而"囏"人正是在追梦路上流过泪后仍能笑着往前的一群人。其实,我们每个人都是这个时代的"囍"人,都有迷茫之时,都被情感缠绕,都希望通过自己的努力在偌大的城市站稳脚跟。

人生不过是一场旅行,路过花开,也会路过风雨;路过美好,也会路过悲痛,不管路过什么,我们终究要用"囍"人的信念怀抱着温暖一路向前,向前!

一路走来,在跌跌撞撞中学会了坚强,在起起落落中学会了安然,在忙忙碌碌中学会了面对,在纷纷扰扰中学会了自信。纵是身处花红柳绿,但愿心田里永远盛开着梦想之花,不谈悲喜,生命的厚重不在于繁华喧嚣,只在于一个学会驻足欣赏生命驿站每一处风景的心态,将岁月打磨成人生枝头最美的风景,做敢于逐梦的微时代"囍"人。

（作者单位:牡丹江供电公司）

女人切行坤之道

孙爱武

　　唯有找准定位，内心宁静的女人，才能活得优雅、从容，活出生命的质感和丰富。我不算是有多钟情于读书，但捧书而卧一览众山小也是常态。如果用一本书影响一生来论，于我应算是《易经》。

　　《易经》一直以来被认为是中国文化的群经之首，一切真理的源泉。它充满神秘的色彩和光芒，也是通古今变，阐明人生知变、应变、适变的法则。这本伟大非凡的典籍深深地吸引着我的心脉，非为深入研究，只为粗略诵读掌握其奥妙一二，目标挑战诵读《易经》百遍，在读到 64 遍后彻悟。《易经》曰："至载坤元，万物资生，乃须承天。坤厚载物，德合无疆。"乾道成男，坤道成女。"坤"字在《易经》里代表着大地，是母亲、女性的象征，是阴性柔性的力量。也正所谓女子之德之责，在旺家、持家、安静、守德。

　　时下，随着时代的发展，女人越来越独立，对女人的解读有着不同的诠释，"女汉子"成为女人走在时代前沿的代名词。网络解释，"女汉子"是指一般行为和性格向男性靠拢的一类女性。常用来形容女性个性豪爽、不拘小节、独立、不怕吃苦、有男子气概、缺少女人味等，大众认为女性不应拥有的特质，多为褒义词，是一个网络词语。本来是对女性的差别用语,而如今越来越趋于中性化,变成一个中性词,现在也有越来越多的女孩,不管是否具有"女汉子"的性格习惯,都喜欢自称为"女汉子"。却偏驳了女人相夫教子及承载、养育之意。以前是男子打仗到边关,女子纺织在家园,而现在,巾帼英雄越来越多,家庭地位越来越高,男人们大都"退二线"了。

一花一世界,一家一宇宙。女人天性属阴,在《易经》里是坤卦,就是柔和的、坚韧的、宽厚的。乾刚健主动,坤柔顺主静。从另一层面看,也是指导男人的行业准则,因为任何事情都有其两面,也就是《易经》里提到一阴一阳之谓道。二德者兼顾并重,刚柔并济才能够动静咸宜,万事和谐。女人是一个家庭的核心,她负有净化灵魂的使命。《易经》的坤卦解析告诉读者,在生活中、工作中,作为女人,如何生存,怎样才能拥有幸福。女人要学会在不同角色的转换中给自己定位,行好坤道,厚德才能载物。我的理解,坤道事实上是一种心态、一种精神、一种品德。不管你多么优秀,也要注意含蓄、收敛,不是不表现,而是其表现不越乾道("乾"在易经里代表着天,代表着男人)。女人若善用坤道"柔顺利贞",至柔,安贞,家安了,一切才太平。

女人是尤物,是人类的精灵,女人以她特有的方式成就着世界,她的存在向世界呈现她的美、爱、慈悲,呈现教育孩子的能力、经营家庭的能力、孝敬老人的责任。如果女人在岁月的年轮中既能找准自己的角色定位,又能以积极的姿态给世界添一分精彩,那么,女人的魅力是不会和红颜一起在岁月中消褪或湔色。

《易经》不仅在理念上指出了女人努力的方向,更是在行为规范的执行上给出了很好的方法与建议,诸多的锦囊妙计,只有深读,才能感悟,此书堪称是中国女人一生幸福的指导宝典。如果现代女性懂得坤道,懂得厚德载物,懂得如何为人女、为人妻、为人母，必然会考量自身，调整心态，对给孩子做榜样，处理好夫妻关系、婆媳关系以及社会人际关系，都会有正面、积极的影响和帮助。反之，一个家庭如果有一个整天吵闹、抱怨连天的女人，就如同家里发生了地震和海啸，会搅得全家人不得安生。

新时代的女人应有女性的阴柔，不应做夹在平淡生活中翩翩飞舞的美丽影子。一本书，一条哲理。《易经》是历久弥香的经典书籍，圣贤之道、天地之道、人类最高明的智慧都凝聚于此。闲暇时，让自己在宁静的中华文化里体验生命之博大，与圣贤相契，与天地相合，让一个平庸凡俗的生命，超拔为一个智慧永恒的个体，用阳光心态塑造心灵的伊甸园，培养气质，发展技能，舒缓地表达爱，对生活之爱、对社会之爱、对企业之爱、对自然山川河流之爱。全力释放生命的热情，把快乐与自信带给周围的人，让自己成为一个有温度的女人，有爱的女人。

女人行得坤道，实际上就是学会改变自己，转换心念，让心谭深处种下一颗幸福的种子，学会宜家、宜身心、宜事业，就会在不同的人生路段拥有更多爱的果实。所以你要做什么，决定你收获什么。

女人，无论你在外面多么强势和辉煌，当迈进家门的那一刻，当你踏进企业的那一刻，请回归自己的本位，秉持好坤道，践行好坤道，人生才会更加精彩绚烂！

（作者单位：宝泉岭电业局）

跌落神坛的诺贝尔

张兴华

秋末冬初之际,果真是丰收的季节。这不,日前从北欧传来信息,耄耋之年的加拿大女作家艾丽丝·门罗气定神闲地战胜日本著名作家村上春树,荣获 2013 年度诺贝尔文学奖。围绕这位宠辱不惊的老妇人的一轮崭新的阅读周期旋即拉开序幕。

说实话,我们尚且沉浸在"红高粱系列"制造者隆重走向世界的兴奋之中,却没有料到,"莫言热"带来的喧哗与骚动会如此神速地消弭。

多年来,伴随着我们的是一个残酷的"诺贝尔情结":一方面,为中国人从未获得过诺贝尔文学奖而赧颜不已;另一方面,一旦有我们的同胞获奖了,马上表示惊诧不已——怎么会是他!言外之意是,中国当然不乏优秀作家,而莫言不过是其中"一颗过气的流星"。多么"可爱"的逻辑悖论,怎么令我想到了"既生瑜,何生亮"!别这样,好吗?

高兴之余,在这里我要说的是,我们大可不必迷信诺贝尔文学奖,而把它当成世界文学的最高荣誉,愈加大错而特错了。

其一,由于诺贝尔文学奖评选者秉持的政治立场所致,使得在意识形态方面迥异于西方资本主义国家的作家们极难染指这个奖项。大多数的诺贝尔文学奖的获奖者都是西方作家,在莫言之前,社会主义国家中,尤其是当年的苏联,诺贝尔文学奖简直就是西方颠覆苏联的有力武器——只有蒲宁、肖洛霍夫、帕斯捷尔纳克、索尔仁尼琴、布罗茨基等寥寥几人摘到过诺贝尔文学奖桂冠,而且,这几人在政治上都是颇有争议的人物。蒲宁(代表作《米佳的爱》)在"十月革命"爆发后就流亡国外,坚称自己是俄罗斯作家,一贯敌视苏联,侨居法国直到魂归离恨天;肖洛霍夫(代表作《静静的顿河》)、帕斯捷尔纳克(代表作《日瓦戈医生》)在获奖与领奖等环节中曾经同当局演出了可悲可叹的插曲;索尔仁尼琴(代表作《古拉格群岛》)更是持不同政见者的代表人物,他不仅批评苏联高压政策,被驱逐到美国后反而尖锐地评判自由主义,苏联解体后又诅咒戈尔巴乔夫、叶利钦毁掉俄罗斯,转而称颂斯大林——立场如同陀螺;布罗茨基(代表作《韵文与诗》)则是在旅居美国之后获奖的。从这个角度来看,诺贝尔文学奖应当是资本主义世界的珠穆朗玛峰,而不能代表全人类的最高文学成就。

其二,诺贝尔文学奖评选过程中存在着严重的种族歧视。除西方白种人之外,极少有东方国家的作家执牛耳,迄今为止,只有印巴分治前印度的泰戈尔(孟加拉人)、日本的川端康成和大江健三郎、埃及的马哈福兹、土耳其的帕慕克、中国的莫言以出色的成就获奖,川端康成、大江健三郎和莫言则是黄色人种获奖者的可怜的代表,还有华裔法国作家高行健也是黄种人。黑人、黄种人、棕色人欲问鼎,真比登天还难。不知道你是否研究过西方人的世界地图?那和我们的世界地图是大相径庭的,它以大西洋为中心,把东地中海一带称为"近东",西亚阿拉伯地区叫作"中东",中国及日本、朝鲜、蒙古被排斥在"远东"地区。这种霸道的地理划分方式,已将西方白色人种的优越感暴露无疑。

其三,即使在白色人种内部,颁发诺贝尔文学奖也存在着民族间的巨大不平等。在欧美国家日耳曼、拉丁、斯拉夫三大语族中,以日耳曼语族获诺贝尔文学奖的人数最多,像英国人、德国人、美国人等,都操日耳曼语,他们几乎占有了大部分诺贝尔文学奖。当然,诺贝尔是日耳曼人,当今世界的主宰者美英等国均以日耳曼人为主要居民嘛!排在第二位的是拉丁语族,像法国人、意大利人、西班牙人等,均操拉丁语。目前拉美的西班牙语国家有几位作家获奖,如墨西哥、哥伦比亚、秘鲁等国,稍稍改变了日耳曼人垄断的局面。最遭排斥的是东欧斯拉夫语族,像俄罗斯人、乌克兰人、白俄罗斯人、波兰人、保加利亚人、捷克人、斯洛伐克人等,都操斯拉夫语。东欧人获诺贝尔文学奖的人是少得可怜的(前文已经涉及,这里不再赘述),但这绝非东欧国家缺乏扛鼎之作。斯拉夫人向来被拉丁人以及日耳曼人称为"蛮族"。可笑的是,当今世界的主宰者日耳曼人发迹之初也是被古罗马拉丁人蔑视为"蛮族"的!

其四,从获奖作品的质量来考量,诺贝尔文学奖也不能承受世界文学顶峰之誉。毋庸讳言,大部分诺贝尔文学奖获奖作品质量上乘,但其中败絮之多也是世间罕有的怪事。国外某研究机构曾推出过一份获奖作品与获奖作者名不副实的名单,20世纪30年代的美国作家中,即有不少三流人物捧得奖杯!

综上所述,我们没有任何必要奉诺贝尔文学奖为神灵,而中国的文学工作者把获此殊荣作为一生孜孜以求的至高目标,更是不可取的愚昧之举。中国是世界文明古国之一,龙的传人创造了光辉灿烂的文化。面对中国杰出作家的优秀作品,我们应当怀有强烈的自豪感——四次获得诺贝尔文学奖提名的林语堂的《京华烟云》《风声鹤唳》,老舍的《四世同堂》《骆驼祥子》《正红旗下》和《茶馆》,鲁迅的《阿Q正传》《孔乙己》和《祝福》,茅盾的《子夜》

《林家铺子》《腐蚀》和《霜叶红似二月花》，巴金的《家》《春》《秋》《雾》《雨》《电》和《寒夜》，萧红的《呼兰河传》《生死场》，周立波的《暴风骤雨》《山乡巨变》，曲波的《林海雪原》《山呼海啸》和《桥隆飙》，钱钟书的《围城》，柳青的《创业史》，路遥的《平凡的世界》《人生》，陈玙的《夜幕下的哈尔滨》，陈忠实的《白鹿原》，刘邦厚的《百年风流》，迟子建的《额尔古纳河右岸》……众多盖世名著卓然鹤立，怎不是世界文学宝库中的瑰丽奇葩！由于诺贝尔文学奖在获奖资格上存在着种种偏见，所以，它已不能代表当今世界文学作品的最高水平了。

还是那句话：天行健，君子以自强不息！让我们把可怜的"诺贝尔情结"抛到太平洋里去吧！

（作者单位：黑龙江省电力公司）

报告文学及其他

盛开的"金达莱"

——记全国"五一劳动奖章"获得者赵金利

张永奎

金达莱，又叫兴安杜鹃，生长在祖国的东北地区。紫红色的花冠明亮耀眼，有着质朴、顽强的生命力。在检修公司就有这样一枝盛开了25年的"金达莱"。

25年，她淡泊名利，兢兢业业，用无数的平凡堆积成伟大！

25年，她严于律己，勤恳工作，把无数的责任累积成辉煌！

她就是全国"五一劳动奖章"获得者、检修公司黑河运维分部主任赵金利。

走近赵金利，爽朗的笑声传递着坚毅，刚与柔的结合让人真切感受到她对事业的那份执着、依恋和痴迷，展现了一名共产党员用奉献和汗水描绘的人生彩虹。

作为全国唯一的一位500千伏换流站女站长，她当之无愧

检修公司黑河运维分部坐落于素有"北国明珠"美誉的黑河市，主要担负着矗立于黑龙江畔，与俄罗斯布拉戈维申斯克市隔江相望的500千伏中俄直流联网黑河背靠背换流站的运维重任。

500千伏中俄直流联网工程作为国家电网公司第一个跨国能

源合作项目,是目前我国规划建设的从境外购电电压等级最高、容量最大的输变电工程。这项工程为提高远东地区能源利用率,推动黑龙江省建成并加强与特高压相协调的"西电东送,北电南供"的东北网架,扩大中俄能源项目合作,提供了广阔空间和能源保障。

500 千伏黑河背靠背换流站是中俄直流联网工程的第一个工程,始建于 2007 年 4 月。2008 年底,中方侧交流系统建成后移交黑河电业局管理。当时任黑河电业局变电工区主任的赵金利,凭借着丰富的运维经验和扎实的理论功底,成为黑河换流站首任站长的最佳人选。由此,她成为当时全国唯一的一位 500 千伏换流站女站长。

换流站中方侧交流系统计划 2009 年 1 月 16 日投运。到任后,赵金利立即投入投运前的各项准备工作中,人员配备、职工培训、办公设施、安全工器具配备、设备标示牌、设备验收、缺陷排查、建章立制等工作千头万绪。根据多年在变电站的工作经验,设备投运的每一个细节,她都认真考虑周全,精心组织筹备。2009 年 1 月 16 日,500 千伏兴黑线、主变压器送电成功!短暂的喜悦过后,她与换流站其他 25 名运行、检修、管理人员就又投入紧张的换流站的运行维护工作。

2011 年 5 月 20 日,中俄 500 千伏直流联网黑河背靠背换流站工程在停工两年多后复工建设。在长达 5 个月的施工时间里,换流站现场每天施工人员达到 300 多人。当时站里有一半人去外地培训直流技术了,她就带领在家的十几名员工昼夜值守,全力做好交流运行设备运维工作。同时,还要对施工现场进行作业安全管理、协调及安全监护,设备验收,编制各种运行规章制度、规程,参加工程建设会议,迎接各级领导检查……这期间,黑河换流站划归哈尔滨超高压局管理,员工队伍思想稳定面临压力,她还要细心了解全体员工的思想动态,向员工解释政策、答疑释惑、稳定人心。

随着 2012 年元旦钟声的敲响,黑河换流站进入了投运前最后一道,也是最重要的检验关口。由于工期要求,黑河换流站要在不到两周的时间内完成其他站需要 1 个月时间的调试项目。赵金利运筹帷幄,她把全站人员分成两个大班日夜轮换。作为换流站第一负责人,她 24 小时驻守站里,安排协调各专业工作,跟踪试验项目,收集试验数据,审核上报调试日报,参加每日调试例会。饿了她就泡碗方便面,困了就靠在沙发上打个盹。看着满眼血丝、声音嘶哑的她,职工们纷纷劝她休息,可她仍面带微笑地说:"没事儿,坚持坚持,挺过去这几天就好了!"

就这样,赵金利带领大家一直忙活了 4 个月,直到 2012 年 4 月 1 日黑河换流站正式投入商业运营。其间,国网黑龙江省电力有限公司检修公司揭牌成立了,她由黑河换流站站长变成了黑河运维分部主任。称谓虽然变了,但角色和责任没变,她仍然一如既往地带领大家奋战在第一线。

在换流站复工期间,赵金利往返于黑河与北京、黑河与哈尔滨之间开会就有几十次,每次她都是顾不上舟车劳顿,一下火车就直奔单位投入到工作中。国网公司直流建设分公司的领导多次到黑河换流站视察工作,每次在现场都能看到赵金利那熟悉的笑容,就关切地说:"怎么每次来都能看到你啊?"言外之意就是"你也要注意休息呀"!在后来的一次会议上,这位领导慷慨激昂地对大家说:"赵金利,作为全国唯一的一位 500 千伏换流站女站长,她当之无愧!"

恪尽职守是一名共产党员起码的责任

赵金利,1969 年 11 月出生,1992 年 7 月参加工作,2005 年 6

月加入中国共产党。作为一名有着 13 年党龄的老党员，她不忘初心，牢记使命，在自己的岗位上，用实际行动诠释着一名共产党员的高尚情怀。

在换流站直流工程复工期间，每天站内施工现场交叉作业项目多、施工队伍多、施工人员多。为了抢工期，有的施工队伍在作业手续不全的情况下就要进行施工作业，她坚决不让！在与建设方进行备品配件交接过程中，对于设备档案、试验报告不齐全的，她坚决不签！在施工验收中，她凭借着扎实的专业知识和丰富的工作经验，带领员工对施工安全、施工质量、设备缺陷、设备运行情况严格把关，共发现大小缺陷 1 000 多项，对于不彻底整改的缺陷，她坚决绝不放！

换流站阀厅灭火器按照设计方案配置的是干粉灭火器，而阀厅运行环境对灰尘的要求非常严格，干粉灭火器不适合用在阀厅。她经过深思熟虑，向建设公司提出了自己的疑问和建议，她的建议被国家电网公司直流建设部采纳，将干粉灭火器改为二氧化碳灭火器，并列入今后换流站阀厅的标准化设计。

2012 年 1 月 12 日，中俄 500 千伏直流联网工程刚刚完成试运行，俄方 3 名技术人员在经过国家电网公司国际部、建设部同意后，到黑河换流站更改功率速降速率值。赵金利看完俄方人员准备修改的数值后，根据直流系统设备运行参数，觉得数值过高，担心引起系统故障。她想拒绝俄方技术人员的操作，可是以换流站主管的身份，她没有这个权力，但在她的心里，换流站的安全高于一切。她把自己的想法向国家电网公司建设部做了汇报，请求对数据进行试验后确保安全再修改。在她强烈的建议下，国家电网公司同意了她的请求。经过实验室试验，该数值真的会造成直流系统闭锁！正是她的坚持与执着，成功避免了一起换流站直流系统停运事故。俄方技术人员得知后，对她竖起大拇指，连声说：

"Хорошо！Хорошо！"（俄语：好！好！）

这样的事在赵金利身上经常发生。"恪尽职守是一名共产党员起码的责任，为了祖国的尊严、企业的利益、电网的安全，我坚守在这个岗位上，就要敢于担当……"赵金利平静地说。

要使员工变成钢，自己首先是块钢

"要使员工变成钢，自己首先是块钢。"这是赵金利的工作心得。25年来，她不分上班和节假日，一心扑在工作上。

她父亲的生日在4月份，每年的这时也正是变电站春检时期。一向孝顺听话的她自从参加工作以来，就没能回老家给父亲过一次生日。每一次自责后，她都在心里想，明年不忙时一定回家看看！就这样年复一年，直到父亲60岁那年，时任变电工区主任的赵金利由于忙着13个变电站的春检工作，仍然又没能如愿，也正是这一年，父亲离世了，这件事成了她心中永远的痛。

在2011年换流站直流工程复工建设的5个月中，她只休息了一天，而这一天还是因为她高烧到实在无法工作必须到医院才不得不休息的。在她的感召下，换流站5个年轻人结婚都没有休婚假，而是利用休班时间办婚礼，到值班的时候正常上班。而这一年也是她的女儿升入高三备战高考最关键的一年，当时丈夫还在外地工作，无奈之下她只好把妹妹叫到黑河来照顾高考冲刺的孩子。

从2001年起，每年除夕她都是在单位与当班员工一起度过。女儿半开玩笑半埋怨地说："别人家都是三十过年，咱家却是初一过年！"作为一个女儿、一个妻子、一个母亲，她明白欠家人的太多太多，而这一切她却只能埋在心里。她一个人也偷偷掉过眼泪，可面对工作、面对员工时，她的脸上总是挂着乐观的笑容。

25年的奋斗，25年的坚守，她把最美的青春留在了北疆，她

白桦林
Baihualin

把博大的爱献给了岗位；她用默默的付出捍卫了换流站的安全，她用坚定的信念捍卫了祖国的威严。在她的带领下，黑河换流站实现连续安全运行6周年，连续4年荣获国家电网公司红旗换流站称号，累计进口俄电138.3亿千瓦时，相当于节约燃煤470.22万吨。这些成绩的取得浸透着赵金利的心血和汗水。她个人也先后荣获"黑龙江省青年岗位能手""黑龙江省电力公司安全生产先进个人""黑龙江省巾帼建功标兵""黑龙江省电力公司特等劳动模范""黑龙江省'五一劳动奖章'""全国'五一劳动奖章'"等荣誉。

一夜春风花万枝，愿我们这枝耀眼、坚韧的"金达莱"开得更加鲜亮！

（作者单位：检修公司）

薪火相传的家国情怀

徐 静

1900 年 7 月 17 日,黑龙江湍急的江流中,一个 11 岁的小女孩奋力游向黑龙江的右岸!左岸上绝望的惨叫声、水中惊恐的哭喊声,不停地冲击着她的鼓膜,血染的江水模糊了她的视线,她就要筋疲力尽了,一匹马儿的嘶鸣声传来,她抹了一把双眼,游向马儿,用最后的力气,拽住了马尾……

终于踩到了右岸的土地,小女孩与那些最终抵达右岸的人们,惊恐万分地望着火光冲天的对岸。家,没有了;国,在哪里?

这小女孩叫徐志英,是我爷爷的姑姑,我的太姑奶。她刚刚经历了"庚子俄难"惨案。

1900 年 7 月 17 日—21 日(清光绪二十六年,庚子年),沙俄侵略者在黑龙江左岸制造了震惊世界的海兰泡(今黑河市对岸的布拉戈维申斯克市)惨案,约 6 000 人被俄兵刀斧砍杀,推入江中溺水而亡!太姑奶是这场劫难中为数不多的幸存者之一。

饱尝国破家亡的滋味,太姑奶形成了朴素的爱国主义思想,后来,她常常把国弱民辱的教训讲给女儿。当时在中苏共管的哈尔滨中东铁路机车厂工作的太姑爷经常接触苏联职工,回家后,悄悄与太姑奶讲十月革命。他们或许没有想到,这些话都被他们年幼的女儿听到了，父母爱憎分明的情感深深地感染着女儿。

1931年"九一八"事变后，国民政府几十万东北军无力抵抗日军，只剩下驻防昂昂溪的马占山将军孤军抗战，深明大义的太姑奶与太姑爷自发组织民众声援马占山。太姑奶发起抗日妇女慰劳会，任会长，奔走于昂昂溪和哈尔滨之间，募集钱款，制作军鞋、被服，将牛羊肉做成肉干，太姑爷将钱和物品送上前线劳军。为此，马占山在哈尔滨报纸发表文章，感谢抗日妇女慰劳会。孤军奋战的马占山失败后，日本人侵占了昂昂溪，东三省成了日本人的天下，东三省的人民变成了亡国奴。

1933年4月23日，北平，清晨，一个女学生焦急地站在绒线胡同口。许久，一支由学生、工人、军人组成的送葬队伍从宣武门缓缓而来，深红色棺木里躺着李大钊先生。女学生加入公祭队伍，悲壮的《国际歌》在队伍中响起，女学生随着大家一起振臂高呼："李大钊先烈精神不死！""共产党万岁！"

这女学生是我的表姑奶——郭霁云，她是太姑奶的女儿，当时就读于北平大学法商学院。

如果说太姑奶是一位非凡的女子，那么她的女儿郭霁云则是一位具有传奇色彩的女子。中央电视台《子午书简》栏目曾以《战火中的玫瑰——奇女子郭霁云》为题，播出过她的事迹。

通过这次送葬活动，表姑奶对共产党有了新的了解和认识：共产党能帮助我们打回老家去，赶走日本侵略者！1933年夏天，表姑奶返回家乡，与父母详谈在北平的生活。1933年底，因不甘亡国奴的苦难日子，太姑奶一家搬到北平。

1935年大学毕业后，表姑奶放弃报考研究生的机会，全身心投入革命和民族解放事业。

1937年"七七"事变爆发，表姑奶受党指派，组织北平各界妇女支持宋哲元将军的北平保卫战。太姑奶全力支持表姑奶，参加战地紧急救护，冒着日机轰炸的危险，将慰问品送上城楼，到南苑机场救护伤员。战斗失利后，太姑奶多次以母亲的身份，和表姑奶一道掩护我党同志撤退。此后的岁月里，太姑奶一直坚定地支持女儿的革命工作。1982年，黑龙江省委根据中央政策，确认太姑奶为1938年参加抗日工作的革命老干部，行政15级，享受离休待遇。1983年，太姑奶在北京逝世，享年95岁，骨灰安葬在八宝山。

1937年，表姑奶在河南加入中国共产党，负责上层统战工作，参与并组织我党领导的"开封孩子剧团"和"河南妇女抗敌慰劳会"。同年，受河南省委派遣，赴郑州国民政府第一战区司令长官部政训处妇女工作委员会，任中校主任，组织各界妇女抗日活动和战时工厂迁移工作。

1938年夏，受河南省委和周恩来派遣，表姑奶在武汉当面向宋美龄女士呼吁妇女救亡运动，宋当即邀请她协助卫立煌夫人，组建"新生活运动妇女促进会河南分会"。此后，我党通过这个政府承认并有经费支持的妇女组织开展抗日工作，此项工作得到周恩来、邓颖超高度赞扬。

1939年，因身份暴露，表姑奶奉刘少奇同志指示，几经辗转到达延安。此后，先后任中国女子大学秘书长、哈尔滨妇联主任、黑龙江省机械冶金厅副厅长、中国纺织工业部纺织科学研究院党委书记兼副院长等职，还是第二届全国人大代表，享受副部级待遇。2005年，获"中国人民抗日战争胜利60周年纪念章"。全国人大常委会副委员长楚图南引陈毅诗题写"耐雪梅花洁，经霜枫叶丹"，以示对其品格赞许；康克清同志手书"坚定的共产主义信念",作为对她革命生涯的评价。2007 年表姑奶病逝,享年 92 岁,骨灰安葬在八宝山,与太姑奶咫尺相依。

1950 年 10 月,美军越过北纬 38°线,占领平壤,美机多次侵入中国领空,轰炸丹东地区,战火即将烧到鸭绿江边!

"雄赳赳,气昂昂,跨过鸭绿江……"这昂扬的旋律激荡着一位 16 岁少年的心。"抗美援朝,保家卫国!"他瞒着家人,改了户口上的年龄,参加了中国人民志愿军。入朝后,因年龄小,他被编到文工团。一次,随文工团到前线阵地慰问演出,刚化好妆,警报拉响!敌机呼啸而至,向阵地投射炸弹。战士们迅速摇起炮筒迎战!一枚炸弹落下,往炮膛里送炮弹的战士应声倒地,另一名战士急速替上,又一枚炮弹落下,这名战士也倒下。首长回头,发现炮兵中已无替换战士,他冒火的双眼转向少年,咆哮着:"小徐子!""有!""上!"少年疾速跑向炮弹箱,抱起一枚炮弹,眼望着高过自己脑袋的炮膛,疾步冲向大炮,一个鱼跃,将炮弹送入炮膛!

这少年,是我父亲——徐荣延。我见过家父一枚三等功的军功章。

1978 年,一个年轻人走进哈尔滨船舶工程学院。这所高等学府前身是"中国人民解放军军事工程学院",首任院长是陈赓大将。

那时,我不理解大哥为何爱唱"我爱这蓝色的海洋……",后来,我明白了,大哥向往着"战舰奔驰劈波斩浪,我守卫在海防线上,保卫着祖国无上荣光"。是的,恢复高考的次年,便以优异成绩考入军校的年轻人,是我大哥。

昨天,侄女通过微信发来参加军事演习的照片。身为天津武警医院护士的侄女,活脱脱一个飒爽英姿的白衣天使!

安息于北京八宝山革命公墓的太姑奶、表姑奶，该是含笑九泉了吧？作为永不衰竭的精神涌流——热爱伟大的祖国和人民，拥有同国家民族休戚与共的壮怀，并为报效祖国表现出深情大爱，这就是徐氏家族血脉里，薪火相传，一百多年来默默流淌的家国情怀。

（作者单位：牡丹江水力发电总厂）

山高人为峰

李　靖

　　"坚持'三不休'，即使最小的一步，也是前进。"这是国网鸡西供电公司东方红林区电业局运维检修部主任周峰的口头禅。参加工作 25 年来，他以山里人特有的质朴和坚韧，实践着"兴电造福，唯优必争"的工作标准，诠释着"你用电·我用心"的服务理念。他以学习不休、工作不休、思想不休的"三不休"，在平凡的工作岗位上，努力践行着对党组织、对企业、对广大用户的庄严承诺，实现着林区供电人的最大价值。

学习不休——勇做"蓄电池"

　　"每个人的综合素质不一样，但是工作标准是一样的，可以输在起跑线上，但不能输在终点。"这是周峰经常说的，他也是这样做的。1993 年 7 月，参加工作时，仅有高中学历的周峰就亲身感受到什么是隔行如隔山，高中的文化与供电服务需求的差距是那样的巨大，一段时间如同巨石一样压得他透不过气来。刚从学校走向社会的新鲜感瞬间就被工作压力冲击得杳无踪影。林区人不服输的犟劲让他再次拿起了书本。学——想尽一切办法学，抓紧一切时间学。工作中，给老同志拿工具包，从工具的标准名称、使用方法学起。注意观察老同志处理故障的流程、细节，从偷偷模仿开始，自己反复地练习，寻找其中的手感、窍门，将自己的感悟记录到随身携带的小本子中，回家再反复地揣摩。电力工程的基础是登杆作业，一副安全带、两只脚扣子，烈日下他反复地练习，不知滑下多少回，战胜登高的恐惧，8 米、10 米、12 米、18 米，战胜的不仅仅是一个个杆塔的高度，更是他不断充实自己成果的检验。

边学边做，以学促做。凭着一股不服输的劲头和笨鸟先飞的毅力，他白天扎在工作中，边干，边学，边问；晚上，放弃业余生活，把全部的心思都用在提高专业知识上，自学了《电工学》《10 千伏以上供电配电工程设计与施工使用手册》《电力工程施工现场安全防护技术标准化规范》等专业书籍，慢慢地梳理总结出一套适合实际需要的工作方法。为进一步深化专业知识的学习，2011年，他参加了电子科技大学网络教育电力系统自动化技术专业学习，在学习中他坚持理论与实际工作相结合，坚持理论服务于日常工作需要。理论的系统学习让他在日常工作中由如履薄冰变成了如鱼得水，枯燥的工作让他干得津津有味。破解瓶颈的快乐，只有努力付出的人才能体会到，因为那是一年三百六十五天，实实在在学出来的、干出来的，用辛勤的汗水换来的。

工作不休——勇做"过河卒"

从 1993 年 7 月参加工作开始，周峰先后任东方红林区电业局石场供电所外线电工、石场变电所值班长、生技科工程专责、运维检修副主任、运维检修主任。岗位虽然有所变化，但是他始终不忘自己的初心，在一个个平台上，努力践行"你用电·我用心"的服务承诺。

东方红供电区 4 条输电线路、5 座 66 千伏变电所、18 条 10 千伏配电线路,线路长 399.24 千米,95% 以上线路都在山林里,配电变压器 543 台,0.4 千伏线路 321.925 千米。这些线路和变压器就是他的工作舞台,在这里他演出了人生的别样精彩。

片段一:用心工作有发现

2003 年 4 月,东方红林区电业局开始实施农网改造工程,在时间紧任务重、施工难度大、工艺要求高的情况下,每天都要工作十几个小时。虽然外线工作很艰苦,但学习的各种理论在工作中得以运用,他干得乐不思蜀。2005 年 10 月,因工作需要,并经过岗前培训,周峰担任 66 千伏石场变电所值班长,开始了 5 年的变电运行生活。从电力内外线工程到变电运行,又是一个全新的挑战,他在工作中坚持边学习,边实践,特别是在大风、大雨、大雪的特殊时间里,开展特巡,先后及时发现并排除 10 千伏开关柜电流互感西开路等重大隐患 3 起,受到了领导和同志们的好评。

片段二:忠于职守有担当

2010 年因为工作需要,他调任局运检部任工程专责。又是一个全新的岗位,一切又要从头再来。由于工程专责分管的工作项目多,对个人的专业素质综合能力有较高的要求,其中工程物资上报和工程概算、结算等方面都是全新的领域。学习的过程很艰苦,工程的过程管理需要与施工队同上现场,夏天曝晒汗流浃背,冬天暴风满脸霜花,但积累了大量的第一手资料,为工程预算的编制和工程档案整理的真实性、完整性夯实了工作基础并积累了工作经验。先后完成了东方红林区 2010 年农网完善工程、2012 年农网升级改造工程、2013 年东方红 66 千伏五林洞输变电新建工程,东方红林区的电网骨架逐渐坚强起来。

片段三:爱岗敬业有热情

2017 年 7 月,周峰任局运维检修部主任。作为运维检修部的当家人,周峰知道自己承载着保障供电区电网安全的重任。从 1

月1日开始,他就带领同事踏着没膝的积雪,把供电区4条66千伏132.85千米的输电线路,用 GPS 打点测量坐标,绘制 PMS2.0图形、作图、录入台账,连续加班1个月,按时完成。接着是268千米10千伏线路打点、采集、绘图工作,连续3个月加班完成。

东方红林区从2014年开始停止商业采伐,由于特殊的地理位置和经济结构的单一,招商引资十分艰难。2017年,东方红林业局百万生猪养殖工程上马,他带病上现场交装,指导变台安装。经过2个月的努力,圆满完成30千米10千伏线路、46个变台安装任务。风里来雨里去,没有节假日,五加二、白加黑,他没有一丝怨言,在平凡的岗位上倾情奉献,用汗水为林区的电力事业发展做着自己的贡献。

思想不休——争做"先锋人"

他在日记中写道:"以不懈的努力和执着的追求,为林区的父老乡亲做点力所能及的事……"

周峰不仅学习上和工作中对自己严格要求,在思想上也积极要求进步。通过大量的日常工作,他看到了党组织的战斗堡垒作用和共产党员的先锋模范作用的先进性,他对自己的人生有了更高的追求。2011年10月1日,他向党组织递交了入党申请书。在党组织和培养人的帮助下,认真地学习党的基础知识,端正入党动机,日常工作中以党员的标准严格要求自己,认真克服自身的不足,积极参加党组织开展的各项活动,先后在公司系统的演讲、征文比赛中取得较好的成绩,在重大工程和大修技改工作中勇于担当,规范地完成了物资申报、招投标、工程现场管理、工程内业资料整理和工程预决算等工作,圆满地完成了党组织交给的各项工作,并在工作中较好地发挥了骨干作用。他多次被评为公司系统、东方红林区电业局安全生产先进个人、营销先进个人、双文明先进个人、优秀工会会员。2017 年 9 月 30 日，经过支部党员大会，他光荣地成为一名预备党员。在新党员表态发言中，周峰激动地向党组织庄严地承诺，"以党员的标准严格要求自己，在供电服务的本职工作中，努力发挥共产党员的先锋模范作用，用高质量的学习和工作，向党组织报告"。

周峰，一名普通的林区电业员工，在平凡的人生轨迹中，用"三不休"的理念解读"山高人为峰"的精彩，因为前进的步履不会停下，所以新的精彩就会继续演绎。

（作者单位：鸡西东方红林区电业局）

亲情暖·国网梦·爱如电

——记国网公司"十佳服务之星"、全省"五一劳动奖章"获得者王清萍

任海霞

　　劳动是神奇的,劳动是伟大的。劳动者用勤劳的双手和智慧,编织了这个五彩斑斓的世界,创造了人类的文明。我身边有这样一位劳动者——国网牡丹江供电公司营销技术负责人王清萍,她在20多年的营销工作中融入亲情化、人性化理念,用亲情服务在她和客户之间架起一道美丽的彩虹,在自己勤奋逐梦的过程中,让客户感受到优质服务的温馨。

　　20年前,刚刚走出大学校门的王清萍带着对前程事业无限的憧憬,带着年轻人无比的朝气、激情和对职业的热情,成为营销战线上的一名新兵。工作中,面对形形色色的客户,她深深地感受到营业一线员工每天所承受的压力,她发现,仅凭自己最初的激情与热情来为客户提供服务那是远远不够的,如果在工作中,加入亲情元素,客户在办理业务中感受到家人般的温暖,是否会对营业人员的工作多些理解与宽容呢?一件发生在营业大厅内的突发事件,坚定了她改变工作方法的决心。

她在营业厅担任大厅班长期间，记得那是一个烈日炎炎的夏天，秩序井然的营业大厅内，突然闯进一位怒气冲冲的男子，他的一番吵嚷打破了营业大厅的秩序，也将几位正在办理业务的客户吓坏了。

"我前几天刚交的电费，今天又收到了催费单，谁能解释一下这是怎么回事？不说清楚，我跟你们没完！"经过咨询员的查询，由于客户提供错误信息，将自家的电费交到了邻居家的账户里。男子一听，情绪更加激动，边挥舞拳头边怒喊道："这我不管，你们赶紧把钱还给我！"

他根本不听收费员的解释，便直接推开柜台上的显示器，同时一个箭步跨入敞开式工作台准备抢钱。见此情景，王清萍立即上前边用双手制止他，边劝他说："先生，您先别着急，有话慢慢说，您的事情我来帮您处理。"

"你是谁呀？"男子双眼通红地瞪着王清萍。王清萍微笑地对他说："先生，我是这里的负责人，只要您提供缴费收据和身份证明，我会想办法帮您解决。"听到王清萍的话，他迟疑了一下，嘴里念叨着："收据交完就扔了，我刚刚出狱，还没有身份证呢！我不是来闹事的，更不是骗子！"他眼里的怒火渐退。王清萍见状，马上将他领到了洽谈室，为他倒了一杯水，诚恳地对他说道："先生，我相信你！也请你相信我！请你稍等，我马上为你办理。"王清萍立即调取了当天的缴费录像，同时联系了他家的邻居，及时进行了订正。一件可能发生的恶性事件，在亲情与信任的作用下被平息了。

就这样，王清萍在日后的工作中，秉承"以诚信服务为基石，以规范服务为依托，以客户满意为归宿"的宗旨，用自己的微笑、温暖的话语，对客户多问候一句，多沟通一下，多优质一点，多帮助一些，传递家人般温暖的真情，来化解一个个凝结在客户心头上的疙瘩。

　　"亲情服务法"一经推出,深受客户高度关注。营业大厅被命名为"王清萍品牌营业厅",走进大厅内,空气中处处充盈着温馨,随时能体会到凝聚着女性所特有的细腻。在这里,客户可以很方便地找到印有服务承诺、服务电话、服务规范的宣传卡及便民预约服务卡……

　　自"王清萍品牌营业厅"成立以来,王清萍用自己的实际行动带动大家一起放飞了成就国网梦的希望。因此梦想变得飞扬热烈、无比厚重、朝气蓬勃。

　　逐梦的脚步不会停留,亲情服务法不会只停留于亲情上。在王清萍担任营业主任期间,她带领10名姐妹迅速向"学习型""管理型"转变,努力提高综合素质,不断拓展服务内涵。在优质服务提升工程中,在推行"亲情服务法"的同时,又推行"6521工作法",在2014年5月,创建了"王清萍劳模创新工作室"。

　　2015年,面对当前电费催缴的严峻形势,营业二所在辖区三个新装小区创新推出"主动对接新装小区,建立客户微信群"服务项目。进行客户入住前不供电测试,实现发行首月"零欠费、零投诉、零工单",得到了小区物业和用电客户的高度认可。这个项目获得省公司第二届青年创新大赛铜奖,并代表省公司参加了国网公司的决赛。

　　"亲情是一道飞架在我们和客户之间的彩虹,让客户感受到优质服务的温馨,让用户与我们的最后一公里变成零距离。"这是王清萍在会上安排工作时经常强调、给大家印象最深的一句话,这也是她在工作中所追求的原则。在2017年营配贯通工作中,她亲自部署,制定详细方案,安排供电所内勤人员全部协助老职工完成指标。在数据采集完成后,组织人员现场对所采集的数据进行核实。在营销普查过程中,她还要求并带头对所发现的安全隐患当场整改。她发扬实事求是的作风，统筹安排，扎实工作，从而保证了新营配贯通工作的正常运行和其他相关工作的开展，其工作业绩受到相关部室领导的肯定和赞赏。正是本着这种原则，在她担任营业二所专业技术负责人的两年多时间里，全所经营目标增幅明显，安全局面稳定可控，服务优质高效，党建工作稳步开展，管理水平不断提升，忠实履行社会责任，展现企业风采。由于她的出色工作，2017年6月，荣获中共牡丹江供电公司委员会表彰的"文明先进集体"等五项荣誉；王清萍本人也被国网公司表彰为"十佳服务之星"荣誉称号。

雄关漫道真如铁，而今迈步从头越。王清萍在总结推行亲情服务的道路上，带领着整个团队就像一个初生的婴孩，从引吭试啼、咿呀学语、蹒跚学步，每一步成长，都承载着所有国网人对客户们的爱与真诚，演奏出一首别样的"爱如电"之曲。

阳光里，王清萍是一张国网亲情的名片，用优质服务情满客户。岁月里，王清萍是一张国网梦的请柬，迎接所有敢于逐梦的人。王清萍相信，在不断创新推行优质服务的道路上，只要大家坚定信念、团结一致、共同努力，必定会使服务更加贴近客户生活，也必定会勇往直前、扬帆逐梦，在美丽的龙江大地上，高唱着《爱如电》，在永远不停逐梦的脚步中，闪烁出最耀眼的雪城明珠之光！

（作者单位：牡丹江供电公司）

千里帮扶路 一生雪域情

伍 洲

在高原上工作,最稀缺的是氧气,最宝贵的是精神。长期以来,一代又一代共产党人舍弃常人所拥有的、放弃常人所享受的,扎根雪域高原,矢志艰苦奋斗。"

绵延的群山、庄严的佛塔、清香的酥油、淳朴的笑脸,是大多数人脑海中纯净而神往的甘南藏区。2015 年 11 月,伊春供电公司建设部专责孙建华作为国网首批"东西帮扶"人员,带着使命与职责来到雪域甘南,对当地农网工程管理工作开展帮扶指导。在这里,他和同行的 8 名帮扶人员对藏区工作有了更深层的体会:高寒、稀氧、对家人的思念、难以磨灭的孤单……同时,他们也在工作和交流过程中经受着高原的洗礼,用忠诚和意志为藏区电网建设添上了浓重的一笔。

小兴安岭到迭部县,3000 公里的距离,3000 多米的高差。临行前,孙建华的妻子刚刚怀孕,如何权衡好工作与家庭的关系,成了这个已到而立之年的男人最大的难题。"世间安得两全法,不负如来不负卿",最终,家人的理解、妻子的支持让他义无反顾地踏上雪域高原,投入了甘南电网建设事业中。

高原反应,是每个帮扶人员必须跨过的第一道坎。空气稀薄带来的不只是胸闷气短、四肢乏力，也让孙建华吃尽了连续失眠的苦头。尽管如此，沉重的双腿并没有阻止他和同行帮扶人员的劲头。为了精准开展勘察和验收工作，孙建华跑遍了当地所有的行政村。在车辆无法到达的山路上，双脚磨出了血泡；在高原强紫外线的照射下，晒脱了肩颈的皮肤。雨季到来时，山洪滑坡也给验收工作带来了极大的阻碍。2016年7月20日清晨，连日阴雨的扎尕那群山如黛，孙建华等一行五人驱车前往当地农网升级现场开展工程验收。车辆转过山坳时，一块巨石从松动的山体上滑落。驾驶员迅速做出反应，汽车在湿滑的山路上制动滑行数十米，与落石擦肩而过。"苟利国家生死以，岂因祸福避趋之"，从迭部到夏河、从卓尼到周曲，这群来自全国各地的帮扶队员们就这样日复一日地穿过高山深谷，深入田间地头，将教导和叮嘱带到每个工程现场。在与甘南电网员工交流的过程中，孙建华也为他们艰苦不怕吃苦、缺氧不缺精神的工作态度所深深感动。"我由衷地敬佩本地的同事们，在山区电网施工任务中，他们用牛车甚至自己的肩膀将一节节杆塔和一件件金具送到山上，用几十年如一日的坚守，给大山深处送去光明。"

甘南藏族自治州地处青藏高原与黄土高原过渡地段，深沟险壑星罗棋布，导致当地线路档距较大、配网线路故障频繁。"扎尕那的景色让人无法平静，但这里的电网运行问题也让人难以安眠。"通过实地踏查，孙建华发现经常跳闸的线路大多跨越山谷河流，每逢大风天气线条舞动容易引发相间短路。经过分析论证，他提出对此类线路加宽横担并加装防震锤，逐步提升线路绝缘化率，大幅降低了当地配网线路跳闸频率。

由于甘南州供电公司上划较晚，工程现场管理水平与国网公司要求还有很大差距。为此，孙建华根据甘肃省公司相关规程制定了详细的业主项目部管理办法,对项目部人员选派和分工提出了明确要求。针对较为落后的农网工艺水平,他跑遍了当地的供电所、变电站开展调研,与一线职工进行深入地沟通探讨。时间久了,工人师傅们也都乐于找这个东北爷们"寻方问药":"遇到工艺上的瓶颈时,他总会给我们出主意、想办法,和我们一起讨论研究、查找资料。现在,我们也养成了在工作中带着问题找答案的好习惯。"根据在作业现场发现的突出问题,孙建华还总结编制了《现场施工工艺口袋书》,提出并建立了"样板工程试点",让一线人员能够在作业中对照相关标准提升施工工艺。2016 年,甘南公司全部农网工程零缺陷移交并投入运行。

开展帮扶工作既要授人以鱼,更要授人以渔。为了实现从"输血"到"造血"的功能转变,孙建华先后与两名新入职大学生建立了师徒关系,悉心传授自己从事工程质量管理多年所积累的经验和技术。"当前迭部县项目管理工作的重点是加强电网规划设计和农网标准化建设。我要带出几名技术骨干,让他们在业务和管理上能够独当一面,完成好公司交给我的'传帮带'任务。"为此,他每晚翻阅专业书籍、查找以往工程资料,让自己的讲解有据可循,又不脱离地方发展实际。"一年多来,孙建华同志在农网管理、供用电业务指导和职能科室完善方面为迭部县公司做出了诸多贡献,为公司人才梯队建设提供了有力支撑。"迭部县公司寄来的信中,对黑龙江省伊春供电公司为甘南电网建设提供的支持和帮助表示了由衷的感谢。

功崇惟志、业广惟勤,孙建华和前赴后继的东西帮扶计划参与者们,用言传身教、身体力行,践行着缓解西部人才短缺这一中央战略目标。他们怀揣着滚石上山、爬坡过坎的信心和勇气踏上雪域高原,将自己对企业的忠诚、对使命的赤诚、对事业的热忱在

白桦林

Baihualin

措美峰下深深铭刻。"走在高原上,才能体会到帮扶事业的伟大和艰辛;走过峭壁上的铁塔,才能感受到国网人的付出和勇气。"孙建华说,"东西帮扶计划是国网公司平衡电力发展差距的一剂良方,也是我此生弥足珍贵的重要财富。"

（作者单位:伊春供电公司）

为了铭刻于心的纪念

马天龙

再过几天的 6 月 19 日，是一位对我一生都十分重要的师傅的三周年祭日。长歌当哭，我把前些年写的有关师傅的不成文思的文章集结于此，以慰藉我那时常在夜半梦到师傅而呜咽的心灵。愿师傅的精神永驻心间，激励我和我的友人们携手前行。

（一）铁人醉了

检修苦，检修累，检修脏，但这里有"玉"一样的精神在闪光。集中这种精神的，就是检修工区五班班长孙广义。

他平时不太爱吱声，总是像在想着什么问题。可只要你跟着他一走进开关场，你就发现他仿佛变了一个人。看着他的那些设备，听着电晕的滋滋声，闻着变压器油淡淡的味道，他的脸上就不知不觉露出了笑容。这个该换巴金了，那个该补油了……他像关心自己的孩子一样关心着他的每一件设备。可他的"孩子"太多了，4 个 220 千伏变电所不算，还有工区的 110 千伏及以下 39 座变电所塔的设备，对这些设备的脾气、秉性，他都了如指掌。

去年夏天天气格外的热，在那使人烦闷的季节，他们接到了 2 台 220 千伏主变、6 台 220 千伏开关、5 台 110 千伏开关、3 台 35

千伏开关、6 台 10 千伏开关的大修任务。而按预定计划,9 月中旬又将有秋检、技改、两措的大量工作在等待着他们,这就需要在 9 月中旬前将以上所有的大修任务完成,在短短的两个半月的时间里要把将近 4 个多月的工作量完成是有相当困难的。但是,凭着对设备状态的了解,他带领全班毫不犹豫地接受了任务和挑战。带领全班 12 名伙伴一心扑在工作上。他们放弃了节假日,放弃了与家人团聚共享天伦的温馨,没日没夜地工作在自己的岗位上,吃住在工地上。

炙烤着大地的太阳也来凑热闹,兴奋地照看着开关场里挥汗如雨的汉子们。十点钟以后别说已经无法在工作场地站人了,就是在避阴处只要是动一动就会浑身冒汗。好像太阳也知道他患有日光性皮炎,对紫外线过敏的事儿,热情地持续不断地照顾着他。你看他一丝不苟把工装严严实实地捂在自己身上。工装上,深绿的是还没有干的汗渍,白花花的是棒硬的汗碱,洗不掉的是又溅上的油污……即使防护到这个地步他还是被紫外线灼伤了,从脸上到身上起了一片一片的小红疙瘩,痒痒啊!

可你看他,几十年了,从未因为这个请过一天的病假。我曾经在开关场里问过他:"累吗?"他嘿嘿地笑了笑:"咋不累,可俺就觉着在开关场里工作舒坦,俺挣的钱,值!"

朴素的话语使人感慨。是啊,德国的脊梁不是俾斯麦,不是威廉二世,是面对风驰电掣而来的火车向自己的儿子高呼"卧倒"的铁路工人。俄国的脊梁不是库图佐夫,不是彼得大帝,是伏尔加河上的纤夫……一样,中国的脊梁,是专心致志以敬其业的广义们!

物以类聚,人以群分,站在广义身后的是 12 位与广义一样的汉子。高的、矮的、胖的、瘦的,年纪相仿的,岁数很小的……可他们都是干起活儿来不要命的。他们荣获了省公司模范班组、市创新示范岗等多项集体荣誉。在短短两年多一点的时间里是怎么带出这样一个集体的？

广义笑了，"人心都是肉长的，你真心对人家好，人家就对你好"，是啊，广义待人是以心交心。12位弟兄来自多家，脾气不同，秉性各异，但都身怀绝技。班组组建时，正赶上一年一度的防污闪和春检工作，怎么把大家的积极性在短时间内调动起来，把大家的技术特长发挥出来，是摆在广义面前现实又迫切的问题，广义失眠了。

生产工作最要紧的是安全问题，就从这里下手吧。他和班里的弟兄们边工作边学习边讨论，对工作中容易出现的危险和注意事项与大家不间断地交流，征求大家伙的意见。工作中，他留心观察每一个弟兄的工作特点与技术特长，在最关键的时候，搭上来的双手必定是广义的手，在危险点附近工作的弟兄必定被一双关切的眼睛爱护着，工作中一丝不苟，以身作则的必定是他们的班长……有这样的班长，大家心里都暖乎乎的，工作起来，浑身都有使不完的劲儿。

工作不光是干，还要讲究效率。在广义的影响下，班里的弟兄个个心细如发。春检前，他们利用休息时间对直接管辖的4个220千伏变电所进行全面细致的统计工作量和每个缺陷的处理方法，逐条逐项记录清楚，一个一个所细致地琢磨，回来后马上合理安排在春检预案中。正是由于春检方案编制的细致、全面，为春检工作奠定了基础，正是这细致入微的工作，使他们班的春检现场井井有条，忙而不乱，在工区成立的两年多的时间里没有违反安全工作规定的现象发生。

在工作中他不但细致认真，而且非常注重动员老师傅对班里青年的培养。他经常手把手地教他们，当他们遇到问题和困难时他和老师傅们非常愿意解答和帮助。他经常和大家一起学习和讨论,每次工作前都要和大家进行工作方案的学习和对工作中容易出现的危险及应注意事项分析,集思广益调动每个人的积极性,让大家从思想上、从内心中互相关心,注意安全。在每次工作前也都要对工作的工具准备和材料准备逐一检查,并根据工作的特点和现场的实际情况,进行讲解和分析。每天到现场后,认真检查现场的安全措施,地线的装设情况和组数。时间充裕的时候,还在现场进行实物检修讲解,这样会很快帮助大家提高,特别是年轻人的检修水平。海林变牡海线开关大修时,他就和老师傅们根据工作的实际情况开展了现场的实际检修讲解,这种培训方式大家很容易地就接受了,记忆牢固。大家,特别是年轻人有问题也愿意找他请教,班里的学习气氛越来越浓了。

这就是五班,班组内部是融化了的暖融融的铁,工作中是响当当的铁班。

铁的熔点高了点儿,可融化的时候一样有似水的柔情。广义上有老,下有小。这么不要命的工作,对不住家人是不用说了的。今年10月,他带着全班远在镜泊、沙兰现场做临时过渡。这时,他近70岁的老父亲第三次住院了。广义全班凯旋的时候,他的妈妈才把消息告诉了他,解释说:"不是不告诉你,怕你工作分心……"广义掉泪了。当大家去探望他的老父亲时,老人躺在床上也掉泪了。

最了解广义的是他的妻子。去年穆棱变新增了1台220千伏2号主变,运行良好后,在今年对已经超期运行的1号主变进行大修。可也就是在这次工作中,由于多年的过度操劳和不规律的饮食习惯使我们的铁人倒下了。医生叮嘱千万不要劳累,定时打针吃药,尽量静养。可是他就是放心不下工作,一心想到现场和同志们工作在一起。为此妻子与他长谈了两天,最后妻子还是没有能说服劝阻住他。广义又回到了他热爱的岗位上。不放心的妻子每天都要打电话询问他的病情,叮嘱他按时打针吃药。可他总是说很好很好。由于他的再一次的操劳,病情又加重了。广义住进了医院,可就是这样,在他住院期间他还是放心不下工作,每天都要打五六次电话询问工作进展情况,工作中是否存在问题以及如何处理和解决。气得医生笑着对他说,"行了,咱俩是同行,平时你净给你离不开的设备检修了,这回,请允许我给你好好检查一下吧……"广义无奈地笑了。

广义没事儿的时候也愿意喝两口,但从没见他喝多过。去年局里树他为标兵,他的老父亲也出院了,大家伙请他喝酒,广义话多了,脸膛红润了,我们的铁人醉了。

(二)铁疙瘩的自言自语

俺媳妇儿说俺是有神经病的铁疙瘩。她说的没错儿,俺自己也觉得俺不太正常了。俺越来越爱闻变压器油、液压油的味道了,几十年了,习惯了。别说闻,俺有时还亲口尝一尝呢,在俺嘴巴里呷一下,那味道,很"鲜"嘞。俺也越来越爱听220千伏开关场里电晕的滋滋声了,你听,晴天的、阴天的,它在唱不同的歌儿。俺还愿意摩挲那大小不同,柔软的,或有点硬的黑色的扒筋,俺知道,它们柔软的躯体替俺把一样没有骨头的油封在它们应该待的地方嘞。

上岁数了,有时候,活儿干得费劲儿了。前年,几百斤的瓷套,俺还能一个人儿扛走,今年也不知咋了,半拉身子不太听司令部的指挥了,右手有时自己就哆嗦起来,莫不是俺也得搞搞春、秋检了?呵呵,伙计,不行啊,明天,后天……活儿都排满了,没有时间照顾你啊!坚持到年底吧,还有,求你,别在大伙儿面前哆嗦,行吗?

啊,俺得坐下来休息一会儿了,喘口气儿。这台开关两年没打开了,去年秋天就动了5次,怕是油都黑了,再拉一次弧儿,我怕没骨头的油要糊粑了,也许还会大发脾气呢。所以,今儿给它看看,关心关心它。你瞧,全黑了,俺的判断还有点谱儿,嘿嘿,俺还没老。听说,这种开关进化出来一个新兄弟,里面再没有俺爱闻的油了,装的是什么六氟化硫气体,据说它们身体很棒,二十年不用检查身体。啊,不知道什么时候,俺这里才能都换上这种开关,那时,俺也许就该退休了,可以回家好好检修一下自己了。

(三)放单飞

一丝风都没有,白花花的精力旺盛的太阳把他的金箭毫无保留地射向地面。安全帽下的湿漉漉头发服服帖帖地趴在脑壳上。迷彩工作服内是一个相对湿润的小环境,一层薄薄的汗黏膜牢牢地粘在身上。

嘴里发苦,发涩,渴望滋润。

啊,这是昨天。我梦中的记忆总是像热天里前方镜面一般车道上方抖动的热空气,模糊而且颤抖。

那是北变,因故推迟的最后的春检。我们早晨6点半就出发了,7点进入工作现场,8点开工。疲劳的220千伏甲、丙母线,1号主变220千伏、110千伏、35千伏间隔,220千伏牡北乙线间隔、220千伏母旁间隔都已经停了下来,静静地等着我们的"会诊"。

师傅用白毛巾紧紧地扎住脖领儿,尽可能地防止紫外线,要不,那看不见的有点发紫的射线会蜇他,馈赠给他一片片的小红疙瘩。

拆接头,试验,清扫,处理缺陷,全谱段的热烈的阳光下,咸的汗水陪着一项项工作艰难完成。下午两点,身体突然干燥了,无汗可出了,不过这时我发现了"新玩具"。那是水枪。

1个月后的最热天,1号变压器要单独运行,大约要带11万以上的负荷,所以师傅要给变压器洗澡,还要处理他的风冷系统。水枪的后坐力很大,射程在 4 米。比小时候的水枪好玩多了。从散热片冲出的水先黑后黄,流了一地。

下午 5 点,太阳还像热恋中的情人,久久不肯离开地球的这一面。不过,我们已经开始撤离现场,运行人员要恢复送电了。

师傅答应我,可以留下送电,我要放单飞了。

送电很顺利。将近三个小时以后,太阳终于恋恋不舍地去会月亮情人,天渐渐黑下来了。我对师傅说,一个礼拜后,太阳滞留的时间最长,可能最多也就再后延半个小时吧。师傅笑了,说他总感觉 6 月 23 日晚上天黑的时间缩短得最厉害,大约有 15 分钟的样子。晚上 8 点,天已经完全黑下来了。我们撤离了北变,回到工区,卸军用背包。

小饭店里,头一回感觉扎啤的爽……惭愧,以前的扎啤算是白喝了。

将近 10 点到家,卫生间的灯还亮着,红豆已经睡了。绿豆还在睡眼蒙眬地等我,绿豆告诉我,红豆临睡时一再嘱咐要给黄豆留灯……来不及洗脚,倒头便睡。

今早失约了,4 点 45 分没有及时醒来,没带红豆去公园喂鸵鸟、玩双杠。5 点 30 分起来,补洗了个澡……

(四)人民币的味道

从羊年到猴年,毛算,参加变电检修工作两年了。两年来,我深深体味了人民币的味道。

正月初八,我的师傅们在库里忙碌了一上午,初九装车,十二我们来到了天伦拔丝厂。这个厂已经投资一个多亿,准备生产汽车轮胎用钢丝绳。厂房真宽敞啊,这是黄豆头一次见到的大厂房。

　　其实，变电所并不大，4 面 10 千伏高压柜，5 面 380 伏低压柜，1 台 1600 千伏安变压器。室内变电所，很棒，只是门窄了些，铲车进不去。

　　我的师傅们带着我，用滚杠运柜，用枕木和抹了黄甘油的槽钢运 5 吨的变压器。刚运了两面高压柜，汗就下来了，第三面时，衬衣就已经贴到前胸和后背上了。等到变压器就了位，我已经蹲在墙角不想再说话了。

　　不过，我残余的三磷酸酰酐还能为我的大脑提供思考的动能。

　　是啊，

　　有人觉得人民币是甜的，当他拿出来资助失学的孩子们的时候……

　　有人觉得人民币是酸的，当他无力供养自己的双亲和孩子的时候……

　　有人觉得人民币是苦的，当他的双手被它拉进监狱的时候……

　　有人觉得人民币是辣的，当他爱慕虚荣而钻进它的圈套的时候……

　　而此时蹲在墙角里的我，恰好有汗水悄无声息地滑进嘴里，于是我感觉到了它的滋味儿，啊，淡淡的……

　　我的师傅们就是成年累月地从事着这样的工作，我抬起头来，看见他们脸上晶莹的汗水顺着面颊皱纹无声无息地滑落，掉在水泥地上，炸开一个个小小的花朵儿……

　　我使劲抿了抿嘴唇儿，和着唾沫，把那淡淡的味道狠狠咽了下去，站起来，走进他们。

（五）梦

写下第一个字的时候，他应该已经过了山海关。

昨天下午，送他上车时，刻意压抑的情感，在分别握手的瞬间，凝结在臂膀和眼眶中。

这是一次前途未卜的旅程。

其实，我在工作后不久就已知他的为人，但未曾谋面。1995年以后，经人介绍，人和名终于对上号了。他言语不多，眼光平静，初次相识，印象并不深刻。以后接触的逐渐多起来，感觉他仿佛从林荫小道的那一头背对着太阳微笑着缓缓向我走来，轮廓渐渐清晰，微颔下颌侧首斜望的面庞棱角逐渐分明，阳光从他的两肩投射过来，映衬着他长年累月户外工作而略显微黑的脸颊……那是湿热的昨夜油画般的梦境。

应该是在两年前，我来到检修工区，我们的接触频繁而紧密起来。我才发现，他也并不总是平静的，他在开关场里，话自然就多起来，眼光也严厉起来。我开始是听不懂的，后来能听懂一点儿，再后来可以跑腿学舌，现在，我可以随手递上他需要但并未表达的工具、图纸或者螺丝，虽然还是显得笨拙。

我逐渐明白，他的平静来源于思考，他的心思都放在他挚爱的设备上，他了解它们，熟悉它们的脾气秉性。他思考着，制作了多少专用工具，安全、好用。他花费了多少心思把身怀绝技的12个弟兄相处得像一家人，一个班承担了4个所的重任，仅仅如此，就相当于提高了4倍的工作效率。

他累啊，从他干上检修开始，那不仅是身体上的，更是心上的。他渴啊，当他看到新装备的说明书的时候。他高兴啊，当他看着一样样新设备经他的手逐渐发挥出自己的效能来。他自豪啊，当他在每一个所里沿着巡视道缓缓而行的时候。他欣慰啊，当他抚摸着即将告别舞台的陈旧设备的时候。

他像一个好医生，专心致志、认真负责地对待人、对待设备，一丝不苟地完成任何一个细小的任务。这是中国勤恳工作的典型，真正创造价值，自豪、自信而又平静、负责、充满张力的个性代表，这样的人才是目前中国默默无声的真正的脊梁。

他又一次累倒了，负责给他"检修"的医生带来的消息令人郁闷，他自己已经明确知道自己的病情，肯定这次是要到北京进行"大修"的了。他将损失三分之二或五分之四的胃。在他家里，我留心他的表情，依然平静，还让抽烟，还时不时地打哈哈。但在车站分手的瞬间，他握紧了每一个前来相送弟兄的手，泪水不自觉地在每个人眼眶里打转……

18年前，老黑豆被相同的魔鬼折磨过，我们全家联手加上老黑豆奋斗不息的顽强意志，经过10年的奋战终于击碎了那魔鬼的头颅。经过这几年的相处，我深信师傅具有同样的意志，也一定能击碎那家伙的脑袋，赢得这刻骨铭心的胜利。

（六）老黑豆的抗战史——献给决战中的师傅

我的母亲和老黑豆是同班同学，毕业于哈师大中文系，毕业即下放到林口县莲花乡，我就出生在那里。

1987年的4月，是我一生中最感神秘的一个月，也是老黑豆拉开抗战史的序幕的一个月。其时我正就读于牡丹江一中，高二。老黑豆也正任职于一中，教语文。在此前的两年里，老黑豆的胃已经深受溃疡的折磨，但他不吭气，直到校医发现他备课时竟因胃疼而出汗。校医的朋友在红旗医院颇有名气，于是校医拉着老黑豆去做了检查。

仪器的名称已经忘记了，但据后来老黑豆回忆，他是躺着被捆在类似于床的隔离于一室的仪器上，并能多角度翻转。到医院时医生说,这项检查 10 多分钟即可完成,但检查突然停止,窗外传来医生与校医的窃窃私语,然后又进行了半个多小时的检查。检查结束时,校医竟然搀扶起老黑豆的胳膊,建议老黑豆再去做个胃镜检查。

做胃镜检查的医生很权威,正带着一群医学院的实习生。医生通过窥镜观察了一会儿父亲的胃,回过头来招呼他的实习生们逐一观察。然后说这个胃与一般人的不一样,已经发生了变化,就是 Cancer。他以为学俄语的父亲听不懂,但老黑豆当时就明白了自己的病情。接着做了物理切片,结果很快就出来了,证实了医生的肉眼判断。

老黑豆恳请校医、学校对我们全家进行了消息封锁。母亲是第二个猜到真实信息的,校长给母亲打电话,叫她放下手头的教学,准备陪同老黑豆到哈尔滨肿瘤医院做"胃溃疡"手术。为什么非到肿瘤医院去做手术? 母亲当时就被不祥的预感包围了,但她在怀疑中默契地采取了沉默,以至于我满头雾水地生平第一次被叫进学校财务室,怀里揣上六千元人民币赶回家里,那也是我生平头一次揣那么多的钱,全是大团结,崭新的,略有臭味儿的。

老黑豆临去哈尔滨的前夜,眼睛长时间地盯在我的身上,正处于逆反高峰期的我十分不自在,同时也隐约嗅到一丝不祥的味道。

三个星期,祖母照顾我们的生活。她时常在夜里叹息,这加重了我的狐疑,尽管当时已经自诩成长为真正的男子汉,但越来越凝重的气氛使我惊慌和烦躁不安。

父亲的体质很好,这与他青年时期是文登县三级跳运动员有很大关系。所以他术后恢复得很快。成功地返牡后,父亲就度过了第一个难关,他损失了五分之四的胃,残留的胃只有鸡蛋大小。一切不再需要保密,除了母亲我们都恍然大悟,我开始明白父亲走时是做了再也见不到面的准备的。

接下来的一段化疗的日子更加的漫长而难挨。老黑豆从此告别了讲台,在学校图书馆、家、化疗室做三角运动。1987年时的化疗药没有现在的先进,副作用很大。每一次化疗都是常人难以想象的苦难。呕吐,掉头发,体质直线下降,血常规下降到不到常人的一半。然后加强营养,恢复体质,当血常规允许第二次化疗时,又一个苦难的周期开始了。母亲变着样做好吃的,可老黑豆每化疗一次,他拒绝食用的菜谱就又增加为若干页。那时还小的妹妹就使尽了撒娇的本领,逼迫着老黑豆尽可能多地进流食。

一年过去了,老黑豆的头发完全掉光了……

又一年过去了,老黑豆的头发长出来了,只是别人总以为他戴了卷发套或烫了头,而且新长出来的头发卷曲、油黑发亮。

又一年过去了,他的新发又掉光了……

再一年,头发重新长了出来,又变直了,只是失去了光泽,也有了白发……

即使化疗最艰难时期,老黑豆顽强地坚持正常的作息规律,而且坚持早晚锻炼,全家互相鼓励。老黑豆笑着说他要坚持到我上大学,很惭愧我以高出本科线28分上了大专。老黑豆勉励我说要坚持到我毕业,等着我回家,很高兴,作为辽宁省优秀毕业生最差一科成绩85分的我回家与我的家人拥抱。此时头发已经掉光的老黑豆又笑着说要等着我结婚,等着抱孙子,等着……

5年,回哈复查,医生惊异他尚在人间。

10年,再复查,基本痊愈。

至今,老黑豆与我们正幸福地享受美好的生活。

师傅得了同样令人憎恶的病,谨以此篇不成文的东西献给师傅,希望师傅能与老黑豆一样顽强地战胜它。

后 记

正像我在《我是蚕》中说的那样,人,一生下来就朝着死亡不可阻止地去了。在这个自然大律面前,再大的英雄最终也是要失败的。那么对人来说,最重要的仅仅是在有限的人生里能不能创造出除重力场、电磁场、强相互作用、弱相互作用以外的第五种感应场,来影响人、感应人。师傅做到了,他像所有伟大的作家一样,以自己的行动抒写了精神世界的感应场,感染、激励我和我的友人们勇于前行。

（作者单位：牡丹江供电公司）

爱洒甘霖润青山

李　靖

　　"我是一名共产党员，应该在日常供电服务工作中发挥自己的模范带头作用。"

——题记

　　苗雨林，中共党员，现任东方红林区电业局运维检修工区主任。从事供电服务工作 23 年来，他以山里人特有的质朴和坚韧，坚守着为人民服务的入党承诺、诠释"你用电·我用心"的深刻内涵，发挥着旗帜方向的模范带头作用，把一份赤子挚爱深情，奉献给东方红林区。

学习——从头再来、勤能补拙

　　"可以输在起跑线上，但不能输在终点。"这是苗雨林经常说的，他也是这样做的。从事电力外线工程，看似没有什么高难技术，但是在东方红这个严寒山区，点多线长、导线绝缘化低、网架薄弱的供电环境下，没有真功夫，不要说胜任本职工作，恐怕一天都待不下去。

　　从苗雨林的履历表上可以看到，他参加工作的时候仅有高中学历,但是在日常生活里,学习是他时刻不可或缺的内容。他说:"自己的那点墨水根本胜任不了供电服务的日常需要,虽然经过岗前培训,每年还有专业培训,但是远水解不了近渴,只有边学边做,慢慢地梳理总结出一套适合实际需要的工作方法。"为补充专业知识的不足,2004 年他参加了黑龙江省电力职工中等专业学校供用电技术的学习,在学习中他坚持理论与实际工作相结合,坚持理论服务于日常工作需要,有时在课下的学习交流中,他提的问题常常让授课教师感到意外,这个学员题题不离实际,问题提得很专业,同事都说他是个"十万个为什么"。自然提的问题多,收获的也多。汽车、摩托车驾驶、油锯、喷灯、滑轮组、人字抱杆、手扳葫芦等专业工具使用样样精通,还练就了一手用挖掘机扶杆、手扳葫芦加卡线器紧线的绝活,这可不是吹出来的,那是一年三百六十五天,实实在在学出来的,干出来的,用辛勤的汗水换来的。

敬业——爱的奉献、润物无声

从 1993 年 8 月参加工作开始,苗雨林先后任东方红林区电业局石场供电所外线电工、网改一工区副主任、东方红供电所副所长、运维检修工区主任。工作岗位虽然换了好几个,但是主题和内容始终是一个——供电服务。

2012 年 12 月 4 日,我省东部东方红林区遭遇暴风雪天气,恶劣的天气导致当地多处电力故障,影响到近半数居民、企事业单位的生产、生活用电,苗雨林以雪为令,组织运维检修员工加班加点奔赴各个故障点进行抢修,在最短的时间里恢复了当地的生产生活用电。给当时来林区采访为东北虎补饲情况新华社记者王凯用镜头记录了下来,并在当日新华网上发表了以《东方红:基层电力工人暴风雪中抢险为民保障用电》为题的图片新闻。记者说："虽然多次来东方红林区采访东北虎，比较了解林区的气候，但还是第一次碰上白毛风这样恶劣的天气，在这样的环境下保障安全供电的难度是难以用文字来描述的，中午我们还没吃饭就停电了，心想这下可遭了，没想到的是不到半个小时竟然恢复送电了，小小的东方红供电服务做得这样好，引起我的好奇，这就是我采访的初衷。"记者的话语里充满了对东方红供电服务的认同，一张张图片记录了苗雨林和他的检修员工，排除各类故障的瞬间，抢时间赶往下一个故障点的途中在工程车上吃凉包子，而这只不过是他日常工作中的一个普通片段，怎能不让人动容和感慨。

创新——超越梦想、勇挑重担

创新，是支撑企业科学发展的动力源泉，也是一个爱岗敬业人价值的精准体现。在苗雨林的言语里"干活得用脑子"是他的口头禅。

10 千伏西塔线在湿地（线路途经黑龙江省 100 个最值得去的地方之一的东方红国家级湿地保护区）里架设，线路 1991 年竣工送电后，长期受水害的影响，线杆基础防沉台被冲刷全无、杆体上拔严重、东倒西歪，由于湿地里河流、泡、沼分布广泛，夏季湿地里积水过多，无法作业，只好在冬季施工。施工前苗雨林亲自带队，对 36.104 千米线路、555 基杆进行了特巡，掌握线路受水害的第一手资料，对需要更换的断杆位置、运距、工程量进行了测算，做到了胸有成竹。2016 年 12 月 13 日，东方红林区早已是滴水成冰的时节，冒着零下 30 多度的严寒，苗玉林带领 5 名检修人员，在挖掘机的配合下，开始了线路的扶杆工作。挖掘机的操作手从没有和这样的人一起干活，他的每一项操作，都受到苗玉林的严格控制。进入线路通道时必须绕开树木，行进途中不允许压折一株珍贵林木，开挖线杆基础的位置、斗齿挖掘的方向必须按照指定位置进行,在铲斗与线杆之间垫上木方再一点点顶升,杆位扶正后,还要四周培土,防沉台不能低于一米。原本大刀阔斧干惯了"大场面",现在不得不做起了"绣花活"。线路通道内的超高林木,为防止因风害造成树倒砸线的事故,对倾向线路通道的较大枝丫也进行了清理。手持对讲机的苗雨林,一天下来,嗓子都喊哑了。555 基线杆全部培土制作了防沉台,扶杆 400 余基,占线路的 72%,更换断裂角干 3 基、直线杆 2 基,全部工程仅用 11 天完成。长时间大负荷野外作业,使他人消瘦了一圈,局领导和员工都劝他休息一下,他说:"在整治水害杆的特殊时期,我作为一名党员,不仅要坚持到最后,还要发挥好党员的先锋模范作用。"

"好雨知时节,当春乃发生。随风潜入夜,润物细无声。"苗玉林,一位普普通通的共产党员,在供电服务的工作岗位上,二十多年如一日,忠诚履行党员职责,处处体现共产党员的优秀品质,发挥着先锋模范作用,舍小家为大家,也许他的"创新"永远也不可能获得国家发明奖,甚至连"五小"都算不上,但是仍旧乐此不疲。他说:"随着农网升级改造,离林区电网坚强的日子不远了,要当好'电保姆''电医生',让林区升起不落的太阳!"

（作者单位:鸡西东方红林区电业局）

用手中的笔来赞美水电

刘镜珍

每个人的心中都曾藏着一份梦想,刚上小学时,做一名老师教书育人曾是我的梦想。后来,因经常到父亲工作的地方参观,特别羡慕中控室内运行值班员认真神气的工作姿态,就梦想着有一天自己能够成为一名电力员工也不错,长大后,子承父业投身水电事业就成了我人生真正的梦想。

实践"运行"梦

刚参加工作时,我被分配在运行岗位,拌着水轮机的"轰鸣",开始了水轮机"运行"工作。刚离校门的我对什么都感到新奇,每天周而复始地做着同样的工作。因电厂是日伪时期建设的,多数是沿用日伪时期的设备,那些古老而陈旧的设备全靠手动操作。学徒期间,我和工人师傅们一起检查、巡视,监盘、进行倒闸操作,"点灯熬油",对自己的工作也非常上心。也为自己是一名运行值班员工而感到无比的自豪。我从基础工作学起,积极参加理论学习和专业技术竞赛,从学徒工、值班员,到能独立操作、管理班组。几年时间里,理论和实践的积累,让我对运行岗位有了全面了解和掌握。

运行这个岗位是我成长的地方。我从中感受到乐趣,感受到自我的价值,也为自己能为千家万户送去光明感到骄傲。我开始热爱这个岗位,期间发现过设备缺陷因及时汇报,避免了重大事故的发生,也曾多次受到褒奖。就这样,我在这个平凡而又辛苦的岗位上,春夏秋冬、寒来暑往,用自己的行动和责任发挥着应有的作用。

那段美好的"运行"经历,占据了我人生旅途的重要位置。

现如今,一些老水电的后代和我一样子承父业,每年还有新毕业的大学生充实运行岗位,延续和创造着电力事业美好的未来。时代变了,工作条件改善了。每当我走进"运行"这个工作场所,看着那些穿着崭新的带有国家电网品牌标识工装的运行值班员,精心监盘、日夜守护机组的安全的场景,心里就会涌动一份感动,平添一份敬重!

感受"记者"梦

工作后,我为自己设定了三个人生目标:一是上大学,二是入党,三就是干自己喜欢的工作。九十年代,我离开"运行"岗位到电厂办公室从事文印工作。工作时间长了,我深知知识储备量的不足。为此,我先后参加了成人高考,进行了函授学习,取得了汉语言文学大专文凭,实现了第一个梦想。在办公室工作期间,我积极靠近党组织,以优异表现加入了共产党,实现了第二个梦想。在学生时代,我就喜欢写些随笔类文章。工作之余,我积极向企业厂报投稿,由于表现突出,连续多年荣获厂报优秀通讯员。

90年代末,由于机构改革,我被调入新闻中心,负责企业厂报的编辑工作。从充满幻想、激情的文学爱好者,成为一名企业的专职新闻编辑。如愿干上了自己喜欢的工作。因为有了在运行生产一线工作的经历,为我日后的新闻宣传工作奠定了基础。

从那时起,我开始和文字打交道。厂报编辑工作是一项十分细致的工作,厂报是每二十天出一期,我认真对待每一期报纸,做到及时约稿、改稿、审稿、校对、排版,对报纸的质量高标准、严要求,尽最大努力做到少出错、不出错。我积极主动加强业务学习,不断提高自身的写作水平,渐使自己进入角色,胜任本职工作。

在新的岗位上,经常下基层采访。结合企业实际对季节性大修、春检中的好人好事、好经验好做法进行总结提炼,广泛宣传。我努力做到下得去、采得上来、发得出去。曾经"定格"了太多令人感动的工作瞬间,那些真实而火热的场景让我感动和难忘。以前在报纸上看到一篇篇文章,只觉得新闻写作是一件很风光、很露脸的事,从事这个职业后,才知道一直令人羡慕的记者行业却是如此辛苦和不易。经过多年的摸爬滚打,真正懂得了要写出一篇好新闻,是一件多么辛苦的事。除了平时的积累,更需要勤奋努力、不断创新和扎实地工作。

"记者"这个职业很光荣,让我觉得忙碌、充实和快乐。从事新闻宣传十几年间,发表消息、通讯、散文 2000 余篇,参与了企业各种大型活动的新闻报道,主笔了建厂七十周年的大型纪实综合报道,参与了企业(2001—2011)年的厂志编写工作。做一名新闻编辑,是我一生最引以为豪的事。直到今天,每当看到自己的作品被刊发,那种收获后的欣慰和快乐就会涌上心头……

书写"水电"梦

两年前,因工作需要,我又被抽调开始从事企业年鉴的编写工作。本着对企业负责、对历史负责的精神,怀着对工作的一种敬畏,我从向书本、兄弟单位学习到实际操作,精雕细琢,不断改进完善,事无巨细,付出了艰辛努力。期间,以各单位上报的相关资料为基础,经过编辑、修改,采集串联,整理排版印刷成书。

现在,对此工作逐渐熟悉了,少了之前的忐忑,但是在做完和做好之间,觉得自己还需要学习,还需要在实践中积累……

如今,我还和从前一样每天穿梭于无数行文稿之中。其实,每一种职业背后都有着不为人知的付出。每个人都有过青春梦想,我将人生最美好的青春年华,都献给了平凡而伟大的水电事业。和文字打交道30余年,不敢说自己的事业取得多少成就,却敢说凭着自己的不懈追求和执着坚韧,的确付出了艰辛努力。

在我的人生梦想中,无时不跳动闪烁着我追随电力的灵魂和火花。我的人生也因为电力而更加丰富和充实。我愿意用我的默默耕耘,去感悟在实现中国梦中强有力的足音,用自己手中的笔来赞美水电发展的最强音!

（作者单位:牡丹江水力发电总厂）

无限风光在险峰

决战向家坝——上海 ±800 千伏特
高压直流输电示范工程纪实

王　一

　　从前有座山。

　　峰奇崖险,半隐在白云之中,在恍入仙境的同时,也望而生畏。

　　然而,就是这样景色秀美的山脉,挡住了我们的光明之路。

　　于是,一群新时代"愚公"来到了这里,与恶劣的天气搏击,与险要的地势抗争,坚强地将一座座输电铁塔树立在这崇山峻岭之上,条条银线为中国华东地区输送着源源电能。

　　若问英雄出处,他们就是黑龙江省送变电工程公司的铁军。

　　这条输电线路,就是获得国家优质工程金质奖的向家坝—上海 ±800 千伏特高压直流输电示范工程(以下简称"向上线")。

决战崇山峻岭之巅

　　向上线鄂湘标段线路长度98.521千米,共有211基铁塔。线路跨越湖南、湖北、重庆两省一市交界的乌龙山深山老林,所处地理环境极其险要恶劣,高山峻岭、悬崖峭壁屡见不鲜,是全线地理环境最险要的标段。由于采用冰区设计,铁塔的平均重量达到85吨,重冰区铁塔最重达160吨,这在输电工程中上极其罕见。铁塔基础大部分位于海拔800～1300米的高山上,且大多数山峰侧壁为悬崖峭壁,部分塔位施工人员徒手攀爬都很难到达,在如此恶劣的地势下安装如此大的铁塔,是对安全施工的巨大挑战。蜿蜒曲折的运输道路非常狭窄,最窄的地方只能一人通过,个别单件塔材重达一吨,传统的人力马匹运输方式已无能为力,物资运输成为工程的难点。

在工程如火如荼、紧张进行的2009年夏天,最热时气温达到零上40摄氏度的高温,连降的大雨造成许多地方发生山体滑坡,这些不利因素给工程在施工安全、材料运输及施工进度方面雪上加霜。

为了确保工期,施工人员每天冒着零上40摄氏度的高温,在烈日暴晒、蚊虫叮咬下,冒着生命危险,坚持攀爬崎岖陡峭甚至危险的山路近4个小时,登上海拔1000米以上的铁塔安装现场,挥汗如雨、汗流浃背地完成一天的工作任务。

"零缺陷"踏出创优路

"向上线"作为国内首条特高压直流输电工程,只有示范,没有试验,既没有可以直接应用的标准,也没有可供借鉴成熟的技术和经验,任务艰巨,电气设备安装调试、输电线路施工的每一个环节、每一个细节都事关工程建设的成败,容不得半点马虎和大意。黑龙江省送变电工程公司参建项目部健全质量保障体系,编制创优实施细则,推行特高压工程"样板引路、示范先行",突出管理创新、技术创新、工艺创新、成品保护,实施事前、事中、事后三过程质量控制,严格执行"工程质量三级检验",有效杜绝了质量通病,所承担的输电线路鄂湘标段工程均以单位工程优良率100%、分项工程合格率100%的优异成绩一举通过竣工验收,并实现了"零缺陷"移交目标。

由于该公司广大参建员工以严格的过程控制和完美的工艺质量,有效地破解了施工难题,圆满完成了特高压直流示范工程创优创新使命,工艺创新结出丰硕成果,数字信息化器材管理、组合式支架安装,以及动力伞全程不落地展放导引绳、首创"多跨式循环索道"等多项具有自主知识产权、独特优势,并可广泛应用的施工新标准、新技术、新工艺,充分展示了该公司建设世界一流电网的能力和实力,多次得到网省公司的高度赞扬和充分肯定。

巧创现代"木牛流马"

在"向上线"鄂湘标段,施工人员自主研发、改进了传统的索道运输方法,利用柴油机、汽车半轴、钢绞线、油绳、水平滑轮等,制作成了"多跨式循环索道",将崎岖陡峭而漫长的山路,转化成索道节点与塔位间的直线距离,缩短小运时间的同时也降低了运输成本,一举解决了塔材运输的难题。

设计一条优化的路径,是架设索道的关键,通过试验,施工人员发现:索道的路径必须是一条直线,否则一旦出现转角滑轮掉槽就会影响运输。为实现一条索道能跨域多个塔位运输,施工人员开动脑筋,在需要转弯处安装一套转运设备,如此一来,就能将山外几公里的塔材,通过索道的凡次转运,运抵山中的塔位,大大缩短了运输时间。为确保索道运输的安全,施工人员从钢丝绳、滑轮等器具检验、使用到索道运输通道林木的砍伐,都认真做好危险点辨识等工作,为索道运输安全打下了坚实的基础。

B44号塔位位于海拔近1400米的高山上,基础的四周除一面为陡坡外,其余均为悬崖峭壁,作业面非常狭小,而索道的支架必须设在悬崖的边上，如何安装支架及支架上的设备，令施工人员一筹莫展。最后，两名施工人员在必要的安全措施保护下，攀上悬崖经过近5个小时的艰苦工作完成了安装任务，为施工赢取了宝贵时间。

经过统计，"向上线"的几万吨施工材料、工器具通过索道进行二次倒运率达90%之多。

汗水浇出荣誉花

辛勤的汗水浇灌出的荣誉之花也在"向上线"绽放。在2010年8月12日召开的国家电网公司特高压交直流示范工程总结表彰大会上，黑龙江省送变电工程公司获得"国家电网特高压直流输电示范工程突出贡献集体"荣誉，一大批参建员工分别获得"国家电网特高压直流输电示范工程功勋个人"和"国家电网特高压直流输电示范工程先进个人"荣誉称号。该公司经理尹乃维表示，荣誉来之不易，还需倍加珍惜，龙送铁军将进一步奋发图强，在国内主电网建设和运行维护中奋勇拼搏，攻坚克难，再次谱写企业科学发展新篇章。

作为一只敢打硬仗、能打硬仗、善打硬仗的队伍，黑龙江省送变电工程公司参与了多条国家重点输电线路的建设，站在江浙大地放眼望去，向家坝—上海±800千伏特高压直流输电示范工程同该公司正在参与兴建的"皖电东送"淮南至上海特高压交流输电示范工程和锦屏—苏南±800千伏特高压直流工程一起，形同三条平行的"巨龙"，由西北方向而来，向东南方向而去，为中国华东地区源源不断输送着强大电能。

"吃尽千般苦，踏遍万重山，脸黑心里亮，浑身都是胆，都说我们是铁军，不是硬汉别来送变电。我们在大地的胸膛，竖起座座钢塔，我们在太阳身边，牵来条条银线。我们在雪原冰川，踏出道道路径,蹬牢脚钉,敢摘满天繁星;系紧腰绳,笑迎酷暑严冬。送变电工人是一支铁军,为光明的事业,把青春奉献。"《送变电工人之歌》是对黑龙江省送变电工程公司铁军精神最完美的诠释。

薪火相传电力情

杜伟华

从上世纪 30 年代到如今近百年的时光之流里,从我的祖辈、父辈到已过而立年的我辈,从祖辈与水电意外结缘到父辈终身奉献水电、我辈薪火扎根水电,近百年家族血脉的传承延续中,一曲无怨无悔、如诉如泣的殷殷电力情歌在镜泊湖山水间久久回荡。

祖辈——闯关东结缘水电

上世纪三十年代末,山东遭遇连年旱灾,河流干涸,土地皲裂,饿殍遍野。许多山东穷苦百姓不堪关内战乱和饥饿之苦,被迫踏上背井离乡到关外讨口饭吃的逃荒之路。在这批浩浩荡荡的"闯关东"山东贫民中,有一个身材高大结实的年轻男子,看上去只有二十几岁,一头浓黑的头发,宽阔的四方脸膛,粗眉大眼,高鼻阔唇,典型的山东人相貌,穿一身洗得掉色补着很多补丁的藏青色马褂,提着一个破棉被卷成的行李,尽管因长期饥饿脸色蜡黄,清亮的眼眸里仍然透露着对未来生活的一丝勇气和希望。这个年轻男子就是我的爷爷杜培好,原名杜培殿,据说爷爷后来嫌"培殿"的名字不吉利,自己给自己改了个"好"字。

为了能填饱肚子,年轻的爷爷一路逃荒靠出苦力、打零工混口饭吃,最后几经辗转来到了黑龙江省这片据说地广人稀,只要种上种子就能收获庄稼的神奇黑土地。爷爷千里逃荒最后的落脚点是一座日本人正在动工修建的电厂,它就是现在的镜泊湖发电厂,原名叫镜泊湖水力发电所。没有读过书的爷爷当时并不清楚修建这座电厂的意义,他是被工头连哄带吓骗来的,据说只要肯做工,就给银圆。爷爷也算是见过"大世面"的人,第一次世界大战爆发时,年仅十几岁的爷爷被输送到法国修筑防御工事,虽然干的是最苦最累最低等的苦力活,但也见识了战争的残酷以及形形色色的西洋人嘴脸。爷爷算是最幸运的一个,同乡去的十几个年轻人,最后只有爷爷一个人活着回来了。

爷爷先是在电站做苦役,后来在日本人的铁蹄皮鞭下被迫做电站进水口杂役。水性极好的爷爷,无论冬夏都要驾着一条小船,用铁钗或直接跳进水里打捞电站进水口江面上的枯枝垃圾等杂物,没有固定的住处。他在岸边一个背风的山坡上用砍下的树枝和破苦布搭建了一个简易的"窝棚儿",这就是爷爷的家了。这个"窝棚儿"冬天四处透风,寒风毫不留情地灌进来,只能靠捡拾的树枝烧火取暖;夏天四处漏雨,到处湿淋淋,用木板草席搭成的床铺根本没法睡觉。就是在这个不能称为"家"的"窝棚儿"里,爷爷和小他十几岁的奶奶成了亲,并先后生下了大姑、大伯,我的父亲命最好,他出生的那年,1949年,新中国成立前,那时东北已经解放,日本鬼子被赶走了,爷爷作为发电厂的第一批工人,搬进了电厂大院居住,那些用玄武岩和黑石头垒起来的"石头房"当时可都是日本人才能居住的"上等房",在中国共产党的领导下,当这座用中国人血汗筑起的电站重新回到中国人民手中时,爷爷也有了自己真正的家。

爷爷是上世纪六十年代去世的,我们孙辈都不曾见过爷爷。关于爷爷的很多事,我都是从父亲那里听来的,还有就是从《镜泊湖发电厂厂志》上了解到的。翻开最早的《镜泊湖发电厂厂志》修复发电那段历史,可以清楚地查到"1945 年东北光复前,在电厂工作的中国人不足二十人,主要从事杂役和临时工作",其中详细记载道"进水口杂役:杜培好、孟××"。日寇投降前电厂遭到严重破坏,苏军出兵东北想要拆除电厂设备作为"战利品"运走,爷爷为保护电厂免受灭顶灾难发挥了重要作用。当时苏军在拆除油泵水轮机时,从蜗壳检查孔冒出的巨大水流直接喷向厂房房顶,将地下室灌满后,又漫出厂房,让苏军无法继续拆卸抢掠电站设备。这是中国人求之不得的事。苏军四处打听想要关闭进水口闸门,而人工关闭闸门的摇柄,正是在爷爷手里。爷爷早就看出了这帮"老毛子"没安好心,他把闸门摇柄偷偷藏起来,对苏军的询问装聋作哑。因为闸门无法落下,苏军又让押解的日军战俘到进水口下闸木堵水,都没有成功。1945 年 9 月中旬,折腾了二十多天的苏军,只好一无所获地撤走,拆下的设备被弃置下来,没有运走,这为新中国成立后电厂成功修复发电保全了主要设备部件。

爷爷也是后来参加电厂修复工作的主要人员之一,当时全厂职工只有三十多人,1946 年末达到八十多人,技术力量非常薄弱。工人和家属齐上阵,首先向厂房外排水和刨冰,大家赤着脚站在地下室的冰水里打捞从集油槽中溢出来的操作透平油,一勺勺将珍贵的油收集起来。被冰冻的机件,一镐镐刨开,重要部位用木头烧起来火烤化,整整刨了两个月,才把冰刨完。工人没有地方住,就住在厂房,家属把饭菜送到厂房,由于粮食紧缺,工人每天只能靠稀粥咸菜填饱肚子。1946 年,电厂成立了党组织,爷爷和几十名工人在电厂负责人姚大本、宋鸣岐的带领下,冒着遭土匪马喜山劫掠的危险,克服了技术力量缺乏、设备被抢丢失、生活条件极其艰苦等诸多困难,每天都抢修到后半夜,终于在当年修复了二号机。遗憾的是就在大功告捷之前,由于工人技术经验不足,二号机试运行时发电机起火,功亏一篑,让参与修复的工人们痛惜不已。爷爷和电厂工人痛定思痛,总结教训,又以全新的干劲投入到一号机的修复大战中。因为当时全国的解放战争正处在关键时刻,前方急需枪炮弹药,而没有电,军械工厂不能开工生产,早一天发电就能扭转敌强我弱的战争形势,早一天实现大反攻。工人们借鉴二号机的修复经验,对于缺少的部件采用"两台凑一台"的方法,战胜了诸多技术生活难题,终于在 11 月份将一号机成功修复,并通过镜牡线向牡丹江市供电,供给牡丹江市机车厂,修复了机车头 240 台,制造掷弹筒 50 门,供给牡丹江市纺织厂,织布 600 多匹,为解放战争做出了重要贡献。在祝捷大会上,牡丹江行政公署代表绥宁党、政、军各界,送给镜泊湖发电厂一面鲜艳的锦旗,上书"镜泊湖发电厂全体员工:你们是建设东北根据地的突击队",金色的大字铭记着镜泊湖发电厂工人阶级修复发电机组的光辉业绩。随后,爷爷和工友们一鼓作气,战胜了许多难以想象的技术困难和物资困难,经过上百次试验和失败,终于修复了二号机。1948 年东北行政委员会副主席林枫来镜泊湖发电厂视察,感动于镜泊湖发电厂修复过程的艰辛,挥笔题写了"镜泊湖发电厂发电纪念:劳动者创造光明的世界"题词。女作家草明,以修复镜泊湖发电厂事迹为原型,创作了新中国成立前第一部描写我党领导工人阶级成长的中篇小说《原动力》,受到热烈反响。

父辈——党旗下献身水电

也许是得自爷爷曲折传奇的人生经历和朴素无华的言传身教,我的父辈除了大姑嫁到厂外农村,大伯、父亲、三叔、四叔、小姑,爷爷的其余五个子女几乎全都在成年后加入了中国共产党。

其中,大伯以优异成绩考入哈尔滨工业大学,后来成为哈飞集团的一名飞机制造工程师,为祖国航空事业贡献了毕生智慧和心血。三叔是厂里的一名司机,后来调到哈尔滨第三发电厂。小姑是厂里卫生所的护士,一直工作到退休。我的父亲和四叔,先后响应祖国号召入伍参军,20多岁复员回厂分别走上水轮机检修和发电机检修两个电厂最重要、条件最艰苦的检修岗位,后来分别担任水轮机班班长和发电机班班长,一直工作到退休。父亲和四叔将四十多年宝贵的青春年华毫无保留地献给了爷爷和老一辈工人辛苦保全修复下来的水电事业,一生敬业,一辈子无悔。

关于父亲从事的水轮机检修工作到底有多辛苦,少年时代的我并不十分清楚,印象中,我上小学时,父亲那时大概三十几岁,常常总要打夜班。那时家里生活条件苦,父亲的工资不多,一个月厂里配发给职工的几斤粮食,根本不够一家四口吃饱。母亲除了白天到农场上工,早晚还要忙家里的农活。她在厂区周边开荒种地,春天种玉米、黄豆,夏天种青菜、土豆、萝卜,秋天忙着收菜打场,父亲因为工作忙,家里的大部分农活帮不上忙,母亲常常抱怨他是个"甩手掌柜"的。

记得父亲每天穿着母亲洗好的一身干净工作服上班,下班后那身工作服完全变得面目全非,工作服袖口、衣襟,裤子的膝盖、裤脚,到处蹭的是斑斑的黄锈和一块块大片的油污,父亲一走近,能清楚地闻到他身上散发出的油污和汗水混杂在一起的难闻的气味,让我和弟弟一脸嫌弃的赶快躲开。母亲就会一边唠叨一边催促父亲赶快脱下又脏又臭的工作服,浸到热水盆里,用专用的油污洗涤剂清洗。长大在电厂工作后,我才知道父亲每天穿的工作服为什么会那么脏,在到处是油污铁锈的水轮机机坑里检修拆下来的机组部件,要除锈、要擦拭、要打磨,怎么可能不沾染油污锈渍呢?

白桦林
Baihualin

　　父亲尽管只有初中文化，但在工作中却十分好学。记得小时候家里的写字桌有一个抽屉，里面放着父亲的笔记本，父亲多次警告我和弟弟不许乱动他的笔记本。有一次，父亲上班，我好奇父亲的笔记本里到底记了什么，偷偷打开翻看，发现里面有记的日期、有钢笔写的字，还有一幅幅用铅笔绘的圆的、方的线条图，图形上还用箭头标着"M15""M20"等记号，长大后，我才知道原来这都是父亲在检修机组时记录的设备零部件尺寸、位置等数据，是父亲随身记录的工作日记本。父亲后来自修了高中，又考取了工人技师，成为水轮机专业的技术行家。

　　父亲的水轮机检修工作到底有多辛苦，直到我工作后才真正了解，水轮机检修常年工作在潮湿阴暗的厂房机坑最底层，机组的导叶、拐臂、套筒以及水导瓦等部件都是重达几百公斤的笨重铁器，一些固定机组部件的螺栓就有碗口般粗。那时技术条件有限，拆卸几乎全靠人力，有些锈蚀严重拳头般大的螺母实在拧不动，还要用铜锤敲击扁铲，靠震动拧推并用才能将顽固的"铁疙瘩"攻克下来。回装导叶套筒时，每个导叶都要用手臂抡起二三十公斤的铜锤一下下对准击打，才能回装到位。听父亲说，这些都是每年水轮机大修必干的活，没有好体力根本干不了。

　　那些年，父亲和四叔是检修现场公认的两员猛将，每年的机组大修任务无论多么艰巨，他们兄弟俩各带一班人马总能按照厂里的要求，在计划工期里保质保量完成全部检修任务，让厂里机组安全运行，创下了一个又一个安全百天纪录。除了大修，父亲和四叔还担负着小修和一些紧急处理任务。90年代，厂里给我家安装了电话，我和弟弟高兴得不得了，后来才知道这是为父亲工作需要配备的，无论是深更半夜还是天未破晓，家里的电话铃一响起，父亲就会一骨碌从床上爬起来，三两下套上工作服，拎起工具包冲出家门，赶往现场处理紧急缺陷。父亲的工作又累又苦，却从未听他有一丝一毫的抱怨,相反却总是乐在其中。有时下了班,分场主任、班里同事来家找他谈工作,他拉出两张木头椅子,一边请人家抽烟一边谈工作上遇到的技术问题,一谈起来就是一两个小时,父亲时而思索、时而微笑的表情,让我分明看到父亲从工作中找到的责任感和成就感。工作踏实敬业的父亲曾多次被评为厂里的先进个人、劳模,还曾荣获牡丹江市劳动模范。

50 岁以后,厂里开展年轻人才选拔培养,父亲主动让位,把干了二十多年的班长位置让给了班里的年轻人担任。不仅如此,他还手把手地教授指导新班长如何组织分配班里的大修任务,对一些技术难点问题如何分析把关,使年轻的新班长仅用了不到一年的时间就胜任了新岗位,班里技术力量实现了新老对接、推陈出新。

父亲一辈子工作认真,几乎从未因私事请过假。2002 年母亲检查出肠道囊肿,需要到天津做手术,因为赶上现场有活,父亲不肯向厂里请假,家里人都对父亲的做法不理解。后来,厂里领导听说后,主动给父亲放了几天假,父亲这才陪母亲去天津治病。

2009 年,新中国迎来 60 华诞那年,父亲也迎来了年届 60 光荣退休的日子。一辈子兢兢业业、勤勤恳恳的父亲接受不了一下子从工作岗位上退下来的打击,头发在一夜之间白了大半,整天沉默寡言、情绪低落。为了让父亲尽快培养业余爱好,我们给他买了鱼竿、鱼饵,带他去镜泊湖江边钓鱼,他每天往返于原来上下班的山路,心血来潮还会去厂区转转看看曾经呵护了一辈子的机组设备,很长时间才渐渐适应了没有工作的退休生活。

我辈——传薪火扎根水电

如果惯用现在人们常说的"红二代""红三代"说法,我们这代人应该称为"厂三代"。说实话,少年时的我,从没想过要继承祖辈的遗志继续做一名电厂工人。我那时的梦想五花八门，小学二年级时我看见新买的文具盒上画着一个小男孩坐飞船遨游太空的图画，我曾梦想着长大后当一名科学家，也能坐着自己研制的飞船遨游太空。大概现在大家都熟悉的女航天员刘洋就是我那时的梦想。后来，喜欢上了马兰主演的《龙女》、韩再芬主演的《女驸马》，对黄梅戏十分着迷，甚至一度梦想长大后也当一名专唱黄梅戏的戏曲演员。

我的梦想从最初的不切实际到后来的尘埃落定，大概归功于家庭环境的影响，特别是爷爷传奇的人生经历和父亲对待本职工作的虔诚态度。从小学到中学，我在厂里的子弟校读书，学习成绩一直名列前茅，中考那年，很多老师都建议我考高中，然后上大学，而父母却坚持让我报考电校，毕业后回厂工作。是考高中还是考电校，当时的确犹豫了很长一段时间。后来听父亲讲述早已去世多年的爷爷为挽救电厂做出的非凡壮举，我对爷爷的印象由模糊变得清晰，心中钦佩不已。父亲在厂里获得的各种荣誉以及厂里在改革开放中日新月异的变化，让我下定决心做一名水电事业的接班人。记得那时老师让写一篇关于我的理想的作文，我很坦白地写下我的理想是当一名工人，当时还被很多同学嘲笑说这个理想太平凡了。而我深深地明白，"工人"这个称谓是祖辈历经半个世纪风雨磨难给予我们后代的光荣使命，作为老一辈电力工人的子孙，我没有理由拒绝也必须担负起这一家族的担子。

电校毕业后，不到20岁的我回厂参加工作，正式成为厂里的一名年轻工人。在镜泊湖发电厂运行岗位我工作了近十年，从值班员到副值长，亲眼见证、亲身经历了运行工作的酸甜苦辣，也深深体会到一线工人的艰辛不易。记不清多少个月黑风高的夜晚，在急促的闹钟声中，我起床穿上工作服打着手电、摸着夜路去上夜班，从厂区沿着到山下厂房的陡峭山道深一脚浅一脚赶路，夜风呼号、黑影幢幢，吓得毛骨悚然、心惊胆战；记不清多少个风雪弥漫的冬日,顶着刺骨的寒风,我们在变电站里来回巡视,举起长长的绝缘杆小心翼翼地敲掉高压设备瓷瓶套管上的一个个冰溜;也记不清多少次在厂房巡视记录,认认真真记下温度、油位、水压等一个个运行数据,在潮湿阴暗的地下室手动启动水泵查看地沟水位,却突然被窜出的一只老鼠、蹦出的几只癞蛤蟆吓得惊声尖叫,撒腿就跑……

没有经历过,怎会真正懂得?如果没有运行人员日复一日、周而复始、不厌其烦的巡视监控,就不可能及时发现设备异常,保证机组安全平稳发出每一度电;同样,没有像父亲一样的检修工人,把设备当成珍宝一样维修爱护,就不可能保证机组时刻健康无虞,让厂里的安全纪录不断刷新……

改革开放以来的几十年间,电厂发生了翻天覆地的变化,从原来的仅有一个装机3.6万千瓦的日伪时期修建的镜泊湖老厂,到镜泊湖新厂地下电站建成发电,装机容量增加到9.6万千瓦,成为黑龙江省唯一中型水电厂,为国民经济建设贡献源源不断的绿色电能;从上世纪90年代莲花电站在牡丹江下游开工建设并投产发电,水电总厂成为下辖镜泊湖、莲花两个水电厂,总装机容量达到64.6万千瓦的黑龙江唯一大型水电厂,在省网安全调峰中发挥着至关重要作用。随着科技腾飞的步伐,电厂不断加强老旧设备更新改造,老站换新颜,焕发新活力。电厂机组设备自动化水平从半手动半自动到全自动化,从微机控制操作到远程实时监控,实现了科学技术质的飞跃,一个现代化的水电厂正在日益凸现技术创新的强大活力和持续发电的优势作用。

工作中,我喜欢把自己的感受记录下来,并积极向厂报投稿,这无形中培养了我的写作能力。2006年,我调到厂新闻中心专门从事新闻采访编辑工作。虽然岗位发生了变化,但我依然以最初的热情,用手中的笔书写水电事业的突飞猛进,描绘电力工人的时代风采和电厂生活的多姿多彩,至今已在《中国电力报》《国家电网报》《黑龙江电力报》等媒体发表新闻 200 多篇,散文、诗歌、杂文等 100 多篇。

作为厂里的新闻专职人员,并不像外表看上去整天挎着照相机、扛着摄像机那样风光,其中的酸甜苦辣,只有真正从事这份工作并把它当成一份事业来做才会深有体会。记不清多少次穿梭在会议现场,多角度拍摄记录每一个会议瞬间,埋头用笔记录会议重点;也记不清多少次坐长途车一路颠簸到镜泊湖、莲花现场采访防汛检查、大发水电、机组大修、领导慰问等重要新闻,捕捉记录一线工人埋头苦干、创新拼搏的亮点事迹,照相机和摄像机在肩膀上轮番上阵,汗水不知不觉湿透衣背;更记不清多少次采访完一天的重要活动后,独自坐在办公室电脑前加班熬夜赶写新闻稿,不知不觉夜幕已悄悄降临。埋头组稿的寂寞是"痛并快乐着",看着一篇篇生动的文稿在指敲键盘的声响中脱颖而出,一篇篇精心琢磨的新闻稿在网络、报刊上刊登,将企业的新闻亮点及时宣传出去,我感觉自己真正尽到了一个新闻工作者的职责,再多的辛苦、再多的付出都值得!

已过不惑之年的我,不追求物质生活的享受,闲暇时喜欢独坐书桌前读自己喜欢的中外散文、传记、小说等各类文学书,在深深汲取文学养分的同时,不断磨砺自己的写作水平,近而为企业写出更多的精彩新闻和人物事迹,为走进新时代的水电人倾情放歌。近日,欣闻国家电网公司荣获 2017 年世界五百强企业第二名,我的心中为我们企业的持续发展壮大、从中国走向世界并引领世界能源格局而深感骄傲和自豪。作为国家电网公司的最基层单位,尽管我们只是公司汪洋里的一滴水,也有折射太阳光芒的晶莹智慧和汗水,在用水电清洁能源不断书写人类和谐发展的篇章中饱蘸笔墨,一往情深。

　　和我一样,我的弟弟,我四叔家的堂弟、堂妹也都在电厂工作,成为继承祖辈父辈水电事业的三代传人。从小喜欢穿军装的弟弟在莲花发电厂从事安全保卫工作,为莲花厂治安保卫、防火防盗等工作贡献着一己之力。堂弟参军退伍后,继承了四叔的水电检修事业,曾担任机械分场发电机班长,是检修现场的猛将和中坚力量。如今调到检修公司依然从事水电机组安装检修工作。堂妹曾在莲花运行岗位担任运行值班员,如今调到信息通讯分场工作。

　　我的女儿今年已读初三,对于她的人生理想,我不想太多地干涉,我只是希望她能多了解一些我们电厂从风雨飘摇的战争年代到现在成长为世界一流企业的 70 多年的沧桑历程,对电送光明、电暖万家有一个全新深刻的认识,进而激励她能够继承祖辈的水电遗志,将这份血浓于水的电力家国情永远传递下去。

　　　　　　　　　　　　　　　　(作者单位:牡丹江水力发电总厂)

"腊八"测量记

李 靖

汽车在光如镜子的路面上慢慢行驶,车窗外的西北风依旧呼啸着,丝毫没有减弱的样子,十几公里的路程下来,万物无踪迹,北大荒的寒冷真是名不虚传。

汽车在水田路的尽头停了下来,配电专工老杨、老杜和小周一下车,就感受到天气的寒冷。"哥们把家伙都带上,GPS、钢钎、木桩、油漆、斧子、草图、笔一样可不能少啊!"老杨的话音未落,几个人就按照事前分工各自检查整理自己的装备,然后向茫茫雪原走去。

这样的天气,按理说不适合室外作业,零下 30 多度的严寒,考验的不仅仅是人生理耐寒的承受力,更考验的是一个人的意志。

这里是林业局马鞍山农场高标准基本农田建设项目的施工现场,几天前项目负责人拿着规划图到电业局请求支援,几万亩水田需要新建、改建 15 千米的 10 千伏线路,53 眼机井安装 53 台变压器,工程预算、线路设计、变压器台的选址都要在春节前完成。"帮助企业实现经济转型也是我们的职责,时间紧、任务重,我们抽调工程技术人员配合你们,保证按时完成任务。"局领导的话语让用户看到了希望,连声道谢,于是便有了这次临时增加的作业。

　　虽然 GPS 比用经纬仪测量省去很多麻烦,但是在 GPS 中仍要先输入起点和终点的坐标,机井早已打好,必须测量出各机井的数据,才能规划线路,水田的参照物很少,几个人在水田中来回地行走,今冬的积雪,已经给水田盖上了厚厚的雪被,有的地方已经达到近 50 厘米,一步一个深深的雪窝,戴着厚厚的棉手套,可是仍旧感不到温暖。老杜在 GPS 定好的杆位上先用斧子把钢钎打入地下 30 多公分,然后拔出钢钎,再换木桩钉入,用红油漆在标注杆位编号;小周拿着笔和纸绘制着线路草图,记录着每个杆位的技术数据,老杨拿着 GPS,蹚着积雪,寻找着井位,边走边测量。分工明确,流水作业,本应高效快捷,但是在严寒的天气下,许多意想不到的事情接二连三地发生了。首先是老杜写杆号的小排笔,没写几个字就冻得像个木棍子,只好蘸着油漆一点点地"画"数字;接着小周的碳素笔被冻得不出水了,为写字方便,仅仅戴了一副单手套的他,用手捂了很久也不见好转,只好在工具兜里找到半支铅笔勉强应付;最难的还是找井位,本来线路与井位都在一条直线上,但是由于冰雪的覆盖,井位的寻找却成了最大的难题,有时不得不放下工具,几个人一齐先找井位再进行测量,一项工作要重复往返多次。

　　两个小时后,三人第一次聚在一起,找了一个比较避风的田埂,躺在雪上休息。"腊七腊八冻掉下巴,在这样的天气开展测量作业是需要勇气的。"当过兵的老杜说道。"这算个啥,1975 年施工虎东 66 线路,天天都刮'白毛风'比这可冷多了!"老杨吃了一口雪,满不在乎地回应。小周本想大冷的天外出作业,发几句牢骚话,见两位老同志这样说就幽默地说:"让暴风雪来得更猛烈些吧!"三个人休息了一会儿,恢复了一点体力,便向着下一个杆位走去。

万亩水田里,只有三个人在奔走、忙碌,洁白的雪地上,留下了行行伸向远方的足迹。虽然陪伴他们的只有凛冽的寒风和飞雪,但是他们坚信,不久这里就会出现一条条笔直的线路,一台台变压器,将提供可靠的动力之源,观光农业定会成为林城新的风景线。

(作者单位:鸡西东方红林区电业局)

聚焦英模的足迹

——连续 18 年追踪报道全国劳动模范李庆长事迹有感

张兴华

　　"天街小雨润如酥，草色遥看近却无。" 2 月 11 日，农历小年，中共黑龙江省委常委、哈尔滨市委书记陈海波，亲切看望并慰问了"全国最美志愿者"、全国劳动模范、国家电网黑龙江电力（李庆长）共产党员服务队荣誉队长李庆长。陈海波高度赞扬了李庆长退休不退岗、积极投身于"为人民服务"伟大事业的可贵精神，并要求"让这个闪光的品牌口口相传、辈辈相承"。

　　说起李庆长，我与他有着不解的渊源——1997 年，我第一个采访报道了他的先进事迹，并且，聚焦这位品德高尚的英模的足迹，连续追踪报道了 18 年！

　　"全国最美志愿者"、全国劳动模范、全国"五一"劳动奖章获得者、党的十六大代表、十一届全国人大代表李庆长，几十年如一日坚持为群众排忧解难，一心一意为用电客户办好事、办实事，树立了"人民电业为人民"的良好形象；他也成为全国电力职工的代表性人物。作为 18 年来宣传报道李庆长及其共产党员服务队的亲历者,桩桩往事历历在目……

一篇大稿·六篇言论·两项大奖

记得那是 1997 年仲春,还是一名普通电力职工的李庆长在当时的哈尔滨电业局道里供电局任变电亭班的班长,我则是《黑龙江电力报》年轻的编辑、记者。哈尔滨电业局的党委书记将李庆长的情况提供给了报社。他的事迹让我们万分感动。职业敏感敲击着我们的心房,这可能是新时代电力职工的典型啊!于是,我跟随老总编深入采访十余天,终于将这个人物鲜活地反映在长篇报告文学中。那时的我年轻气盛,在老总编的激励下,一鼓作气连写了 6 篇言论,题目分别为《学习李庆长,苦干为兴邦》《干好主人活 尽好主人责》《多为人民付出 少向人民索取》《无私做绿树 无畏抵妖风》《讲"三德" 净世风》《平凡塑造伟大 伟大寓于平凡》,连续 6 期刊登在《黑龙江电力报》上。《黑龙江电力报》是周刊,无形中就将李庆长持续宣传了 42 天!此后,黑龙江省电力公司党组两次印发文件,号召和组织员工广泛深入开展向李庆长同志学习活动,并出台了学习李庆长活动的专项考核方案。经过连年的大力宣传、深入挖掘,如今,他已经成长为中宣部确定的全国职业道德建设先进典型、国家电网公司优质服务标兵,成为中国电力企业的一面旗帜。

此后,我跟踪宣传李庆长、宣传李庆长式先进典型和先进集体的新闻实践延续了十几年,李庆长也成为我的忘年交。

2006 年,作为《中国电力报》和新成立的《国家电网报》记者的我,得知哈尔滨电业局将"李庆长"3 个字注册了商标时,敏锐地感觉到这在全国是一个新生事物,在全国的劳动模范中更是开了先河。于是,我写的消息《"李庆长"申请注册商标》应运而生。2007 年,这篇作品一举荣膺中国产业经济好新闻评选二等奖、全国电力好新闻一等奖。李庆长本人光荣地当选为党的十六大代表,并成为全国人大代表。

言传身教·情深意切·春色满园

当时,在李庆长身边,活跃着两个憨厚质朴的伙伴——栾国祥和张洪黔。小栾和小张都是"李庆长共产党员服务队"成员,自2001年成立"李庆长共产党员服务队"伊始,他俩就同李庆长工作在一起。

栾国祥是个淳朴的青年。他告诉记者,当年他在动力供电局工作,对于抽调他加入"李庆长共产党员服务队",一度压力很大:"我们的队长、李庆长师傅是全局职工的榜样,他曾经在冰窟里救人、救助失学儿童。他那么多年如一日,本本分分地做人,认认真真地工作,热心周到地为客户服务……从来都是宁可自己苦点累点,也要让客户满意。我要向李师傅学习,从点点滴滴做起。"

压力就是动力,身为共产党员的栾国祥悄悄模仿李庆长的言行。在栾国祥受理的大量求助传呼中,绝大多数不属于电业部门的职责范围,但李庆长这样叮嘱小栾:"既然老百姓信得着咱,该管的要管,不该管的也要管,实在管不了的,就跟客户解释清楚,谁让我们是共产党员呢。"栾国祥像李庆长师傅一样,把千家万户的光明记挂在心上,用为他们排忧解难的实际行动,赢得百姓的理解和信任。

同栾国祥相比,张洪黔更是不善言辞。他原来在哈尔滨电业局南岗供电局修理班工作,来到"李庆长共产党员服务队"以后,平均"每个月几乎少赚800元钱"。但小张毫无怨言。一次李庆长外出开会期间,小张主动接过了李庆长的通讯装备,他像李庆长一样热心为客户排忧解难。那时正是新闻媒体广泛宣传李庆长事迹的时候,每天几十个传呼令小张应接不暇,有时半夜也要爬起来回电话。一星期下来,他的嘴里起满了水泡,妻子心疼地嗔怪他患了"传呼综合征"。小张说:"能像李师傅那样做人做事,虽然身体苦点累点,心里很热乎。"

张洪黔出生于20世纪70年代,在李庆长共产党员服务队中年纪最小。他的爱人单位不景气,刚刚"买断"回家。他们还没有孩子,业余时间,爱人把张洪黔当成了精神上的寄托。可是,客户求助传呼多数是在节假日,张洪黔随时"出征"是家常便饭。无奈,他只好让爱人也坐到他的服务车上。到了客户家附近,张洪黔上楼去服务,爱人就留在车里等他。久而久之,成了习惯,当张洪黔去为客户排忧解难时,留在车里的爱人索性帮助张洪黔记录客户的求助传呼,成为服务队的"义工"。

栾国祥和张洪黔认为,同李庆长师傅朝夕相处,从他身上学到了许多东西。李庆长全心全意为客户服务的精神,潜移默化地在他俩的实际行动中体现了出来。

李庆长的典型作用,使黑龙江省电力有限公司系统员工学有榜样、赶有目标,全系统涌现出一大批优秀共产党员和李庆长式的先进集体,分别成为当地优质服务的领军人物。鸡西电业局鸡冠供电局抄收员王立波,在平凡的岗位上兢兢业业一干就是10年,2005年荣获全国劳动模范称号;哈尔滨电业局动力供电局营销1班班长虞树水,17年来始终奋战在抄表收费岗位上,2006年荣获全国"五一"劳动奖章;齐齐哈尔电业局侯国飞、牡丹江电业局李志强、哈尔滨第二电业局赵乐滨,都荣获了全国"五一"劳动奖章!继哈尔滨电业局成立以李庆长名字命名的"李庆长共产党员服务队"后,黑龙江省电力有限公司系统涌现出236支共产党员服务队,活跃在城镇乡村,在平凡的岗位上为广大用电客户辛勤服务着。多年来,黑龙江省电力有限公司及其所属各电业局在当地行风测评中均名列前茅。

2007年暮冬,中央电视台《照亮中国》摄制组来黑龙江采访报道李庆长的先进事迹,我专程负责陪同。中央电视台《照亮中国》摄制组在哈尔滨采访十余天,摄制了数不胜数的珍贵镜头。李庆长的事迹让编导们感动不已,他们纷纷拿出"绝活儿",拍出了精品。不久,李庆长的事迹仿佛插上了翅膀,通过中央电视台的强大传播力飞向五洲四海!

2008年,奥运火炬"祥云"传递到哈尔滨,李庆长作为奥运火炬手,高擎火炬,意气风发地奔跑在松花江畔……

一切的一切,已经是《黑龙江电力报》总编辑的我,都组织人马将其在多种新闻媒体报道出来。

老树新枝·桃李无言·下自成蹊

如今,李庆长已经由满头青丝的壮年人变成了白发苍苍的老者。每次见面,他都诙谐地对我说:"小张,看,是你把我给'报道'成老家伙喽!"

心里揣着一团火的李庆长退而不休,作为国家电网黑龙江电力(李庆长)共产党员服务队荣誉队长,继续做好"传、帮、带"。

2014年12月3日,作为全国"最美志愿者",李庆长赴京参加活动发布仪式。本次全国"最美志愿者"活动是由中央文明办联合教育部、民政部、文化部、团中央、全国妇联、中国文联、中国志愿服务联合会等部门,会同中央主要新闻单位,近期在全国首次开展的"寻找志愿服务'最美'系列活动"。李庆长作为全国"五一"劳动奖章获得者、党的十六大代表、十一届全国人大代表、全国劳动模范,(李庆长)共产党员服务队的优秀代表,成功跻身全国"最美志愿者"行列。

国家电网黑龙江电力(李庆长)共产党员服务队目前拥有1支总队、47支分队、364名队员,是一支学雷锋志愿服务的大军,用实际行动认真践行"奉献、友爱、互助、进步"的志愿服务精神，服务范围已延伸至国网哈尔滨供电公司供电区域内的所有城乡。他们活跃于社区、学校、企业、医院、乡村，甘愿做"95598光明服务使者"，甘愿做人民群众的贴身"电保姆"。在黑龙江地区连续经历酷寒、暴雪、高温、干旱、龙卷风、台风、洪水等保电的急难险重任务中，服务队一贯冲锋在前。

截至2014年3季度末，李庆长及（李庆长）共产党员服务队共计受理和解答各类电话75637个，为客户提供现场服务7273次，电话接通率、客户满意率均为100%。

"老骥伏枥，志在千里。烈士暮年，壮心不已。"2015年1月31日，中共黑龙江省委在黑龙江省电视台演播厅举行首届"龙江楷模"发布会。中共黑龙江省委常委、宣传部长张效廉，副省长孙永波在发布会前接见了"龙江楷模"国家电网黑龙江电力（李庆长）共产党员服务队代表。发布会揭晓了"龙江楷模"名单，国网黑龙江电力（李庆长）共产党员服务队获此殊荣，服务队代表荣誉队长李庆长参加"龙江楷模"表彰，与现任队长栾国祥共同接受了"龙江楷模"荣誉证书。

"心潮逐浪高"，李庆长精神感染和鼓舞着身边的同志，继续创造非凡的业绩。国网哈尔滨供电公司检修部主任刘俊卿，因长期带病坚守岗位，积劳成疾，在指挥哈尔滨市核心区电网改造工作期间突发大面积心梗，于2014年9月14日抢救无效去世。得此消息，我领衔撰写了长篇通讯《超越生命的忠诚》，以饱满的热情、写实的手法和朴素的笔调，忠实记录了刘俊卿同志的感人事迹。国网黑龙江省电力有限公司党组做出决定，号召在公司系统广大干部员工中开展向刘俊卿同志学习活动。我又撰写了言论《远学焦裕禄近学刘俊卿》，作为省公司党组决定和长篇通讯的配发评论员文章，满怀深情地赞颂的崇高精神。各级党组织把开展向刘俊卿同志学习活动作为深入开展党的群众路线教育实践活动的一项重要内容，通过多种形式广泛宣传刘俊卿同志的先进事迹，将教育实践活动推向了高潮。

2015年2月3日，国家电网公司印发《关于追授刘俊卿同志劳动模范荣誉称号的通知》，决定追授刘俊卿同志为"国家电网公司劳动模范"。

"咬定青山不放松，立根原在破岩中。"在新闻生涯中遇到李庆长同志，我无疑是一个幸运者；同时，多年的新闻实践，让我有一种不断挖掘到珍贵宝藏的快乐！

（作者单位：黑龙江省电力公司）

后 记

为进一步繁荣电力职工文艺创作和文化生活,团结动员广大电力职工在建设"一强三优"现代公司进程中建功立业,《白桦林文丛》第一辑正式出版发行。

《"白桦林"文丛》第一辑,分别由综合作品集《白桦林》、散文集《一蓑烟雨》和诗集《忘忧居琐事》构成。《白桦林》:在黑龙江省电力作家协会会刊《龙电文苑》中优选部分电力作家作品辑录成书,包括散文、诗歌、小说、剧本、杂文、报告文学等;《一蓑烟雨》:作家张兴华散文精选集;《忘忧居琐事》:诗人高万红诗歌精选集。

《"白桦林"文丛》第一辑,凝聚了新时代黑龙江电力文学的累累硕果。目前,黑龙江省电力系统已有中国电力作家协会会员9人、黑龙江省作家协会会员11人,市级作家协会会员20人。张兴华、高万红、陈大友、乔喜云、张宏宇、公德祥、贺俊利等同志,是黑龙江电力文学创作队伍的领军人物,并相继出版了自己的文学专著。

张兴华,中国电力作家协会会员、黑龙江省作家协会会员。多年勤奋笔耕,在长篇小说、电视剧本、广播剧本、散文、杂文等方面多有建树。在《人民文学》《凤凰周刊》《人民日报》等媒体发表作品300余万字。主要作品有:长篇小说《五虎定乾坤》和

《海问》，小说集《鸡尾酒会》，散文集《信马由缰》，报告文学集《红尘龙蛇》，杂文集《醉里挑灯》，散文集《一蓑烟雨》等作品单行本。

高万红，中国电力作家协会会员、黑龙江省作家协会会员。擅长诗歌创作，其诗歌作品在多家媒体发表。长篇小说《雪落忽汗河》和《白桦林》（待出版）为黑龙江电力文学增光添彩。为鲁迅文学院第十一届中青年作家高研班学员。

陈大友，中国电力作家协会会员、黑龙江省作家协会会员，是我省电力系统的著名诗人。已创作出版《纯真的恋情》《远去的童贞》《爱的琴弦》《一路风尘》等多部诗集。

乔喜云，中国电力作家协会会员。勤奋创作的她不仅出版了语言优美的诗集，还自费到祖国宝岛台湾，出席了世界诗人大会，见到了台湾著名诗人余光中老先生。

贺俊利，黑龙江省作家协会会员。立足农垦系统，他拥有了不可多得创作素材。在诗歌、散文、小说等体裁都有可喜的探索。由著名知青作家梁晓声亲自作序的短篇小说集《畸形之猎》，成为他的代表作。

公德祥，黑龙江省作家协会会员。他矢志诗歌创作，多年勤奋笔耕。与他长期辗转任职多家供电企业的经历密切相关，其诗歌作品弥散着浓郁的乡土气息。他的诗集《在远行的路上》正式出版。

张宏宇，黑龙江省作家协会会员。创作出版了散文集《金话筒》和反映大庆公司艰苦创业、健康发展的报告文学集《岁月回眸》。

黑龙江省电力作家协会会员们正与广大电力文学爱好者一道勤奋笔耕，为新时代中国特色社会主义精神文明建设默默奉献着。

　　由于编者、作者水平所限,《"白桦林"文丛》第一辑中错误在所难免,敬请方家批评指正。

编　者

2018 年 5 月 1 日